AF130230

S. K. Reyem

Todesregion Deutschland
-wahre Tote beißen nicht-

Bibliografische Information der Deutschen National-bibliothek: Die Deutsche Nationalbibliothek verzeichnet diese Publikation in der Deutschen Nationalbibliografie; detaillierte bibliografische Daten sind im Internet über http://dnb.dnb.de abrufbar.

© 2015 S. K. Reyem

Umschlagkonzept: **S. K. Reyem**
Umschlagbild: **S. K. Reyem**
Satz: **S. K. Reyem**
Lektorat: **Ralf Niemczyk**

Herstellung, Druck und Bindung: BoD – Books on Demand, Norderstedt

ISBN: 978-3-7386-3533-1

FSC
www.fsc.org

MIX
Papier aus verantwortungsvollen Quellen
Paper from responsible sources
FSC® C105338

Prolog

Ich bin Marc.

Ich bin derjenige, der euch alles über diese grässlichen Ereignisse berichten kann. Ereignisse, die mich und unser aller Leben veränderten, die mir neue Freunde brachten und liebe Menschen nahmen. Zum Einstieg ist es vielleicht angebracht, euch zuerst etwas über mich zu erzählen. Ihr sollt ja schließlich wissen, mit wem ihr es zu tun habt. Und ihr solltet mir, wenn ihr von den Erfahrungen, die ich mit der Tragödie machen musste, lernen wollt, vertrauen können.

Meinen Vornamen – ich sagte ja schon, ich heiße Marc - habe ich eigentlich nie sonderlich gemocht. Aber in den 26 Jahren vor der Katastrophe habe ich mich schließlich daran gewöhnt. Besonders zuwider waren mir immer schon Verniedlichungen oder Verunglimpfungen meines Namens. Als Präsident des Mini Cooper Clubs Niederrhein nannte man mich zum Beispiel MM, den Mini-Marc. Ich hasste das.

Gute Zensuren in der Schule interessierten mich nicht, so lange das Ziel auch mit einer Vierminus erreicht werden konnte. „Fröne lieber deiner Freizeit", hieß mein Lebensmotto. Getreu diesem konzentrierte ich mich viel lieber auf mein Motorrad, meinen Mini Cooper, auf Fußball und auf die verrückte Idee, alle Millionenstädte dieser Erde einmal im Leben besucht zu haben. In jungen Jahren spielte ich häufig im Internet das Action-Spiel „best vacances", in dem der Held alle denkbaren Orte der Welt bereiste. Das steckte mich an. Dem wollte ich nacheifern. Oft stellte ich mir vor, mit meiner großen Liebe durch die Welt zu reisen, in den Millionenstädten der Erde mit ihr zu shoppen und in den tollsten Hotels vor Ort zu wohnen. Nur eben diese große Liebe fehlte genauso wie das nötige Kleingeld für tolle Weltreisen.

Warum erzähle ich euch das? Na ja, diesen Traum werde ich mir jetzt nie mehr erfüllen können.

Später surfte ich häufig in den sozialen Netzwerken und gab zu allem Möglichen meinen Senf dazu. Bald besaß ich dort den Ruf eines leicht verpeilten Einzelgängers.

Meine lieben Eltern enttäuschte ich häufig. Verantwortung im Beruf wollte ich nie übernehmen. Das war nicht mein Ding. Führungspositionen strebte ich nicht an, denn sie machten mir Angst. So redete ich mir lieber ein, dass sie mich nicht ausfüllen würden. Gut, wenn es sein musste oder wenn es mich besonders interessierte, dann konnte ich mich schon um eine Sache intensiv kümmern und bemühen. Dann ging ich gerne auch mal voran. Das aber jeden Tag, im Beruf? Nein danke, lieber nicht. Das sollten andere machen.

Geld, außer ich benötigte es für meine Fahrzeuge, meine Reisen oder meine Stadionbesuche, stellte für mich keinen besonderen Wert dar. Ich konnte ganz gut ohne auskommen. Meine wenigen Freunde und Kumpel vom Mini-Club Niederrhein, meine Familie und erst recht die Vereinsfarben meines Fußballclubs zählten für mich mehr. Ihnen gegenüber verspürte ich eine besondere Loyalität. Sie waren auf jeden Fall zu verteidigen.

Als alles seinen Anfang nahm, lebte ich in einer bescheidenen Wohnung mit zwei Zimmern am Niederrhein. Warum Niederrhein? Ja, damals zog ich leichtgläubig meiner großen Liebe hinterher – und das völlig vergeblich. Aber das ist eine andere Geschichte. Letztendlich blieb ich dann hier hängen.

Bei dem einzigen Verwandten, der mir nach dem frühen Tod meiner geliebten Mutter im vergangenen Dezember noch blieb, handelte es sich um meinen vierundachtzigjährigen Vater. Er lebte in meiner Heimatstadt Essen, rund vierzig Kilometer entfernt. Meinen Vater besuchte ich so oft es ging. Wenn es der Job zuließ und sich die Baustellen in der Nähe befanden, fuhr ich zwei- oder dreimal in der Woche zu ihm. Wir verbrachten ein paar Stunden miteinander, kochten, aßen und tranken etwas und unterhielten uns über Gott und die Welt. Eigentlich war mein Vater mein bester Freund.

Gerne und regelmäßig gingen wir gemeinsam zu den Heimspielen von Rot-Weiss Essen. Diesem Verein gehörte neben Vater, Mini und Motorrad meine eigentliche Liebe. Mehr als einmal fand ich mich in heftigen Schlägereien wieder, wenn es galt die Farben des Vereins gegenüber Hooligans anderer Vereine zu verteidigen. Selber als Hooligan sah ich mich nicht. Wenn man aber genauer hinsah... Aber auch das gehört jetzt nicht hierhin.

Meine Mutter, deutlich jünger als ihr Mann, war von schwacher Gesundheit. Sie starb im Alter von 61 Jahren nach einer langen, bösartigen Krankheit. Dieser Verlust traf mich schwerer, als ich es je erwartet hatte. Bei meiner Mutter konnte ich immer der kleine Junge bleiben und bei ihr war ich es gern. Dieses Nest fehlte mir jetzt.

Wie auch immer. Jetzt könnt ihr mich vielleicht besser einschätzen, wenn es darum geht, die Bewältigung der Katastrophe und das, was damit auf uns alle zukam, zu bewerten. Man macht sich ja vorher keinen

Begriff davon, wie man reagiert, wenn man in solche Situationen gerät.

Also, ich erzähle euch von den Geschehnissen, die meine Welt veränderten. Die Katastrophe könnte auch euch eines Tages treffen.

Seid besser vorbereitet als ich!

Abschnitt 1
Eingesperrt
(1)

»Es ist 10:30 Uhr«, klang es aus dem Radio, »hier ist der Westdeutsche Rundfunk mit den Kurznachrichten. Der Überblick:

Krieg in Osteuropa, russische Truppen überrennen Minsk.

Naher Osten, Verbände des Islamischen Staats IS stehen vor Teheran.

Ebola außer Kontrolle, mutierter, grippeähnlicher Virenstamm wütet in Südspanien.

China, mysteriöse, plötzliche auftretende Massenaggressivität in Peking und Shanghai. Viele Tote.

Energiewende, Schwierigkeiten beim Herunterfahren des letzten Atomkraftwerks auf europäischen Boden.«

Ich konnte es einfach nicht mehr hören und drückte auf den Aus-Knopf. Gute Nachrichten gab es sowieso nicht mehr.

»Der Mist interessiert mich nicht mehr«, schrie ich das Radio an.

Heute, an diesem heißen Sommertag, befand ich mich wieder einmal mit dem Auto auf dem Weg nach Essen. Ich wollte in der Stadtmitte zunächst in meinem Tattoo-Studio vorbeischauen, danach in der Hauptsparkasse etwas Bargeld abheben und anschließend zu meinem Vater fahren. Mit ihm wollte ich gemeinsam den Abend bei einer Pizza und mindestens einem Glas Bier genießen. Ich freute mich, ihn bald zu sehen.

Der Sommer brachte in diesem Jahr schon so manchen schönen und warmen Tag hervor. Heute aber war es extrem heiß. Das Außenthermometer in meinem Auto, einem kleinen hellblauen Mini Cooper Cabriolet, zeigte 34 Grad Celsius an. Hinzu kam eine recht hohe Luftfeuchtigkeit, die dafür sorgte, dass ich mich am ganzen Körper klatschnass und klebrig fühlte. Irgendwie ist das heute ein komischer Tag, dachte ich und wusste da noch nicht, wie Recht ich damit behalten sollte.

Wie immer dann, wenn ich etwas in der Essener Innenstadt erledigen musste, parkte ich mein Auto im Parkhaus der Hauptstelle der Sparkasse Essen. Das lag direkt unterhalb der Geschäftsstelle der Bank in einem mehrstöckigen Gebäude.

Das Parkhaus bot Raum für viele Fahrzeuge auf drei Ebenen. Ich fand einen freien Platz für meinen Wagen auf der untersten Ebene des Parkhauses.

Als ich das Tattoo-Studio auf der Limbecker Straße betrat, kam mir Claudio, der italienische Tätowierer, schon mit wehendem Kittel entgegen.

»Hallo Marc, mal wieder ein neues Bild für die Haut aussuchen? Blödes Wetter, was?«

»Ja, ziemlich heiß. Macht die Leute alle so seltsam aggressiv,«

»Das stimmt«, meinte Claudio, »hatte heute schon eine ziemlich wilde Figur im Studio. Dachte schon, der wollte mich beißen.«

Dabei lachte Claudio laut auf und machte sich gleich daran, mir den Katalog mit seinen Vorschlägen zu reichen. Eigentlich besaß ich schon genug Tattoos, aber ich dachte mir, es könnte schick aussehen, wenn ich dem kleinen Mini Cooper auf dem Oberschenkel noch einen kleinen Bruder spendieren würde. Claudio

stach mir schon Tattoos, als ich gerade einmal fünfzehn Jahre zählte.

»Was machen die Mädels? Mittlerweile die richtige gefunden?«, sprach Claudio eines meiner unliebsamen Themen an.

»Nein, in der Disco geht immer mal was, aber die
Richtige war noch nicht dabei«, antwortete ich verle-
gen.

»Ach Marc, vielleicht bist du ja auch nicht der
Richtige!«, traf Claudio meinen Wunden Punkt und
lachte schallend.

Ich liebte solche Gespräche nicht sonderlich, hielten sie mir doch einen Spiegel vor, in dem ich erkannte, wie einsam ich mich eigentlich fühlte. Also besser
Themenwechsel.

»Muss morgen bei der Hitze in Wuppertal ein Ge-
rüst ausstellen«, stöhnte ich, »ist gar nicht so einfach,
die Stangen und Bohlen Etage für Etage hoch zu
schleppen.«

»Ach komm Junge, hast aus deiner Kinderfigur
doch einen ganz schönen Brocken werden lassen –
muskulös, braungebrannt, hellblonde Haare, ein mar-
kantes Gesicht mit exakt drei Sommersprossen und
tiefblaue, meist leuchtende Augen,– da willst du dich
noch beschweren? Und außerdem hast du mir selbst
erzählt, dass deine Eltern sich für dich einen ganz
anderen Job gewünscht haben. Hättest du eben besser
lernen sollen.«

Schon wieder das falsche Thema. Sollte wohl heute nicht mein Tag sein. Dass es noch viel schlimmer
kam, ahnte ich da noch nicht.

Claudio lag richtig – hatte es ihm ja selber einmal
erzählt. Studieren kam für mich trotz Abitur nicht
infrage. Das hätte ich zwar geschafft, aber nur mit

dem eben notwendigen Aufwand und den entsprechenden Zensuren. Aufgrund meiner Faulheit blieben mir direkt nach der Schule somit leider nicht so viele Möglichkeiten bei der Jobsuche. Ungeduldig ergatterte ich deswegen nur den körperlich anstrengenden Job als Gerüstbauer bei einem Essener Unternehmen.

Nachdem ich mich von Claudio verabschiedet hatte und ihm - wie jedes Mal - versprechen musste, bald wieder vorbeizukommen, strebte ich der Sparkasse entgegen.

Bis zum heutigen Tage gelang es mir nicht, mit meinem Beruf Reichtümer zu erarbeiten. Ich legte aber auch keinen gesteigerten Wert darauf. Jetzt wollte ich ein paar Hundert Euro abheben. Das sollte mein Konto noch soeben hergeben.

(2)

Mit einem dünneren Konto und einer dickeren Geldbörse als vorher, befand ich mich auf dem Weg zurück zu meinem Mini. Gerade als sich die letzte schwere Eisentür hinter mir schloss und ich mich auf der Parkhausebene befand, auf der mein Auto stand, ertönte ein ohrenbetäubender, schriller, auf- und abschwellender Heulton. Der so plötzliche erschallende und so bedrohlich wirkende Ton ließ mich zusammenzuckten.

»Was ist das denn?«, fragte eine Dame mittleren Alters, die in diesem Augenblick direkt neben mir stand.

»Keine Ahnung, besser wir gehen nach draußen.«

Ich drehte mich zu der Tür um, durch die ich gerade getreten war. Doch die ließ sich nicht mehr öffnen. Ich drückte die Türklinke herunter und warf mich mit der Schulter gegen die schwere Metalltür. Doch nichts tat sich. Die Tür wirkte wie im Rahmen festgesaugt. Erstaunt schaute ich die Frau neben mir an.

»Da hinten ist noch ein Ausgang«, meinte diese und setzte sich gleich in Bewegung.

Ich folgte ihr schnellen Schrittes. Mann, ist die klein! Erst jetzt fiel mir auf, dass die Frau bestenfalls einen Meter und fünfzig Zentimeter messen konnte. Selten zuvor sah ich so hochhackige Schuhe. Die kann sich darauf verdammt gut bewegen, musste ich einräumen. Ich schmunzelte gedankenverloren, wurde aber gleich wieder von der anschwellenden Sirene in die Wirklichkeit zurückgeholt.

Als die Frau, mit mir im Schlepptau, den Eingang auf der gegenüberliegenden Seite des Parkhauses erreichte, standen vor diesem schon vier weitere Personen, die vergeblich an der Tür rüttelten. Ein kleiner Junge von rund vier Jahren, hielt sich mit der linken Hand ein Ohr zu und umklammerte mit dem rechten Arm das Bein der neben ihm stehenden jungen, knallrot gefärbten Frau. Dabei handelte es sich offensichtlich um seine Mutter. Daneben stand ein Mann, der etwa im selben Alter wie die Rothaarige sein musste. Er hämmerte mit beiden Fäusten gegen die Stahltür. Die vierte Person war eine Frau, die ich auf 22 bis 25 Jahre schätze. Ihr langes, dunkelbraunes Haar schien ihr bis an den Po zu reichen. Ebenso dunkel wie ihr Haar, wirkten ihre großen, von langen Wimpern umrahmten Augen, die mich aufgeregt anblickten. Geht so, dachte ich. Ich stand eher auf blond. Das Mädchen mit dem schlanken Gesicht und der kleinen Stupsnase maß gut einen Meter fünfundsiebzig, war sehr schlank gebaut, wenn nicht sogar dürr.

Die Frau, mit der ich herübergekommen war, stellte sich wortlos zu den anderen.

»Hi«, grüßte ich mit einem Nicken.

Die Aufregung in den Augen des jungen Mädchens legte sich etwas und alle anderen drehten sich zu mir um. Von oben schaute ich herab, die anderen überragte ich um einige Zentimeter.

»Wir kommen hier nicht raus. Wissen Sie was los ist?«, sagte der Mann, der bisher hämmernd die Tür malträtierte.

Bei ihm handelte es sich wohl um den Vater des kleinen Jungen, denn dieser schaute zu mir empor und schmiegte sich nun an den Oberschenkel des Mannes.

»Nee, ich weiß auch nicht. Wir haben es da drüben versucht und sind auch nicht rausgekommen.«

Dabei wies ich in die Richtung der anderen Tür.

In dem Augenblick fuhr ein schwarzer Fünfer-BMW mit Bochumer Kennzeichen, in dem zwei Personen saßen, an uns vorbei.

»Zur Ausfahrt«, rief die Frau laut, mit der ich herübergekommen war und die nun dem BMW nachsah.

Sie setzte sich auch gleich in Marsch. Die anderen folgten ihr wie auf Kommando. Das junge Mädchen und ich kamen als letzte. Sie schaute mich eindringlich an und ihr leicht geöffneter Mund mit den vollen Lippen entblößte tadellose, weiße Zahnreihen. Toll - ich starrte das Mädchen an.

» Ich bin Fiona«, sagte sie da.

»Freut mich, ich bin..., mein Name ist Marc.«

Dabei griff ich nach ihrer Hand und zog sie hinter mir her, um den Anschluss an die anderen Personen nicht zu verlieren.

Die Gruppe befand sich gerade auf Ebene 3 des Parkhauses. Die Aus- sowie die Einfahrt befanden sich auf der ersten Ebene. Über die Fahrrampe konnten wir leicht zu dieser Ebene kommen. Auf der zweiten Parkhausebene trafen wir keine Menschenseele an. Nach wenigen Augenblicken erreichten wir unser Ziel.

Auch auf diesem Plateau versuchten Menschen, die Stahltüren zu den Ausgängen zu öffnen. Um wie viele es sich dabei handelte, konnte ich nicht auf Anhieb erkennen. Das An- und Abschwellen des Sirenenheultons ließ nicht nach und machte alle Anwesenden von Sekunde zu Sekunde nervöser. Hier lag etwas verdammt im Argen. Das war kein Probealarm oder etwas Vergleichbares. Das machte mir Angst und ich griff etwas fester Fionas Hand.

Schon von weitem konnte ich sehen, dass der dunkle BMW, der eben noch an uns vorbeigefahren war, die Ausfahrt zwar erreicht hatte, dort aber ebenfalls vor verschlossenen Türen stand. Auf der letzten Rampe zur Ausfahrt versperrten schwere Stahltore den Weg hinaus. Die Tore befanden sich aber nicht nur in normalen, für die Größe der Türen üblichen Halterungen und Führungsschienen. Nein, sie schienen in eine Art Dämmschicht eingelassen zu sein. Rein gar nichts, auch kein Sauerstoff, konnte dieses Tor passieren. Ein Blick hinüber zur Einfahrt, die ich von hier sehen konnte, zeigte mir, dass es dort nicht anders aussah.

Ein Mann und eine Frau stiegen aus dem BMW aus. Oh Gott, Punker, dachte ich, als ich den roten Irokesen beim ihm und den blauen Irokesen bei ihr entdeckte. Beide kleideten sich zudem in schwarzes Leder. Die Frau schrie gerade im schrillsten Ton den man sich vorstellen konnte und der sogar die Sirene übertönte.

»Bernd, ich will hier raus!«

Der so Angesprochene guckte nicht minder panisch als seine Freundin und schrie ebenso schrill zurück.

»Wat soll ich machen, Elke?«

Der kleine vierjährige Junge, der mit unserer Gruppe von der unteren Ebene heraufgekommen war, fing laut an zu weinen. Seine schwarzen Haare hingen wirr um sein kleines, rundes Gesicht und Tränen liefen seine Wangen hinab.

Genau in der Sekunde rief von hinten jemand, ebenso panisch, wie all die anderen.

»Hilfe, Hilfe, ist ein Arzt hier?«

Alle drehten sich zur rufenden Stimme um. Zwischen zwei Fahrzeugen ragten zwei Beine, die in braunen Hosen steckten, in die Fahrspur. Davor erkannte ich eine kniende Person, ein Mann. Von rechts lief ein weiterer Mann mittleren Alters heran.

»Mein Name ist Dr. Manter, ich bin Arzt.«

Jetzt liefen alle zusammen und bildeten einen aufgeregten Kreis um die am Boden liegende Person. Ich konnte nur erkennen, dass es sich um eine Frau handelte, die wohl so um die 35 Jahre sein musste. Der vor ihr kniende grauhaarige Mann, war mindestens doppelt so alt.

Die mit geöffneten Augen daliegende Fünfunddreißigjährige sah sich hilfesuchend um und sprach von Verwirrtheit, Insulin und ihrer Handtasche. Ich konnte das nicht richtig verstehen. Die zu lauten Stimmen um mich herum dröhnten in meinen Ohren.

»Alles in Ordnung Leute. Lasst der Frau doch Luft zum Atmen«, rief Dr. Manter in die Runde.

Da aber die Sirenen immer noch ihren Heulton von sich gaben, niemand wusste, was gerade passierte und die allgemeine Atmosphäre eines Parkhauses auch nicht die nötige Ruhe ausstrahlte, wurden die Stimmen immer lauter und wahnsinniger. Der kleine Junge, der gerade schon vor sich her schluchzte, fühlte sich dadurch angespornt und heulte noch lauter.

Ich bemerkte, dass ich immer noch Fiona an der Hand hielt und das gefiel mir komischerweise. Aber in mir stieg auch die sichere Gewissheit auf, dass ich etwas unternehmen müsste, sollte hier nicht alles ganz aus dem Ruder laufen. Gleich würden sie sich anschreien und in Panik auseinanderrennen oder noch schlimmer, aufeinander losgehen. Hysterie würde sich verbreiten und es würde erst Streit und dann Verletzungen geben.

Ein Blick auf mein Handy zeigte mir, dass es hier keinen Empfang gab. Fiona, die meinem Blick folgte, nickte dazu. Auch sie hielt ihr Mobiltelefon in der Hand.

Eine kurze Zeit lang überlegte ich. Dann war es die Angst vor dem Vorhersehbaren, die mich antrieb. Neben mir stand ein dunkelroter Mazda BT 50, ein Pickup, auf dessen Ladefläche ich mich stemmen konnte.

»Leute, haltet mal Ruhe und hört zu«, rief ich so laut es ging den Leuten entgegen.

Alle, auch die Frau, die soeben noch am Boden lag und mittlerweile wieder stand, wendeten sich mir zu. Offensichtlich beruhigte es die Menschen, wenn es jemanden gab, der für sie das Heft in die Hand nahm.

»Leute, wir müssen Ruhe bewahren. Wir wissen nicht, was hier los ist. Alle Schotten sind dicht, es kommt nichts und niemand rein oder raus. Die Handys funktionieren nicht. Aus den Autoradios kommt im Parkhaus sowieso nur ein Rauschen. Also was können wir anderes tun, als abzuwarten. Ich kann mich erinnern, dass vor langer Zeit mal in der Zeitung stand, dass das hier, also das Parkhaus, auch als Schutzraum dienen könnte, wenn mal irgendwas passiert. Das ist vielleicht jetzt der Fall. Klar ist doch, wenn draußen alles ok ist, holen sie uns in den nächsten Stunden hier raus. Wahrscheinlich spätestens morgen. Bis dahin heißt es Ruhe bewahren. Lasst uns zusammentragen, was wir so an Lebensmitteln und Wasser finden können. Schlage vor, dass der Pickup hier als Zentrale dient. Vielleicht gibt es irgendwo ja auch eine Toilette, oder so. Und wenn wir hier übernachten müssen, können wir in unseren Autos pennen.«

Das zeigte tatsächlich Wirkung. Die Leute wurden ruhiger, unterhielten sich nur noch leise und entfernten sich in alle Richtungen – wohl auf dem Weg zu ihren Autos.

(3)

Ich pustete laut durch und kletterte wieder vom Pickup herab. Fiona stand immer noch da und kam nun zu mir herüber. Von der Seite schritt ein junger, klein wirkender Mann schnellen Fußes an Fiona vorbei und ebenfalls auf mich zu.

»Tach, ich bin Klaus«, sagte der bestenfalls einen Meter sechsundsechzig große Mann.

Blonde und ganz kurz geschorene Haare zierten sein ovales Gesicht mit der langen Nase. Er trug blaue Jeans. Auf einem ebenso blauen T-Shirt konnte ich in großen Buchstaben das Wort „Quartalssäufer" lesen.

»Hi Klaus, ich bin Marc und das ist Fiona«, antwortete ich und deutete auf Fiona, die nun auch bei uns stand.

»Hör zu, Marc. Ich habe da so eine Idee. Wenn das Parkhaus tatsächlich ein Schutzraum ist, dann hat der auch eine Schaltzentrale – und zwar von innen.«

Mit großen, erwartungsvollen Augen sah der kleine Mann zu mir auf und strich sich dabei über seinen kleinen Kugelbauch.

»Das wär was«, antwortete ich, »wie kommst du denn auf so was? Kennst du dich aus?«

»Ich bin Bauleiter und habe schon oft ähnliche Gebäude gebaut.«

Bau, da haben wir ja etwas gemeinsam, dachte ich.

Na ja, wir verfügten hier im Parkhaus sowieso nicht über besonders tolle Beschäftigungsmöglichkeiten. Da konnten wir uns auch mit dieser ominösen Schaltzentrale beschäftigen.

»Komm, lass uns mal nach der Schaltzentrale oder nach einem Gebäudeplan oder so suchen«, meinte ich und stieß Klaus sanft vor die Schulter.

Klaus, der sich nun offenbar verstanden und wichtig fühlte, wirkte gleich ein paar Zentimeter größer. Er drehte sich auf dem Absatz um und strebte, den Kugelbauch vor sich her schiebend, einem der Ausgänge entgegen. Schon einige Meter vor dem Ausgang hob Klaus den Arm und ging, diesen ausgestreckt haltend auf ein großes Plexiglasschild mit einem Etagenplan zu. Na ja, ich folgte ihm.

Das Gebäude, in dem wir uns befanden, bestand aus elf Etagen über und fünf Etagen unter der Erde. Alle Eingesperrten hielten sich auf den untersten drei Etagen unter der Erde auf. Alle über der Erde befindlichen Stockwerke konnten von hier aus auf gar keinen Fall erreicht werden. Sie schienen für uns auch uninteressant zu sein. Hier befanden sich diverse Abteilungen der im Hause befindlichen Sparkasse und im Erdgeschoss deren Kundencenter. Ob sich Menschen dort aufhielten, wussten wir nicht. Die verschlossenen Türen ließen keine Geräusche herein. Die erste Etage unter der Erde beherbergte den Kundentresor. An jedem anderen Tag wäre das vielleicht interessant gewesen, heute nicht. Mit hoher Wahrscheinlichkeit wurde der Raum mehrfach gesichert. Direkt über den drei Etagen des Parkhauses befand sich eine mit U2 bezeichnete Etage. Sie kennzeichnete nur der Zusatz „kein Zugang". Der normalerweise vom Parkdeck zu erreichende Aufzug fuhr an U2 vorbei. Das konnte es sein. Da könnte die Schaltzentrale stecken.

Klaus und ich beschlossen, erst einmal zum roten Truck zurückzugehen. Dort wollten wir überlegen, wie wir U2 erreichen könnten.

Zurück am Truck sah ich, dass alle vorhin zu ihren Fahrzeugen gegangenen Personen sich wieder eingefunden hatten. Sie saßen oder standen in kleinen Gruppen zusammen und redeten teils aufgeregt, teils stark gestikulierend über die Lage, in der sie steckten. Als Klaus zusammen mit mir an den Gruppen vorbeikam, stocken die Gespräche und verstummten. Alle Augen richteten sich auf mich. Die Menschen schienen irgendetwas von mir zu erwarten.

Was wollen die denn von mir? Nur weil ich mal was gesagt habe, bin ich noch lange nicht der Chef hier, dachte ich und steuerte auf den Truck zu. Dort wartete Fiona und lächelte mich aus ihren dunkelbraunen Augen an. Vielleicht ist die doch nicht so übel, huschte es durch meinen Kopf. Ich lehnte mich lässig an den Truck, schaute Fiona tief in die Augen und wollte ein paar lockere Sprüche loslassen. Genau in diesem Augenblick hörten die Sirenen auf zu heulen und vollkommene Stille breitete sich im Parkhaus aus.

»Die Leute hoffen, dass du was tust«, meinte Fiona.

Erneut schaute ich in die Runde. All die anderen wandten sich mir zu und warteten auf irgendetwas. So ein Mist, dachte ich. Das hier war gar nicht mein Ding. Ich wollte nicht den Boss spielen, wollte ich noch nie. Aber drücken würde ich mich auch nicht.

Was sollte ich machen? Ich fühlte mich in dieser Situation etwas verloren und alleine. Da stieß mich Fiona leicht in die Seite und deutete mit einem kurzen Kopfnicken in Richtung Truck. Hinter jedem erfolgreichen Mann steht eine starke Frau, dachte ich noch. Mit schwitzigen Händen kletterte ich auf das Fahrzeug.

»Wir«, dabei zeigte ich auf Klaus, »glauben, dass es irgendwo im Gebäude eine Schaltzentrale geben muss. Da wollen wir hin, wenn wir in den nächsten zwei Stunden nichts von außen hören.«

Eine mir bisher nicht aufgefallene dünne Frau, die sich in einer der hinteren Gruppen aufgehalten hatte, kam nun nach vorne an den Truck. Ich schätze sie auf 45 Jahre. Ihre wasserblauen Augen besaßen etwas Stechendes. Ihr Gesicht mit der ziemlich platten Nase wurde von mittelbraunen, schulterlangen Haaren gesäumt. Sie verschränke ihre Arme vor der Brust, sah zu mir auf und verzog etwas den schmalen Mund.

»Wenne da rein gehs, komm ich mit. Ich kenn mich aus, bin Elektrotechnikerin. Und die dahinten«, dabei wies sie mit dem Finger zurück über ihre Schulter ins Parkhaus hinein, »kommt auch mit, die kann gut klettern. Komma nach vorne, Kindchen.«

Eine junge Frau, die ebenso dünn aussah, wie diejenige, die sie rief, kam nun zum Truck.

»Das ist meine Tochter Jenny.«

Jenny, ihrer Mutter wie aus dem Gesicht geschnitten, besaß dieselbe Figur und dieselbe Frisur. Sie war nur rund 25 Jahre jünger.

»Ok«, sagte ich leicht irritiert, »wir starten in zwei Stunden.«

Erst jetzt fiel mir auf, dass es sich hier nicht so warm anfühlte, wie vorhin draußen. Dafür roch es nach Parkhaus. Das war auch kein Gewinn. Ich sah mich um. Dahinten stand die Familie mit dem kleinen Jungen. Der Junge weinte mittlerweile nicht mehr, hielt sich aber immer noch an seinem Vater fest. Dafür sah seine Mutter nun so aus, als ob sie jede Sekunde mit dem Heulen anfangen wollte. Die Frau, die vorhin auf dem Boden gelegen hatte, weil ihr Insulin fehlte, saß vor einem grauen Mercedes auf dem Betonboden und unterhielt sich mit dem Mann, der sich Dr. Manter nannte. Rechts daneben stand...

(4)

Plötzlich drang ein lautes, hysterisches Geschrei und Gepolter von der zweiten Parkebene zu uns herüber. Da schlug jemand heftig mit Metall auf Metall und eine weibliche Stimme kreischte dazu.

»Nein, du bringst uns alle um. Lass das nicht herein.«

Ich fuhr herum, Klaus sprang auf, ebenso Bernd mit der roten Irokesenfrisur, der eben noch neben seiner Freundin in Blau gehockt hatte. Irgendwo fing eine Frau an zu weinen und Stimmen riefen durcheinander.

» Was ist jetzt schon wieder?«

»Jetzt rasten sie bald alle aus«, rief ich zu Klaus hinüber und zusammen mit Bernd liefen wir die Fahrrampe zur zweiten Ebene hinab. Ich sah noch, wie der Vater des kleinen Jungen sich vor dem Siebzigjährigen mit grauen Haaren, der unlängst bei der am Boden liegenden Frau gekniet hatte, aufbaute und beide sich offenbar Nase an Nase bedrohten.

»Ruhig bleiben«, schrie ich zu ihnen hinüber, erreichte die Rampe und kam bald auf der nächsten Parkebene an.

Hier blieben Klaus, Bernd und ich wie angewurzelt stehen.

Hinten an der Aufzugtür stand ein großer, breitschultriger Mann, den ich auf mindestens zwei Meter zwanzig schätzte – ein Riese. Der hämmerte mit einer Rohrzange gegen die Aufzugtür. Dies versuchte eine Frau, die zwar nicht so breit, aber fast genauso groß war, dadurch zu verhindern, indem sie am Arm des

Schlagenden hing und dabei ohrenbetäubend kreischte.

»Hey, was soll das!«, rief ich.

Der Lange unterbrach seine Arbeit an der Tür und drehte sich zu uns um. Die Frau hing immer noch an seinem Arm, doch dies schien ihn gar nicht zu stören. Als er das ungleiche Dreigestirn bestehend aus Klaus, Bernd und mir erblickte, lachte er kurz auf, kniff dann die Augen zusammen und sprach mit sonorer Stimme.

»Ich will hier raus, was sonst?«

Die Frau, die nach wie vor an seinem Arm hing, lärmte immer noch.

»Der bringt uns alle um. Da draußen ist alles verseucht.«

»Ach halt die Klappe«, rief der Lange und schüttelte sie nun endgültig ab, drehte sich um und malträtierte wieder die Aufzugtür.

Die große Frau krümmte sich am Boden zusammen und wimmert in embryonaler Haltung vor sich hin.

Scheiße, dachte ich, ging auf den Langen zu und packte ihn an der Schulter. Von hinten – die anderen waren mittlerweile wohl auch die Rampe herab gekommen – hörte ich Rufe wie »stopp den« oder »der soll aufhören, ich drehe durch«.

Der Lange wirbelte herum und es sah so aus, als ob zwischen uns nun eine wüste Schlägerei ausbrechen sollte. Ich war bereit. Wir sahen uns eine Weile an, da ließ der Lange seine Rohrzange, die er zur Bedrohung vor sich hielt, sinken.

»Lass uns reden«, meinte ich.

Den anderen rief ich zu: »Geht wieder hoch und bleibt ruhig. Panik hilft uns auch nicht weiter. Wir wissen nicht, was da draußen ist.«

Die kleine Frau, die ich hier als erste getroffen hatte, konnte sich nicht beruhigen.

»Meine ganze Familie ist da draußen!«

Fiona, die neben ihr stand, nahm sie in den Arm und führte sie zurück, die Rampe hinauf. Ihr Schluchzen konnte ich noch hören.

(5)

Ein halbe Stunde später hatten sich die Leute wieder etwas beruhigt. Ich saß mit dem Langen, der sich als Fritz vorstellte, zusammen. Wir überlegten gemeinsam, was geschehen sein konnte und was zu tun sei. In unserer Nähe hielten sich Jenny, die gute Kletterin, und ihre genauso aussehende Mutter auf. Fiona kümmerte sich immer noch um die kleine Frau. Die große Freundin von Fritz, die wohl Bärbel hieß, stand Fiona bei. Sie tätschelte der kleinen Frau ohne Unterlass den Hinterkopf. So groß und grob, wie sie optisch daherkam, so liebevoll ging sie mit ihren Mitmenschen um.

Wieder sah ich mich um. Die Familie, die mit dem kleinen Jungen, dem einzigen Kind hier unten, saß einige Meter entfernt an einem Ford. Die Eltern spielten irgendein Fingerspiel mit dem Jungen. Bernd und Elke, die mit den Irokesenfrisuren, standen weiter abseits und stritten sich heftig. Dr. Manter und der grauhaarige, ältere Herr unterhielten sich, ziemlich entspannt, so wie es aussah, mit der Diabetikerin. Nur Klaus konnte ich nicht entdecken.

Fritz teilte nach kurzer Diskussion mit mir die Meinung, hier erst einmal abzuwarten. Man würde uns schon von draußen befreien. Ja, es konnte etwas passiert sein da draußen. Schlimme Nachrichten gab es ja genug. Vielleicht leidete dieses Parkhaus aber auch nur unter einer Art Funktionsstörung. Bisher hörte man allerdings keinen Laut, der auf einen Befreiungsversuch von außen hätte schließen lassen könnten.

Die Zeit verrann nur langsam. In dieser stickigen Luft fühle ich mich nicht wohl und ich dachte an meinen Vater. Wie ging es ihm wohl. Immer wieder schaute ich auf die Uhr. Zum Glück wurde inzwischen niemand mehr hysterisch. Die Menschen verbrachten ihre Zeit lieber damit, sich gegenseitig vorzustellen. Schließlich saß man ja gemeinsam in einem Boot.

Die kleine Frau, die ich zuallererst im Parkhaus getroffen hatte, war 48 Jahre alt, hieß Marlene und arbeitete als Bäckerin. Heute, an ihrem freien Tag, wollte sie in der City shoppen. Sie machte sich Sorgen um ihren Ehemann und ihre zwei Kinder.

Der Name des kleinen Jungen war Karim, seine Mutter hieß Serife und sein Vater hörte auf den Namen Mahmut. Mahmut arbeitete für die Essener Feuerwehr an der Wüstenhöfer Straße. Die kleine Familie befand sich gerade auf dem Weg zum Supermarkt, als das Unglück über sie hereinbrach. Der kleine Junge fragte immer wieder nach Oma, was den düsteren Gesichtsausdruck seiner Mutter verstärkte.

Dr. Manter hieß mit Vornamen Helmut. Er war 51 Jahre alt, alleinstehend und praktizierte als Internist in Essen-Rüttenscheid. Im nahe gelegenen Sanitätshaus besorgte er sich immer neue Einweghandschuhe. So auch heute.

Die Frau, mit der er sich die ganze Zeit beschäftigte, diejenige, die Insulin benötigte, kam aus Herne und hörte auf den Namen Doris. Doris arbeitete als Verkäuferin beim „Der Heimwerker" in Bochum. In Essen traf sie immer eine alte Freundin aus Schulzeiten in einem Café am Kennedyplatz. Nun saß sie, wie alle anderen auch, im Parkhaus fest und sorgte sich um ihre Lieben.

Der grauhaarige, alte Mann hatte sich mittlerweile allen Umstehenden als Manfred vorgestellt. Er genoss seinen Ruhestand und wollte sich das Treiben in der Innenstadt ansehen. Früher arbeitete er als Landwirt in Velbert, hatte seinen Hof aber bereits vor zehn Jahren an seinen Sohn weitergegeben. Auf ihn warteten zuhause seine Frau, sein Sohn mit Frau und drei Enkelkindern sowie ein jüngerer Bruder.

Die Frau, die ihre Tochter Jenny als gute Kletterin anpries und selber als Elektrotechnikerin arbeitete, hörte auf den Namen Anke. Ich bewunderte die ungeheure Ähnlichkeit zwischen Mutter und Tochter. Wer einmal Jenny heiraten würde, konnte da schon sehen, wie diese in 25 Jahren aussehen würde. Vielleicht lag darin aber gar kein Vorteil. Jenny studierte übrigens noch – sie wollte Bauingenieur werden. So gut klettern konnte sie, weil sie schon mehrere Jahre in ihrer Freizeit dem Bergsteigen frönte und dabei die höchsten Berge Deutschlands und Österreichs erklommen hatte. Ob die beiden irgendwie liiert waren oder sich um ihre Verwandtschaft sorgten, konnte ich noch nicht in Erfahrung bringen.

Zu guter Letzt waren da noch der lange Fritz und seine fast ebenso große Freundin Bärbel. Letztere wich dem Fritz nicht mehr von der Seite. Beide unterhielten sich angeregt miteinander. Fritz, 34 Jahre alt, hatte mir erzählt, dass er als gelernter KFZ-Mechaniker und Meister eine Werkstatt im Essener Norden leitete. Die 33 Jahre alte Bärbel arbeitete als Bibliothekarin an der Essener Universität. Sie hatten sich im Parkhaus getroffen, um ihre Mittagspause in der Innenstadt gemeinsam zu verbringen. Die beiden wollten in drei Wochen mit ihren weit verzweigten, großen Familien und 150 Gästen ihre Hochzeit feiern.

Ach ja, Bernd und Elke, unsere rot-blauen Iro-kesen. Beide im Alter von 25 Jahren, studierten gemeinsam in Bochum Lehramt. Er für die Fächer Physik und Geografie, sie für die Fächer Mathematik und ebenfalls Geografie. Als Lehrer konnte ich mir die beiden wahrlich nicht vorstellen. Aber wir lebten eben in einer bunten Welt.

»Du hast jetzt mit allen gesprochen, aber was machst du eigentlich?«, riss mich eine Stimme aus meinen Gedanken.

Fiona lehnte sich an mich und richtete nun das Wort an mich, als ob sie meine Gedanken lesen könnte.

»Dich habe ich doch noch nicht gefragt. Was machst du?«, antwortete ich auf ihre Frage mit einer Gegenfrage.

»Ich hab gerade angefangen zu studieren. Landwirtschaft und Agrarwissenschaften.«

Hoppla, dachte ich, ganz schön viele Studenten hier. Na ja, wer weiß, wofür wir die schlauen Köpfe noch brauchen können.

»Super«, sagte ich, »ist bestimmt interessant. Ich bin nur Gerüstbauer.«

»Was heißt nur, macht doch offensichtlich einen durchtrainierten Körper und eine gesunde Gesichtsfarbe« scherzte Fiona. »Arbeitest viel draußen, was? Ich werde später auch viel draußen arbeiten«, schwärmte sie weiter. »In ein paar Jahren übernehme ich den Hof meines Onkels auf den Ruhrhöhen. Der hat keine Kinder.«

Ganz unvermittelt wechselte sie das Thema und ihre Stimme wurde ein Hauch dunkler.

»Wartet da jemand auf dich, da draußen?«

Dabei sah sie mich fragend an und eine Sekunde lang stockte mir der Atem.

»Nein, ich hab nur meinen Vater. Der wohnt in Essen-Haarzopf. Sobald ich hier raus bin, muss ich da sofort hin. Und du, hast du jemanden?«

Bei der Frage bekam ich ein leichtes Drücken im Bauch. Von irgendeinem Freund wollte ich jetzt nichts hören.

»Meine Mutter«, sagte Fiona, »ich hab Angst, ihr könnte was passiert sein. Sie arbeitet im Finanzamt an der Altendorfer Straße«, schaute sie mich mit großen Augen an.

»Bleib mal ganz ruhig. Vielleicht ist da draußen gar nichts Bedeutendes geschehen. Wenn du magst, schauen wir gemeinsam nach ihr, wenn wir hier raus sind«, machte ich ihr und mir Hoffnung.

»Kein Freund?«, schob ich hinterher.

Fionas Gesicht verzog sich zu einem breiten Grinsen. Sie schaute mir ein paar Sekunden zu lange in die Augen und ich meinte, da ein Blitzen zu sehen – wobei da sicherlich der Wunsch der Vater des Gedanken war.

»Nein«, antwortete sie spitz, »aber vielleicht habe ich einen gefunden, der mir gefällt.«

Dabei tippte sie mir leicht auf die Schulter, warf mir einen vielsagenden Blick zu, stand auf und ging um den Truck, bei dem wir saßen, herum.

Wir steckten jetzt nicht wirklich in der Situation, in der man sich verlieben sollte, dachte ich und rieb mir die Augen. Irgendwie fühlte ich mich müde.

(6)

Da tauchte plötzlich Klaus wieder auf.

»Hey Klaus, wo warst du denn?«

»Ach egal, dahinten gibt's nen Schacht. Wo ist die Kleine, die klettern kann? Die schicken wir da hoch.«

»Mach mal langsam, Klaus.«

Ich erhob mich, packte Klaus am Ärmel und zog ihn mit in Richtung Jenny, unserer Bergsteigerin.

»Jenny, der Klaus hat einen Schacht gefunden. Der führt vielleicht zur Schaltzentrale. Eigentlich wollen wir dich da hoch schicken. Du kannst hier am besten klettern. Was meinst du?«

»Ich kann Berge, aber doch keine Schächte«, lachte Jenny, »das war die Schnapsidee von meiner Mutter.«

Sie stand aber auf und folgte Klaus und mir in den hinteren Teil des Parkhauses. Fritz folgte uns eilig und schüttelte dabei Bärbel etwas unsanft ab, was diese mit einem Kopfschütteln und einer eindeutigen Handbewegung kommentierte. Jennys derweil eingeschlafene Mutter bekam nicht mit, dass wir zur Schaltzentrale vordringen wollten.

Neben einem verschlossenen Ausgang an einer Wand, befanden sich drei Schalter. Einer für Feueralarm, einer für das Licht und einer mit unbekannter Funktion. Direkt kam mir die Idee, den Feueralarm zu drücken. Klaus sah das und hielt mich zurück.

»Dann bimmeln uns hier nur wieder die Ohren«, meinte er. »Lass uns erst mal schauen, ob wir in die Zentrale kommen. Wenn nicht, kannst du immer noch drücken.«

Klaus selber drückte den dritten, den roten Knopf. Ein helles Surren, etwa so wie das einer elektrischen Nähmaschine, erklang und eine Kamera, die sich oben rechts an der Decke befand, zeigte ein blinkendes, rotes Licht. Sie filmte nun offensichtlich. Klaus zeigte auf die Kabelverbindungen des roten Knopfes und der Kamera. Beide führten in einen unter der Decke befindlichen breiten Blechschacht, der sich über weite Teile der Parkhausdecke dahinschlängelte. Genau an der Stelle aber, wo die beiden Kabel im Schacht verschwanden, führte ein weiterer Schacht nach oben und dort durch die Decke hindurch.

»Da muss es lang gehen«, meinte Klaus. »Durch die Tür und durchs Treppenhaus geht es nicht. Die kriegen wir nicht auf. Beim Fahrstuhl habe ich es versucht. Da kommen wir nicht rein. Das hier ist der einzige Weg.«

Dabei schaute er erwartungsvoll in meine Richtung. Ich stand erst einmal da und wartete darauf, dass irgendjemand was sagen würde. Aber es geschah nichts. Ich schaute mich um und sah, dass nicht nur Klaus mich anschaute, sondern die anderen beiden, Fritz und Jenny, ebenfalls. Sie hatten mich in die Schublade mit der Aufschrift Entscheider gesteckt. Das wollte ich nicht.

»Wie soll Jenny da rein kommen und, wie sollen wir anderen dann später dadurch kommen?«

»Schau mal«, sagte Klaus und deutete auf eine nur schwach zu erkennende Schweißnaht an der Stelle, wo der durch das Parkhaus verlaufende Schacht mit dem Schacht, der nach oben führte, verbunden war.

»Los Langer, hiev mich mal hoch.« sagte Klaus zu Fritz.

Und der ließ sich nicht lange bitten. Mir nichts, dir nichts packte der zwei Meter zehn große Fritz den einen Meter sechsundsechzig kleinen Klaus und lud ihn sich auf die Schultern. Klaus hantiert nun mit einem Schraubendreher an der besagten Naht herum und fand auch sofort einen kleinen Schlitz. Selbigen versuchte er nun durch unentwegtes darin Herumstochern zu vergrößern. Na, das konnte ja was werden.

Mittlerweile gesellte sich auch Mahmut, der Feuerwehrmann zu uns. Als ob er hellsehen könnte, führte er ein stabiles, langes Nylonseil aus seinem Auto mit sich.

Klaus prockelte und prockelte und tatsächlich wurde der Riss zu einem Spalt, der Spalt zu einer Lücke und die Lücke langsam zu einem Durchlass. Am Ende ging es ganz leicht und er konnte das Blech soweit aufbiegen, so dass jeder von uns dadurch gepasst hätte.

Der lange Fritz übergab mir Klaus und ich stellte ihn auf den Boden zurück. Klaus strahlte vor Glück. Schon saß Jenny, bewaffnet mit Mahmuts Seil, auf den Schultern von Fritz. Sie schwang sich hoch und stellte sich auf seine Schultern. Dadurch verschwand sie bereits bis zu den Knien im Schacht. Ich sah noch, wie sie das rechte Bein hob und ihr Knie im Schacht verwinkelte, da war sie auch schon komplett verschwunden.

Ein leichtes Poltern und ein lautes Schaben, dann hörten wir nichts mehr. Wir schauten uns an. Mir gingen alle möglichen Katastrophen aus alten Horrorfilmen durch den Kopf. Was konnte nicht alles passieren? Was konnte jetzt nicht alles aus dem Schacht zu uns kommen? Vielleicht waren wir bereits vergiftet und verloren. Zuviel Fantasie! Offensichtlich stand ich damit aber nicht alleine. Als das Seil durch den Schacht heruntergelassen wurde, atmeten alle hörbar auf.

»Jetzt du Chef«, sagte Klaus und stieß mich an.

Ich guckte ihn noch an, da schlang Fritz schon das Seil um mich und Mahmut verknotete es ordentlich vor meiner Brust. Mit einer Augenbewegung gab er mir zu verstehen, dass es jetzt losginge. Fritz maß nur 25 Zentimeter mehr als ich und ich war ein Brocken. Doch ehe ich mich versah, hob er mich an, von oben zog Jenny am Seil und in der nächsten Sekunde schlüpfte ich in den Schacht. Fritz drückte von unten nach, da sah ich schon die obere Kante beziehungsweise die untere Kante eines Fußbodens. Ich konnte diese packen und mich mit Hilfe der am Seil ziehenden Jenny nach oben wuchten. Hier gab es eine Art Kanaldeckel, den Jenny zur Seite drücken konnte.

Bei dem, was ich sah, handelte es sich tatsächlich um eine Art Schaltzentrale. Zumindest sah so etwas immer in meiner Vorstellung so aus. Viele Schalter, Hebel und Bildschirme. Was ich aber auch nicht übersehen konnte, war das entsetzte Gesicht von Jenny, die mich mit angstvollen Augen auf einen flackernden Bildschirm aufmerksam machte.

Abschnitt 2
Katastrophe
(1)

Ich zog mich ganz in den Raum hinein und setzte mich auf einen alten, klapprigen Bürostuhl.

»Was ist los, Jenny?«

»Da auf dem Bildschirm, schau dir das doch an!«, schrie sie mich an.

Ich machte eine Handbewegung zum Mund, die ihr bedeuten sollte, nicht so laut zu sein und drehte mich zum besagten Bildschirm um.

Der Bildschirm zeigte einen Teil der Kibbelstraße, eine kleine, enge Straße, von der es zur einzigen Einfahrt des Parkhauses ging. Mitten auf der Straße standen zwei PKWs. Ein gelber Ford und ein grüner Opel. Der gelbe Ford war gegen einen Begrenzungspfeiler auf der, von hier aus gesehen, rechten Seite geprallt. Die Fahrertür stand offen und eine nicht zu identifizierende Gestalt hing heraus – lag halb auf der Straße. Die Beifahrertür stand ebenfalls offen. Von ihr führte eine blutige Spur ein paar Meter die Straße hinunter. Am Ende der Spur lag eine offenbar tote Person mit blutüberströmtem Oberkörper. Welchem Geschlecht diese Person angehörte, konnte ich nicht mehr erkennen. Das Schlimmste aber kam noch - die Beine der Person. Eine Gruppe von drei Leuten hocke tief vornübergebeugt an diesen Beinen und nagte an selbigen. Kannibalen? In Essen? Ich traute meinen Augen nicht und glaubte nicht was ich sah. Eine tiefe Übelkeit überfiel mich und währenddessen ich mich nach einer Gelegenheit umsah, mich zu übergeben, drangen eindeutige Geräusche dieser Art von Jenny an mein Ohr. Sie hatte den Papierkorb ausfindig gemacht.

Im grünen Opel saß ein Mann auf dem Beifahrersitz, dessen Alter ich von hier aus nicht bestimmen konnte. Der schaute auf die Szene mit entsetzten Augen, befand sich aber offensichtlich nicht in der Lage, sich mit dem Auto wegzubewegen. Am Heck des Fahrzeuges beschäftigten sich zwei Personen damit, auf die Scheiben des Wagens einzuschlagen. Sie wollten an den Mann auf dem Beifahrersitz herankommen. Diese zwei Personen gebärdeten sich wie von Sinnen. Ihre Bewegungen wirkten dabei aber unendlich schwach und ziemlich langsam – fast wie in Zeitlupe.

In der Sekunde erkannte ich Claudio, meinen Tätowierer. Der schlich an der gegenüberliegenden Hauswand entlang, die Straße hoch. Er war, so sah es für mich zumindest aus, der alte Claudio, wie ich ihn kannte. Argwöhnisch beobachtete er die Vorkommnisse auf der Straße und versuchte, sich langsam zu entfernen. Als er das grüne Auto gerade passierte, wurden die Gesellen, die auf das Fahrzeug eingedroschen hatten, auf ihn aufmerksam und wandten sich ihm zu. Gleichzeit kam eine rund zwanzigköpfige Horde, bestehend aus Männern, Frauen und Kinder, aus Richtung Kennedyplatz die Straße entlang, direkt auf Claudio zu. Die liefen aber nicht normal, sondern schlurften mehr, als das sie gingen. Ich sah, wie Claudio erschrak und stehenblieb. Er wollte sich umdrehen, aber da war es schon zu spät. Die Typen, die sich vorher dem grünen Wagen widmeten, erreichten und packten ihn bereits. Er wurde zu Boden gerissen und erleidete dasselbe Schicksal, wie der Beifahrer des gelben Fords. Die Zwanziger-Gruppe fand sich nun auch bei ihm ein. Männer, Frauen und Kinder stritten sich um Claudios Überreste. Es wirkte auf mich so unwirklich, was da geschah. Mein alter Freund Claudio, das konnte doch nicht wahr sein. Ich wendete mich ab und versuchte mich zu sammeln. Alles Mögliche strömte auf mich ein. Claudio, normale lebende Menschen, tote Menschen und irgendwelche dahinschlurfenden Bestien, die Jagd auf die Lebenden machten, die Gruppe im Parkhaus, die von dem, was hier geschah, nichts ahnte, mein Vater und Jennys Würgegeräusche im Hintergrund.

»Um Gotteswillen«, sagte Jenny kreidebleich in meine Gedanken hinein, »was sollen wir jetzt machen?«

Ich fing mich etwas und wollte erst einmal nur ins Parkhaus zurück. Wie sicher es da doch war.

»Wir gehen zurück, versammeln alle und erzählen, was wir hier gesehen haben. Dann sehen wir weiter.«

Eine andere, bessere Idee kam mir in Anbetracht der Lage nicht. Eine Möglichkeit für uns, in die Sache auf der Straße einzugreifen, bestand nicht. Und wir wussten nicht, wie es anderswo aussah. Ich ahnte zu dem Zeitpunkt aber schon Fürchterliches.

Jenny nickte, befestigte das Seil sicher am Schreibtisch und begann, sich durch den Schacht abzuseilen. Ich warf noch einen Blick auf den Bildschirm, ohne etwas wahrzunehmen und folgte ihr dann.

(2)

Zur selben Zeit ereignete sich im Süden Deutschlands eine andere Episode derselben Geschichte. Nur wusste ich da noch nicht, dass dies dazu beitragen sollte, mir eines Tages das Leben zu retten.

Der dicke Eddi befand sich heute im Dienst. Warum man ihn den dicken Eddi nannte, wusste er nicht. Gut, dick passte ausgezeichnet, aber „Eddi"? Mit bürgerlichem Name hieß der in Rom geborene Taxifahrer Giovanni Pascerale. Als er die ewige Gängelei seiner Kindergärtnerinnen in Rom schon fast nicht mehr ertragen konnte und sich bereits auf die Schule freute, zog es seine Familie, Vater und Mutter, für ihn völlig unvermittelt nach Deutschland, in die fränkische Stadt Nürnberg. Wie in den 60er-Jahren oft üblich, wurde sein Vater Pizzabäcker und seine Mutter übernahm einen Job in einer Eisdiele. Giovanni störte sich lange daran, dass seine Familie jegliches bestehende italienische Gastarbeiter-Klischee bestätigte.

Er selber erfüllte die Erwartungen, vor allem die der jungen Damen, an den südländischen Typ nicht im Geringsten. Eddi war schon in früher Kindheit stets etwas korpulenter als seine Altersgenossen. Als die anderen Kinder in die Höhe schossen, blieb Eddi klein. Und als die anderen Jungs im jugendlichen Alter lange Haare trugen, fielen ihm die Haare aus. Seine etwas abgehackt wirkende Aussprache und seine Unfähigkeit, deutsche und italienische Sprache wirklich zu unterscheiden, sorgte zudem dafür, dass Eddi in der Schule bei seinen Lehrern nur auf wenig Beachtung stieß.

Mit 17 Jahren verließ der dickliche, fast kahlköpfige Eddi die Schule und zog sich bis zu seinem nächsten Geburtstag in die Einsamkeit seines Elternhauses zurück. Eddi sparte sein Taschengeld, machte den Führerschein und vier Jahre später tauchte er wieder auf – als Taxifahrer in Gunzenhausen.

Von Gunzenhausen, das im Dreieck Nürnberg, Ingolstadt und Aalen liegt, hatte ich bis damals noch nie etwas gehört.

Genau an dem Tag also, als meine Parkhausodyssee begann, befand sich Eddi auf einer Tour vom Archäologischen Museum Gunzenhausens zum Finanzamt der Stadt. Die wenige hundert Meter lange Fahrt hatte eine ältere, gehbehinderte Dame gebucht, die nun auf der Rückbank des alten Mercedes saß.

»Das ist so lieb von Ihnen, junger Mann. Ich freue mich, das Sie mich fahren.«

»Dasse iste doch meine Joppe.«

»Nein, nein, nein, das ist ganz lieb von Ihnen. Da vorne können sie anhalten und mich rauslassen. Was kostet die Fahrt denn?«

Eddi drückte den Taxameter.

»Prego Signore, sechse Euro und 20 Cente.«

»Hier sind 20 Euro. Stimmt so und einen schönen Tag noch.«

»Stoppe, dasse iste doch molto zu viele.«

»Ach was, gönnen sie sich doch mal bei dem schönen Wetter eine Pause, essen sie ein Eis und spannen mal aus.«

Die nette Dame öffnete die Tür, stieg aus, winkte Eddi noch einmal freundlich zu und steuerte wackelig das Finanzamt an.

Die ist ja nett, dachte Eddi und fragte sich, was die liebe Frau wohl im Finanzamt erledigen wollte.

So gedankenverloren fielen ihm die kleinen Tröpfchen auf der Windschutzascheibe seines Wagens auf. Die komplette Scheibe war damit benetzt. Ganz kleine Tropfen, nicht wie Sprühregen, eher so, als ob man einige Zeit sein Fahrzeug unter einer Linde im Sommer abgestellt hatte, eben wie Honigtau.

Eddi parkte unter keiner Linde. Den ganzen Tag über stand sein Auto noch nicht einmal in der Nähe eines Baumes. Am blauen Himmel befand sich zudem keine einzige Wolke.

Währenddessen Eddi überlegte, woher jetzt diese Tropfen kamen und er sich ärgerte, wieder sein Auto reinigen zu müssen, lenkte er seinen Blick wieder zu der Dame herüber, die gerade sein Taxi verlassen hatte.

Die nette alte Dame stürzte sich gerade auf den kleinen, dunkelhaarigen Schuljungen, der direkt vor ihr ging. Sie zerrte ihn an seinem Tornister zu Boden und schmiss sich auf ihn.

Eddi riss die Augen auf und ihm stand der Mund weit offen.

(3)

Als ich durch den Schacht hindurch das Parkhaus wieder erreichte, standen Klaus, Fritz und Mahmut, verwirrt dreinschauend, vor mir. Ihre Blicke wechselten zwischen der entsetzt wirkenden Jenny und mir hin und her. Sie hatten gute Nachrichten erhofft. Stattdessen standen nun zwei Leute vor ihnen, die so aussahen, als ob sie dem Leibhaftigen persönlich begegnet wären. Dass dies da draußen nicht weit von den Verhältnissen in der Hölle entfernt sein konnte, wussten sie ja noch nicht.

»Wat guckt ihr denn so? Stimmt wat nich?« sprudelte es aus Klaus hervor, »is da nun ne Zentrale, oder nich?«

»Lass uns zu den anderen gehen, es ist schlimmer als befürchtet«, sagte ich mit ernster Miene und schlängelte mich an Klaus vorbei.

Zurück am roten Truck nahm Fiona sofort meine Hand und schaute mich, eigentlich so, wie alle anderen auch, fragend an. Sie begriff sofort, dass etwas Fürchterliches geschehen sein musste.

Ich schwang mich wieder einmal, diesmal ohne zu zögern, auf den Truck, wusste aber gar nicht, wie ich anfangen sollte. Wie schilderte man einer Gruppe von Menschen, dass außerhalb ihrer kleinen Welt im Parkhaus die Hölle losgebrochen war und die schlimmsten Befürchtungen bezüglich ihrer Verwandten und Freunde noch übertroffen wurden? Wie erklärte man ihnen, dass ihre Lieben entweder gefressen oder zu Kannibalen mutiert waren? Und stimmte das überhaupt? Sah das jetzt überall so aus?

»Da oben ist tatsächlich eine Schaltzentrale, mit der sich vermutlich das alles hier steuern lässt«, startete ich meine Rede und blickte dabei in befreite und freudige Gesichter.

»Super, dann machen wir die Tür auf und ab geht's!«, rief unser roter Irokese erleichtert.

»So einfach ist das nicht, Bernd. Da draußen ist was passiert.«

Ich erzählte, wie wir den Zugang zur Schaltzentrale fanden, zuerst Jenny und dann ich hinaufstiegen und was wir Entsetzliches ansehen und miterleben mussten. Ich erzählte von den augenscheinlich gesunden Menschen im Auto und von Claudio und von den offensichtlich Kranken, die sich über die Gesunden hermachten. Immer wieder unterbrach ich meine Rede, weil ich nach Worten suchte und dabei versuchte, es so schonend wie möglich zu erzählen. Das gelang mir aber überhaupt nicht. Eigentlich erzeugte ich genau das Gegenteil. Ich sah, wie die Leute immer ungläubiger guckten. Grauen und Verzweiflung machte sich breit.

»Ich hab es ja gewusst«, rief die lange Bärbel.

Serife, die Mutter vom kleinen Karim, fing laut an zu heulen und ihr Sohn tat es ihr gleich. Weiter hinten würgte jemand, die anderen guckten nach wie vor geschockt und ungläubig.

»Das gibt es doch gar nicht«, sagte Dr. Manter laut.

Genau das war das nächste Stickwort.

»Wir gehen alle rüber zum Schacht. Jeder, der möchte, kann in die Schaltzentrale um sich selber zu überzeugen. Wir müssen überlegen, was wir mit der Zentrale überhaupt machen können und wie es weiter geht. Ewig hier bleiben, können wir auch nicht. Fakt ist, dass es noch andere normale Lebende gibt. Die Leute in den Autos zum Beispiel und mein Tätowierer.«

Damit endete meine Rede und ich schwang mich vom Truck. Fritz, Klaus, Mahmut und Bernd gesellten sich gleich zu mir. Heftig wurde diskutiert, nachgefragt und wieder diskutiert. Was war da geschehen?

Die lange Bärbel kam auch zu uns und ich stellte ihr gleich eine Frage.

»Bärbel, du hattest doch so eine Vorahnung. Warum?«

»Weiß ich auch nicht. Vogelgrippe im Münsterland, Marburg-Fiber im Kongo, Ebola in Westafrika, mutiertes Ebola in Südspanien, SARS in China, MERS in Korea, Antibiotika werden immer wirkungsloser, Grippeviren werden immer aggressiver. Irgendwann musste das mal total daneben gehen. Ich habe nur eins und eins zusammengezählt. Nachdem was ihr erzählt, behalte ich wohl Recht. Sieht wohl so aus, als ob es jetzt zwei Sorten von Menschen gibt.«

Damit dreht sie sich um und suchte das Gespräch mit Serife, die wieder etwas beruhigter schien, aber ständig auf ihrem, nicht mehr funktionierenden Handy herumtippte.

»Ist das nur hier so, oder ist das überall?«

Die Frage stellte Fiona, die ich in der Aufregung aus den Augen verloren hatte.

»Ich weiß es nicht«, sagte ich und nahm sie in den Arm.

Eigentlich ein schönes Gefühl.

»Meinst du, wir könnten raus? Ich muss zu meiner Mutter«, fragte Fiona, ohne mich loszulassen.

»Ich weiß es nicht, aber hierbleiben können wir auch nicht.«

Ich dachte mir, dass wir uns hier nicht dauerhaft verstecken konnten. Wie lange würden wir noch Strom, klares Wasser und Lebensmittel haben? Nur eines schien mir sicher, von außen konnten wir so bald keine Hilfe erwarten.

In den nächsten Stunden suchte jeder der Anwesenden mindestens einmal die Schaltzentrale auf. Ich schaute danach in viele entsetzte Gesichter. Glücklicherweise brach keine neue Panik oder Hysterie aus und mit der Enge des Parkhauses schien sich auch jeder arrangieren zu können. Draußen wurden keine weiteren Überlebenden mehr gesichtet. Dafür bewegten sich umso mehr dieser langsamen Kreaturen durch die Straße. Der Beifahrer aus dem grünen Opel war spurlos verschwunden. Die Autotür stand offen.

Mittlerweile dunkelte es draußen. Die letzten Besucher der Schaltzentrale berichteten davon, dass sie draußen kein Licht ausmachen konnten. Keine Leuchtreklame leuchtete - und das in der Essener Stadtmitte. Offensichtlich gab es in der Stadt keinen Strom. Die Versorgung des Parkhauses dagegen, schien autark zu sein. Hier arbeitete also irgendwo ein Notstromaggregat, welches uns derzeit noch versorgen konnte. Aber wie lange noch?

Die Menschen im Parkhaus rückten enger zusammen. Eng geballt versammelte man sich um den roten Truck. Es wurde spekuliert und gerätselt, was draußen wohl passiert sein könnte.

Ich hielt mich nie für einen brauchbaren Anführer und ich wollte auch keiner sein. Es lag aber auf der Hand, dass man nicht einfach auf den nächsten Tag warten könnte und alles würde sich in Wohlgefallen auflösen. Also schwang ich mich zum wiederholten

Male auf den Truck und wendete mich erneut an die Umstehenden.

»Wir können nicht abwarten, ob von alleine irgendetwas geschieht. Wir müssen vom Schlimmsten ausgehen und das würde bedeuten, dass wir hier drinnen die Einzigen sind, die bis jetzt überlebt haben.«

Ein Raunen drang durch den Raum. Den Leuten gefiel dieser Gedanke nicht, aber sie sahen ein, dass wir davon zunächst ausgehen mussten.

»Ob das nur diese Straßen hier, die ganze Innenstadt oder ganz Essen betrifft, oder ob das noch schlimmer ist, wissen wir nicht. Da draußen lauert aber Gefahr und wir können nicht ewig hier drin bleiben. Außerdem hat jeder von uns Leute da draußen. Ich will wissen, wie es meinem Vater geht.«

Zustimmendes Gemurmel.

»Wir können die Tore öffnen und gucken, wo wir bleiben. Das wäre aber doof, oder? Von der Schaltzentrale aus führt eine Tür raus. Wohin? Keine Ahnung. Ich schlage vor, dass wir morgen, wenn es hell geworden ist, zwei oder drei von uns da durch schicken. Die sollen nachsehen, ob sie was feststellen können.«

Allgemeine Zustimmung.

»Ich gehe, wer kommt mit?«

Fritz, Klaus, Bernd, Jenny und Mahmut hoben nahezu gleichzeitig ihre Arme. So viele Mitstreiter konnte ich nicht gebrauchen.

Nun gut, dachte ich, sie wollen den Chef, sie kriegen ihn.

»Mahmut, du bleibst hier. Du hast hier einen Sohn. Klaus, du bist jetzt nicht so schnell und ich brauche die besten Leute hier. Und Bernd, du musst dich um die Menschen hier und um Elke kümmern. Fritz und Jenny kommen mit.«

Irgendeine Diskussion ließ ich erst gar nicht zu und sprang vom Truck.

Ich verspürte keine große Lust, in meinem Auto auf der dritten Parkebene zu schlafen. Lieber setzte ich mich direkt hier auf den Boden und lehnte mich an einem der Hinterreifen des Trucks an. Fiona setze sich neben mich und schaute mich an.

»Muss du da wirklich raus? Ich möchte lieber, dass du hier bleibst.«

»Das geht doch nicht. Die schauen doch eh immer schon zu mir. Und denk an deine Mutter. Ich will auch wissen, was mit meinem Vater ist.«

»Ja, du hast ja Recht, aber es macht mir Angst.«

Mir auch, dacht ich und legte meinen Arm um Fionas Schultern. Sie schmiegte sich an mich. Nach einer Weile döste ich ein.

(4)

Eddi benötigte einige Sekunden, bis er begriff, was er da sah. Diese nette alte Dame entpuppte sich außerhalb seines Taxis als Bestie. Der Junge, den sie zu Boden gerissen hatte, blutete stark aus einer Bisswunde am Hals. Mit wirren Augen ließ die Frau von dem Jungen ab und schaute sich hungrig um.

Links von Eddis Wagen schrie ein alter Mann auf. Es hörte sich so an, als ob ein kapitaler Hirsch in der Brunft seine röhrenden Lockrufe ausstoßen würde. Eddis Blick fuhr herum. Zwei Jugendliche hingen an dem Mann wie Kleidersäcke. Während sich der eine Jugendliche in den Arm des Mannes verbissen hatte, versuchte der andere, diesem seine Zähne ins Gesicht zu schlagen. Eine groteske Situation.

Eddi biss sich auf die Unterlippe und blickte sich weiter um. Überall kämpften Menschen miteinander und überall floss Blut. Eine Sekunde lang kam Eddi zu der Überzeugung, in die Drehsarbeiten eines Kinofilms geraten zu sein oder bei der versteckten Kamera mitzuwirken. Seine Augen suchten nach den Kameras und dem Filmteam. Doch dann wurde ihm bewusst, dass es sich nicht um Filmaufnahmen handeln konnte. Eddi bekam panische Angst.

Der alte Mann, der die Hirschlaute von sich gegeben hatte und schlimme Verletzungen im Gesicht aufwies, machte nun mit den beiden Jugendlichen gemeinsame Sache. Seine Verletzungen schienen ihn überhaupt nicht daran zu hindern, sich zu bewegen. Kein Schmerz, gar nichts. Eine gerade aus einem Supermarkt kommende junge Frau, bestenfalls 20 Jahre alt, fielen die drei an und zerrten sie zu Boden. Weitere teils blutende, teils wie Bestien dreinschauende Gestalten kamen hinzu und machten sich ebenfalls an der jungen Frau zu schaffen. Sie rissen sie geradezu in Stücke.

Etwas weiter entfernt, gegenüber dem Finanzamt, parkte ein Bus des örtlichen Reiseunternehmers am Straßenrand. Eddi konnte erkennen, wie an mehreren Fenstern Köpfe und andere Körperteile gegen diese geschlagen und gedrückt wurden und Blut, viel zu viel Blut die Fenster herabfloss.

Unmittelbar daneben rasten zwei Autos mit hoher Geschwindigkeit ineinander. Eddi konnte noch nicht mal mehr erkennen, um welche Automarken es sich gehandelt haben könnte. Die Menschen in den Fahrzeugen bewegten sich nicht. An den Türen der Fahrzeuge zogen und rappelten ein paar von den anderen blutüberströmten Gestalten.

Ein Mofafahrer, der soeben an Eddis Taxi vorbeifuhr, verlor ebenfalls die Gewalt über sein Fahrzeug und knallte mit dem Vorderreifen gegen den hochgebauten Bordstein auf der rechten Straßenseite. Das Mofa überschlug sich und schleuderte seinen Fahrer im hohen Bogen auf den Bürgersteig. Wie es der Zufall wollte, landete dieser genau auf der alten Dame, die Eddi gefahren hatte. Die alte Dame streckte die Arme aus und es sah so aus, als wollte sie den Mofafahrer auffangen. Dabei blickte Eddi ihr genau in die Augen. Was er sah, wirkte auf ihn so grässlich, wie es der Anblick der Hydra für Herakles gewesen sein musste. Leere Augen, erfüllt von Gier nach Blut und Fleisch.

Da merkte Eddi, wie ihm ganz flau wurde.

Der Knall einer lauten Explosion riss ihn von seinen Beobachtungen fort. Im Rückspiegel erkannte er, dass sich etwas Großes, vermutlich ein Flugzeug, in den hinteren Flügel der hier ganz in der Nähe befindlichen Volksschule gebohrt hatte. Die Schule brannte.

Eddi schlug die Hände vors Gesicht. Völlig entsetzt und Panikattacken nahe, schaute er weiter um sich und wurde dabei Zeuge weiterer Schrecken.

Links von Eddi stand in einem Hauseingang ein Mann mittleren Alters. Da der Sommer mit Macht heiße Luft nach Mitteleuropa pumpte, trug der Mann nur ein leichtes T-Shirt. Deswegen erkannte Eddi das Dauerblutdruckmessgerät am Arm des Mannes. Die Person stand wie angewurzelt im Hauseingang und bewegte sich keinen einzigen Zentimeter. Nur seine Augen zuckten mal nach Links und mal nach Rechts. Die blutrünstigen Gestalten um ihn herum beachteten ihn gar nicht.

Eddi versuchte sich bemerkbar zu machen. Mit verschiedenen Zeichen zeigte er dem Mann an, doch schnell in sein Auto zu kommen. Und der Mann sah Eddi. Er schaute zu beiden Seiten, und als sich kein Angreifer in seiner Nähe befand, setzte er sich langsam in Bewegung. Langsamen, vorsichtigen Schrittes näherte er sich dem Mercedes.

Dauerblutdruckmessgeräte sind so eingestellt, dass sie in regelmäßigen Abständen, meist 15 Minuten, eine Manschette aufpumpen und eine Blutdruckmessung durchführen und aufzeichnen. So jetzt auch genau in der Sekunde bei dem auf den Mercedes zukommenden Unbekannten. Das Gerät brummte laut. Der Mann erschrak und versuchte, sich die Manschette vom Arm zu reißen, was ihm allerdings nicht auf Anhieb gelang.

Drei nicht weit von ihm entfernt stehende Figuren wurden sofort auf ihn aufmerksam. Geräusche zogen sie an. Der Mann schaffte noch zwei weitere Meter, da erwischten sie ihn. Am Ende blieb nichts als ein Teil seines blutüberströmten Körpers zurück.

Eddi verfiel in Schockstarre. Er konnte seine Augen nicht mehr von der grausamen Szenerie abwenden.

Erst als ein anderer kleiner Mann mit Baskenmütze auf dem Kopf auf seine Motorhaube sprang und wie irre auf seine Windschutzscheibe einschlug, konnte sich Eddi von den widerlichen Bildern lösen. Er startete den Motor seines Wagens und trat das Gaspedal mit aller ihm zur Verfügung stehenden Kraft bis aufs Bodenblech durch. Das Taxi machte einen Sprung nach vorne und warf dabei den kleinen Mann ab.

Nur weg hier, dachte Eddi.

Da fielen ihm wieder die kleinen Tropfen auf seiner Windschutzscheibe ein.

(5)

Nach ein paar Stunden Schlaf wurde ich früh wieder wach. Meine Armbanduhr zeigte exakt zwei Uhr. Das Parkhaus strahlte immer noch in hellem Licht, so wie vorhin. Ich konnte keinen Laut hören. Schliefen die anderen alle, oder...?

Vorsichtig löste ich mich von Fiona. Die murmelte etwas, schlief aber sofort wieder ein. Ich stand langsam auf und sah mich um. Keine Menschenseele war zu sehen, allerdings auch keine Schlurfer. So hatte ich diejenigen getauft, die sich als Kannibalen über die anderen hermachten und so komisch-schlurfende Bewegungen ausführten.

Schlafen konnte ich jetzt nicht mehr. Ich spürte das Adrenalin, das durch meinen Körper floss. Ich fühlte mich hellwach. Wie sah es jetzt draußen aus? Fanden die Schlurfer einen Weg, hier hinein zu kommen? Vorsicht ist besser als Nachsicht, dachte ich mir. Also sollte ich mich vorsichtshalber umschauen und von unserer Sicherheit überzeugen.

Als ich mich in Richtung Schacht bewegte, der zur Schaltzentrale führte, fiel mir zum ersten Mal auf, dass mir so etwas wie eine Waffe fehlte. Sollten hier, oder später draußen, tatsächlich diese Schlurfer auf mich zukommen, wollte ich mich gebührend verteidigen können. Doch womit? Den Missstand wollte ich schnellstens abstellen.

Das Bordwerkzeug von meinem Mini gab nicht viel her – ein paar Schraubenzieher, ein paar Zangen. Aber da ich in der nächsten Woche bei meinem Vater das Wohnzimmer tapezieren wollte, lag jetzt bereits ein Tapezierigel im Kofferraum. So ein Tapezierigel verfügte über einen stabilen Holzstiel, der ungefähr einen Meter maß. An einem Ende des Stiels befand sich eine vielleicht fünfzehn Zentimeter breite Gummiwalze. Diese, mit etlichen metallenen Stacheln versehene Gummiwalze diente dazu, alte Tapeten von den Wänden zu entfernen. Die Stacheln auf der Walze machten ihrem Namen alle Ehre, sie waren teuflisch spitz.

Es gab keine Probleme, mir den Tapezierigel aus dem Auto zu holen. Der Mini stand ruhig da, wo ich ihn abgestellt hatte. Allerdings sah und hörte ich niemanden, was mich mit Sorge erfüllte. Mit dem Igel schlagbereit in der Hand, fühlte ich mich schon deutlich besser.

Ich schritt alle Ebenen ab, um mich zu vergewissern, dass sich keine Schlurfer in Parkhaus versteckt hielten und wir uns hier immer noch in Sicherheit befanden. Und so war es dann auch. Die Menschen schliefen einfach nur in ihren Autos.

Zurück am Schacht sah ich, dass jemand ein Auto so unter den Schacht geschoben hatte, dass ich mich ohne Probleme in selbigen ziehen und die Schaltzentrale so ohne fremde Hilfe erreichen konnte.

Diese lag im Dunklen. Wir waren uns nicht sicher, ob das Licht eventuell draußen zu sehen gewesen wäre. Zwar brauchten wir Hilfe. Die Schlurfer auf uns aufmerksam machen, wollten wir aber auch nicht. Auf dem abgeschalteten Bildschirm wäre jetzt sowieso nichts zu sehen gewesen. Ich wühlte in meinen Hosentaschen. Zum Glück hing an meinem Autoschlüssel als Schlüsselanhänger eine kleine Taschenlampe, mit der ich nun den Raum einigermaßen ausleuchten konnte.

Am hinteren Ende der Schaltzentrale tauchte eine metallene Tür im Lichtstrahl auf. In der abgeschlossenen Tür steckte von innen kein Schlüssel. Die konnte nur jemand von außen abgeschlossen haben. Was befand sich dahinter? Wie kam ich jetzt durch diese Tür?

Vielleicht befand sich ja auch noch ein Schlüssel hier im Inneren der Schaltzentrale. Ich durchsuchte jede einzelne Schublade des Schreibtischs. Eine Reihe Arbeitsanweisungen für hier arbeitende Mitarbeiter und Gebrauchsanweisungen für die Gerätschaften fand ich darin. Die konnten später vielleicht noch nützlich sein. Mit den Geräten konnte man auch einige Messungen draußen durchführen. Ich konnte zwar nicht erkennen, was ich mit den Messergebnissen hätte anfangen können, aber ich befand mich ja auch nicht alleine hier. In der unteren und letzten Schublade wurde ich dann doch noch fündig. Darin lag ein Schlüsselbund mit vier ähnlich aussehenden Schlüsseln.

Der dritte Schlüssel passte. Ein leises Klicken und ich konnte die Tür vorsichtig aufdrücken. Meine Befürchtung, direkt hinter der Tür auf Schlurfer treffen zu können, wurde zum Glück nicht bestätigt. Vorsichtshalber hielt ich meinen Tapeziergel zum Schlag bereit. Doch hinter der Tür befand sich nur ein langer, leerer Gang. Links und rechts nur graue, blanke Betonwände. Am Ende des Ganges, den ich mit meiner kleinen Taschenlampe ganz ausleuchten konnte, sah ich wiederum eine Tür. Auch diese ließ sich nicht ohne einen Schlüssel öffnen. Sicherlich passte wieder einer der vier Schlüssel, die ich mit mir führte. Und so kam es dann auch.

Gerade als ich den Schlüssel im Schloss drehen wollte, hörte ich eine tiefe Stimme.

»Was machst du da?«

Der Schreck fuhr mir in die Knochen und ich drehte mich um. Da stand der lange Fritz und schaute mich fragend an.

»Wollten wir nicht morgen gemeinsam gehen?«, sagte er mit bösem Unterton.

Aber ich merkte sofort, dass seine Worte nicht wirklich durch Wut auf mich getragen wurden. Ihn trieb dieselbe Neugierde, wie mich. Wir grinsten uns beide an.

»Hast du ne Waffe?«

Fritz sagte nichts, zeigte mir aber stattdessen einen Klappspaten, den er aus einem der Autos geholt haben musste. In seinen riesigen Pranken wirkte der Spaten allerdings wie ein Spielzeug.

Im Licht der kleinen Taschenlampe drehte ich den Schlüssel in der zweiten Tür nun endgültig um. Die Tür öffnete sich und ein weiterer Gang kam zum Vorschein. Wir sahen nur dunkle, graue Betonwände, sonst nichts. Fritz und ich schlüpften der Reihe nach durch die Tür und befanden uns nun etwa in der Mitte dieses Ganges. Die Tür hinter uns schloss ich vorsichtshalber wieder ab.

Links von uns erspähten wir eine weitere Tür, die wohl zu einem Treppenhaus führte – das bestätigte uns zumindest das blaue Schild über dieser Tür. Im Gang befanden sich außer uns keine weiteren Personen. Aber uns schlug ein atemberaubender, beißender Gestank entgegen. Faulig und leicht süßlich. Fritz und ich sahen uns skeptisch an. Ich rümpfte meine Nase und Fritz verzog sein Gesicht zu einer Grimasse.

»Zum Treppenhaus«, flüsterte ich.

Langsam schlichen wir den Gang entlang. Bei der Tür zum Treppenhaus handelte es sich um eine schwere, grau gestrichene Holztür ohne Fenster. Sie war nicht abgeschlossen. Langsam schob ich die Tür auf. Der üble Geruch wurde stärker und schon nach wenigen Augenblicken erreichte eine Art Gemurmel oder Gestöhne unsere Ohren. Das musste von den Schlurfern stammen. Wir traten trotzdem ein. Sehen konnten wir in der Dunkelheit, trotz meiner kleinen Taschenlampe, so gut wie nichts.

Wir entschieden uns für den Weg nach oben. Nach unten konnte es eigentlich nur ins Parkhaus zurück oder in einen Keller führen. Außerdem kam mir die Idee, dass man sich vom Dach des Hauses oder von der obersten Etage aus, einen guten Überblick über die Stadt und somit vielleicht über das Ausmaß der Katastrophe verschaffen konnte.

Also nach oben. Hinter uns ertönten sofort schlurfende Geräusche. Da schienen mehrere dieser Kreaturen auf uns aufmerksam geworden zu sein und schleppten sich jetzt ebenfalls die Treppe herauf. Gut, unser Tempo würden sie nicht mithalten können, aber sie versperrten unseren Rückweg. Einem Aufeinandertreffen würden wir nicht ausweichen können, wenn wir später zurück zu unseren Freunden ins Parkhaus wollten.

Ohne weitere Schwierigkeiten erreichten wir die oberste Etage des Sparkassen-Gebäudes allerdings dann doch nicht. Unser Plan ging nicht auf.

Die Schlurfer hinter uns befanden sich ungefähr zwei Etagen tiefer, als plötzlich auch von oben ein Schlurfen und Gestöhne einsetzte. Da befanden wir uns gerade auf der sechsten Etage. Ich konnte eben noch die auf dieser Etage befindliche Treppenhaustür aufstoßen, da stürmten sie schon auf uns ein.

(6)

Eddi kannte nur einen einzigen Gedanken: Weg hier, irgendwohin, wo diese Viecher ihn nicht erreichen konnten. Der Gedanke raste wie in einer Endlosschleife immer schneller durch sein Hirn.

In jeder Straße bot sich Eddi dasselbe Bild. Menschen fielen übereinander her, bissen sich, brachten sich um, wälzten sich im Blut der anderen und manche der Opfer standen trotz heftigster Verletzungen einfach wieder auf und wurden selber zu Tätern. Eddis Welt brach zusammen.

Warum erwischte es ihn nicht? Warum war er immer noch wie eh und je der dicke Eddi und kein Monster? Eddi fand dafür nur eine einzige Erklärung. Die Fensteröffner seines alten Taxis sowie dessen Klimaanlage funktionierten schon lange nicht mehr. Mit den kleinen Tröpfchen auf der Windschutzscheibe kam er nicht in Berührung. Ob es sich dabei um eine schlüssige Begründung handelte, interessierte ihn jetzt nicht. Ja, er sah auch normale Menschen sowie Bestien aus den Häusern kommen und diese waren aller Wahrscheinlichkeit nach mit den Tröpfchen ebenfalls nicht in Berührung gekommen, aber ob seine Theorie stimmte oder nicht, erschien Eddi jetzt nicht wichtig. Jetzt galt es zu überleben.

Seinen ersten Gedanken, nichts wie nach Hause zu fahren, verwarf Eddi sofort wieder. Befand er sich in seiner kleinen Wohnung vor der immer größer werdenden Meute von Bestien wirklich in Sicherheit? In Anbetracht seiner Vorräte an Wasser und Lebensmitteln und mit Sicht auf die Robustheit seiner Haustür wohl eher nicht.

Nun sind Taxifahrer ausgesprochen ortskundig. Zumindest sollten sie es sein. Eddi, der normalerweise nichts auf der Welt wirklich ernst nahm, verfügte aber über eine hohe Berufsehre. Wenn er Taxifahrer mit Leib und Seele in Gunzenhausen sein wollte, dann würde er auch jede denkbare Adresse und jede Ecke des Ortes kennen.

Die zündende Idee, das Bunkerkrankenhaus aufzusuchen, traf Eddi so aus heiterem Himmel, wie die Kugel eines Attentäters sein Opfer trifft.

Beim Bunkerkrankenhaus von Gunzenhausen handelte es sich um eines von ehemals 22 atombombensicheren Krankenhäusern der Bundesrepublik. 21 dieser Krankenhäuser waren mittlerweile wieder aufgelöst worden. Nur das in Gunzenhausen nicht. Mit seiner Ausstattung aus den 60er-Jahren befand sich dieser Bunker heute noch voll funktionsfähig und für viele unbekannt, mitten in der Stadt. Und zwar genau unter der städtischen Berufsschule. Dort schlummerte das 4.000 Quadratmeter große Areal mit genügend Platz für 600 Patienten vor sich hin. Das Bunkerkrankenhaus war von der Öffentlichkeit vergessen und kaum bemerkt.

Wenn die dortige unabhängige Strom- und Wasserversorgung noch funktionieren sollte, würde das zunächst ein sicheres und uneinnehmbares Versteck für Eddi bedeuten. Dahin wollte er sich zurückziehen und solange warten, bis Hilfe eintreffen würde.

Eddi wusste zum Glück ganz genau, an welcher Stelle sich der Eingang befand. Noch um die nächste Ecke und er stünde genau vor dem verschlafen wirkenden Eingang.

Genau in diesem Augenblick kam ihm von der Berufsschule aus eine stark gestikulierende Frau mitten auf der Straße entgegengelaufen. Die Frau war offensichtlich nicht von der Seuche, oder was es sonst war, befallen. Sie wedelte aufgeregt mit den Armen und hielt genau auf Eddi zu.

Hinter ihr strömte eine große Anzahl von jungen Menschen aus der Berufsschule heraus. Diese Meute bewegte sich viel langsamer als die rennende Frau. Ihre schlurfenden Bewegungen muteten an, wie die Bewegungen von sehr alten oder kranken Menschen. Teilweise wiesen die jungen Leute die fiesesten Verletzungen auf. Selbst offensichtliche Knochenbrüche, die Teile der Gruppe erlitten hatten, schienen sie nicht daran zu hindern, der flüchtenden Frau zu folgen. Schmerzen gehörten wohl nicht mehr zum Leben dieser Kreaturen.

Eddi stoppte seinen Mercedes abrupt. Was sollte er nun tun? Eddi lebte allein, fühlte sich meistens von seinem Umfeld schlecht behandelt und liebte die Menschen nicht sonderlich. Ein Egoist, der seine eigene Sicherheit über die anderer sich in Not befindlicher Menschen stellen würde, war er deswegen aber noch lange nicht. Schon erreichte die Frau sein Taxi und er öffnete ihr ohne zu zögern sofort die Beifahrertür. Die zitternde Frau stieg ein und knallte die Tür mit einem lauten Knall hinter sich zu. Da umzingelte die sie hetzende Meute der Berufsschüler auch schon das Fahrzeug.

(7)

Fritz schwang seinen Klappspaten und traf den ersten Schlurfer an der linken Schulter. Der Hieb und die dadurch entstandene klaffende Wunde warf die Kreatur auf die Treppenstufen zurück. Wer nun dachte, das hielt den Angreifer auf, war im Irrtum. Zwar hing sein linker Arm nun leb- und bewegungslos herab. Trotzdem versuchte die Kreatur mit ihrer rechten Hand nach Fritz zu greifen und mit ihren Zähnen nach ihm zu schnappen. Dabei verzerrte sich das Gesicht des Rasenden zu einer grässlichen Fratze. Kurz bevor der Schlurfer seine Zähne, es handelte sich um einen Mann so um die Dreißig, in den Arm von Fritz schlagen konnte, erwischte ich ihn mit meinem Tapezierigel am Kopf.

Ekel stieg in mir hoch, als der Schädel des Angreifers nachgab und großflächig aufplatzte. Das stand in keinem Verhältnis zur Wucht meines Schlages und traf mich völlig unerwartet. Dem Schlurfer allerdings machte das unwiderruflich den Garaus und er sank, endgültig tot, zu Boden. Die hinter dem nun Toten nachrückenden anderen Figuren beeindruckte das Ende ihres Kollegen in keiner Weise. Sie stolperten über ihren am Boden liegenden Gefährten hinweg, ohne ihn eines Blickes zu würdigen. Offensichtlich trieb sie nur der eine Gedanke an, ihre Zähne in unserem frischen Fleisch zu vergraben. Erst jetzt bemerkte ich den immer beißender werdenden Gestank wieder, den sie verströmten und der, so näher sie kamen, immer penetranter wurde.

Unter den Schlurfern erblickten wir auch zwei kleinere Kinder und mindestens eine Jugendliche. Mir wurde übel bei dem Gedanken, auch gegen sie meine Waffe einsetzen zu müssen und zerrte Fritz eben noch durch die Tür, bevor sie ihn ergreifen konnten.

Auch die Schlurfer von unten erreichten nun die sechste Etage. Alle gemeinsam hämmerten sie gegen die Tür, die wir hinter uns zuschlugen und mit einem Stuhl, den wir unter die Klinke schoben, sichern konnten. Ob das dauerhaft ausreichen würde, erschien uns mehr als fraglich.

Mir wurde wieder flau in der Magengegend und ich übergab mich lauthals direkt neben der Tür. Soeben hatte ich einen Menschen erschlagen. Ja, es handelte sich um Notwehr und ja, es war eine gefährliche Bestie, die uns töten wollte und offensichtlich kein normaler Mensch mehr, wie wir sie kannten. Aber trotzdem, das fiel mir alles andere als leicht. Die Erinnerung an meinen Tätowierer Claudio und meine damit verbundenen Rachegedanken lenkten mich etwas ab.

»Auf den Kopf«, sagte Fritz, »das scheint sie außer Gefecht zu setzen.«

»Du hast Recht«, fing ich mich, »das scheint die einzige Stelle zu sein, an der sie verwundbar sind.«

Wir sahen uns im Raum um. An der rechten Seite des Zimmers stand eine meterlange Theke aus Glas, in der Essensreste vor sich hingammelten. Der etwas süßliche Geruch von leckerer Linsensuppe lag fett in der Luft. Wir befanden uns in der Kantine der Sparkasse.

Ein Schlurfer mit Kochmütze auf dem Kopf bemerkte uns und versuchte nun mit seinen knochigen Armen über die Theke zu greifen und uns zu erwischen. Seine Versuche muteten nahezu lächerlich an.

Fritz und ich schauten uns das Treiben eine Zeit lang amüsiert an.

»Denen fehlt jegliche Intelligenz. Die sind strohdoof und der hier ist nicht einmal in der körperlichen Verfassung über die Theke zu klettern. Selbst darauf, darum herum zu gehen, kommt der nicht«, stellte ich erstaunt fest.

In dem Augenblick fiel weiter hinten im Raum, der für uns im Dunklen lag, etwas um. Das hörte sich wie ein Stuhl an, der auf einen Steinboden aufschlägt. Angestrengt starrten wir in die Dunkelheit und versuchten etwas zu erkennen, als der Lichtkegel meiner kleinen Taschenlampe einen weiteren Schlurfer entdeckte. Dieser hatte offensichtlich aus Mangel an Anreizen auf einem der Kantinenstühle ausgeharrt. Unsere Anwesenheit weckte ihn jetzt auf.

»Da sind noch drei«, zeigte Fritz nach rechts in den Raum.

»Und dahinten noch mal vier«, antwortete ich.

Zurück ins Treppenhaus konnten wir nicht so ohne weiteres. Da tauchte die erste Figur auch schon direkt vor mir auf. Er riss seinen Mund auf, der einen ekligen Atem offenbarte und kam mit einem stöhnenden oder eher brummenden Geräusch auf mich zu. Ein gezielter Schlag mit meiner Waffe unter sein Kinn streckte ihn zu Boden. Dort blieb er liegen und rührte sich nicht mehr. Seine Kinnlade war, seltsam verdreht, in seinen Hals gedrungen.

Ich nahm einen der herumstehenden Stühle und warf ihn einem weiteren Angreifer entgegen. Währenddessen sah ich im Augenwinkel, dass Fritz einen Schlurfer mit einem gezielten Schlag mit dem Spaten auf den Kopf niederstreckte und sich einem weiteren zuwendete. Die gehörige Reichweite seiner Arme half ihm dabei, nicht selbst in Gefahr zu geraten. Aber ich verfügte auch über keine schlechten Ausmaße und so gelang es mir, zwei weitere dieser Kreaturen nieder-zuschlagen. Der Stuhl, den ich gerade geschleudert hatte, traf eines der Viecher am Bein. Dieses knickte ihm erstaunlicherweise vollkommen ein, hinderte ihn aber nicht daran, nun auf Knien zu mir zu rutschen. Angst und Schmerzen schienen diese Biester nicht zu kennen. Ich gab ihm den Rest.

Auch Fritz schickte seine Angreifer endgültig ins Jenseits. Ich konnte ihm ansehen, dass es ihm so ging, wie mir. Es machte keinen Spaß, diese Schlurfer zu erschlagen. Ganz in Gegenteil. Ich hätte es nicht für möglich gehalten, dass ich einmal in der Lage sein sollte, eine Reihe von Menschen einfach so zu er-schlagen. Und ich erschrak über mich selbst. Auf der einen Seite bedrückte der Gedanke, das getan zu ha-ben. Auf der anderen Seite verbreitete sich der Anflug eines Triumphgefühls. Ich hoffte, dass dies dem aus-gestoßenen Adrenalin geschuldet war und nicht mei-nem eigentlichen Wesen entsprach.

Wie sollte das nur weitergehen. Wir konnten doch nicht alle 550.000 Einwohner dieser Stadt oder gar alle 12 Millionen Einwohner des Großraums Ruhrge-biet erschlagen. Der Gedanke allerdings, dass diese uns nun alle verfolgten um ihren Hunger mit uns zu stillen, beruhigte mich auch nicht gerade.

Fritz, der sich die Hände vor sein Gesicht gehalten und seine Augen gerieben hatte, sah mich nun an.

»Was für ne Scheiße.«

»Mann, das kannst du laut sagen«, meinte ich.

Die Tür zum Treppenhaus wackelte zwar, wenn die Schlurfer dagegen hämmerten, sie gab aber nicht nach. Von daher erwartete ich erst einmal keinen weiteren Angriff. Ich steckte meinen Tapezierigel in meinen Hosengürtel zurück. Dabei warf ich einen Blick auf den letzten verbliebenen Schlurfer im Raum. Das war der mit Kochmütze bekleidete Kollege hinter der Theke.

»Kaffee?«, fragte ich Fritz und steuerte auf die Küche hinter der Theke zu.

Fritz verstand und folgte mir. Die Kochmütze stellte uns vor keine großen Probleme und konnte schnell ausgeschaltet werden. In der Küche hielten sich keine weiteren Personen auf.

Wir durchsuchten die Schränke nach brauchbaren Utensilien und trugen doch einiges zusammen: Einige wirklich gute Messer, mehrere Pfund Kaffee, fünf Flaschen Mineralwasser, drei Flaschen Limonade, mehrere Packungen Milch, relativ frisches Brot vom Vortag, noch frischer Aufschnitt, ein noch nicht angebrochenes Glas Erdbeer-Marmelade und einen Besenstiel. Letzterer ließ sich gut anspitzen und ebenfalls als Waffe verwenden. Sollten noch mehr von diesen Figuren auftauchen – und davon ging ich aus - würden wir an Waffen nicht genug bekommen können.

In einer mächtigen Kaffeemaschine kochten wir Kaffee, den wir in mehrere große Thermoskannen abfüllten. Auch hier oben funktionierte der Strom, was uns Hoffnung verlieh. Unsere neuen Habseligkeiten verpackten wir in einem beträchtlichen Rucksack, der hier rumstand und in eine stabile Plastiktüte.

Bald würden die anderen Eingeschlossenen im Parkhaus aufwachen. Wir mussten zurück.

Vorher wollte ich aber noch unbedingt einen Blick aus den Fenstern in die Umgebung werfen. Was ich dabei zu sehen bekommen sollte, sollte mich noch mehr schockieren, als es ohnehin schon der Fall war.

Das 22-stöckige Essener Rathaus brannte ab der 10 Etage lichterloh. Dicke Rauchschwaden zogen gen Osten. Löschversuche konnte ich nirgendwo ausmachen, andere Menschen oder wenigstens ein paar Schlurfer auch nicht. Das starke Feuer erhellte die immer noch im Dunklen liegende Umgebung des Rathauses. Am Horizont im Osten dämmerte es bereits. Auch in Richtung Einkaufszentrum Limbecker Platz brannte es. Von unserem Standort aus sah es so aus, als ob das Heck eines großen Passagierflugzeuges aus dem Dach des Einkaufszentrums herausragte. Konnte das denn überhaupt sein?

»Wenn es die Leute im Flugzeug auch so erwischt hat, wie die hier unten, dann fallen die Dinger einfach vom Himmel«, hörte ich Fritz hinter mir leise und angstvoll sagen.

Man macht sich keinen Begriff davon, wie man sich fühlt, wenn die Heimatstadt leblos, zum Teil zerstört und brennend vor einem liegt. Das Gefühl zwischen Unwirklichkeit, Angst und Überlebenstrieb konnte ich einfach nicht einordnen und Wut stieg in mir hoch. Wut auf diese Schlurfer, Wut auf diejenigen, die das hier zu verantworten hatten und Wut auf mich selber, weil ich nicht wusste, was geschah und was ich machen sollte.

Fritz hatte bis soeben erfolglos sein Handy und das in der Küche befindliche alte Radio ausprobiert. Keines dieser Geräte gab auch nur einen Mucks von sich.

»Sieht nicht so aus, also ob hier in der Nähe noch irgendjemand lebt. Hilfe können wir also erst einmal nicht erhoffen«, sagte ich emotionsloslos und wendete mich frierend ab.

Wir hatten genug gesehen. Nun war es an der Zeit, zu unseren Leidensgenossen im Parkhaus zurückzukehren. Nur wie sollten wir das anstellen?

(8)

»Fahren sie doch endlich los. Worauf warten sie denn? Schnell weg hier!«, schrie die Frau mit weinerlichem Ton.

»Iche wille in die Bunker!«, schrie Eddi ebenso laut zurück.

»In was für einen Bunker denn? Sehen sie die Bekloppten hier denn nicht? Die werden uns zerreißen, wie Anita.«

Die Frau konnte ihre Tränen jetzt nicht mehr zurückhalten.

Eddi griff in das Schubfach in seiner Autotür und brachte einen schweren Hammer und ein kleines Taschenmesser zum Vorschein. Den Hammer führte er immer im Taxi mit sich, um möglichen Zechprellern das Fürchten zu lehren. Dann öffnete Eddi das Handschuhfach und hielt eine Tüte mit zwei belegten Brötchen und einer Landjäger in seiner Hand. Triumphierend legte er die Papiertüte mit den Lebensmitteln und das Werkzeug auf den Schoß der nun verdutzt dreinblickenden Frau.

Eddi gab wieder Gas. Die eine oder andere Bestie, die auf den Wagen einhämmerte, wurde jetzt weggeschleudert oder überfahren. Eddi merkte das gar nicht und es interessierte ihn in diesem Augenblick auch nicht. Alle seine Sinne standen auf „Bunker" und „Rettung".

Der Eingang in das alte, noch nie benutzte Bunkerkrankenhaus wirkte wie der Zugang zu einer gewöhnlichen Tiefgarage. Auf der Wiese neben dem Haupteingang der Berufsschule fiel der mit einem Gatter auf Gürtelhöhe umzäunte Eingangsbereich nicht weiter auf. Eddi steuerte den Mercedes direkt neben das Gatter, öffnete die Fahrertür, zerrte an der Frau herum und griff nach seinen wertvollen Siebensachen.

»Komme sie jetze.«

Eddi stieg aus dem Mercedes und kletterte mühelos über das kleine Gatter. Die Frau zögerte keine einzige Sekunde und stieg ihm hinterher. Sie hatte einen lebenden Menschen gefunden und würde einen Teufel tun, nicht in dessen Nähe zu bleiben. Ja, sie wäre lieber im sicheren Auto geblieben, doch was sollte sie machen, wenn der Fahrer ausstieg?

Die gierigen Bestien, die gerade noch den Mercedes umringten und dann von Eddi abgeschüttelt werden konnten, rappelten sich derweil wieder auf und näherten sich jetzt bedrohlich dem abgestellten Fahrzeug. Weitere Kreaturen strömten aus der Berufsschule nach. Die Schule unterrichtete mehrere hundert Schülerinnen und Schüler. Das konnte ja heiter werden.

Eddi und die Frau stürmten so schnell es ging die Stufen des Eingangs hinab. Vom unteren Ende der Treppe aus führte ein einziger Gang nach links. Diesen verschloss ein massives Gittertor. Es roch muffig und alt. Eddi rüttelte an dem Tor. Wie zu erwarten, geschah nichts. Oben, neben dem Mercedes, übten sich die Kreaturen darin, über das Gatter zu klettern. Sie witterten ihre Beute.

Schließlich gelang es dem Ersten über das Gatter zu stürzen und die Treppe herunterzurollen. Er landete direkt neben der Frau, rappelte sich auf und seine leeren Augen spiegelten seine Gier nach Blut wider.

Die Frau, deren Namen Eddi immer noch nicht kannte, nahm Eddi wortlos den Hammer aus der

Hand, zauderte keinen Augenblick und streckte die Bestie mit einem einzigen herzhaften Schlag nieder.

Die oben am Gatter rüttelnden Figuren motivierte das, noch heftigere Versuche zu starten, das Gatter letztlich zu überwinden.

Jetzt nahm Eddi den Hammer an sich und bearbeitete das Schloss der Gittertür. Schließlich gab dieses nach. Eddi und die Frau schlüpften durch den sich nun auftuenden Einlass und zogen das Gitter hinter sich wieder zu.

Ein kurzer, dunkler Gang lag vor ihnen und am Ende des Ganges versperrte eine weitere schwere Eisentür, diesmal eine luftdichte, den weiteren Zugang zum Bunker. Den Geräuschen an der Gittertür konnten die beiden Flüchtlinge entnehmen, dass es eine nicht unerhebliche Reihe von Verfolgern geschafft hatte, das erste Gatter zu überwinden.

Wie viel Zeit würde ihnen bleiben, bis auch die erste Gittertür von ihnen bezwungen werden konnte?

Dunkelheit umgab Eddi und die Frau. Nur wenig Licht drang von oben, die Treppe hinab und durch das enge Gitter hindurch zu ihnen. Eddi tastete die Tür nach einer Klinke oder einem Hebel ab. Schließlich wurde er fündig und, siehe da, der Verschlusshebel ließ sich sogar bewegen. Mit knarrendem Geräusch rührte sich zuerst der Hebel und dann öffnete sich die schwere Metalltür. Das war leichter, als Eddi erhofft hatte.

Exakt im selben Augenblick schaffte es die Meute die Gittertür zu öffnen und die stinkende Horde drang in den Gang ein.

(9)

Einen zweiten Ausgang aus der Kantine gab es nicht. Der hätte uns auch nicht viel genutzt. Es gab für uns derzeit nur einen einzigen bekannten Weg zurück ins Parkhaus. Das hieß, dass wir dieselbe Treppe hinunter mussten, die wir heraufgekommen waren. Doch dort erwarteten uns die Schlurfer.

Wie viele mochten das sein? Die von oben hatten wir gesehen. Schätzungsweise sechs Personen stürmten da die Treppe herunter. Mindestens drei oder vier weitere Geschöpfe stolperten von unten heran. Auf freier Straße und mit ausreichendem Platz hätten Fritz und ich zusammen die Schlurfer leicht ausschalten können, aber in einem engen Treppenhaus schien uns das nahezu unmöglich zu sein. Darüber hinaus empfand keiner von uns große Lust, noch ein paar Menschen erschlagen zu müssen.

Die Lösung des Problems stellte sich als denkbar einfach heraus. Schlurfer, das wussten wir mittlerweile, reagierten auf Geräusche und Licht und womöglich witterten oder rochen sie uns auch. Im hinteren Teil der Kantine entfachte ich in einem Metalltopf ein kleines, aber gut sichtbares Feuer. Dann versteckten Fritz und ich uns hinter der Tür zum Treppenhaus. So konnten uns die Schlurfer, nachdem wir die Tür öffneten, erst einmal nicht sehen. Jeder von uns hielt zudem drei oder vier Porzellanteller in den Händen. Unmittelbar nachdem wir die Tür öffneten, warfen wir die Teller in den Raum hinein, wo sie zersprangen und für entsprechenden Lärm sorgten.

Und es funktionierte. Die Scheusale strömten hinein und orientierten sich tatsächlich an Feuer und

Lärm. Fritz und ich nahmen diese kurze Gelegenheit wahr. Beim letzten der Schlurfer mussten wir noch etwas nachhelfen und ihn in den Raum hineinstoßen, doch es reichte für uns, durch die Tür ins Treppenhaus zu schlüpfen.

Schon wurden die Schlurfer, die sich jetzt in der Kantine befanden, auf uns aufmerksam und versuchten uns zu folgen. Wir versuchten das zu verhindern oder zumindest zu verzögern, indem wir die Tür hinter uns zuschlugen. Das würde die Bestien eine Zeit lang beschäftigen – so der Plan.

Da hatten wir die Rechnung aber ohne den Schlurfer gemacht, der immer noch im Treppenhaus ausharrte, nicht den anderen gefolgt war und nun mit seinen Pranken nach Fritz griff. Der erschrak sich so sehr, dass er sich nicht rühren konnte. Ich zerrte hektisch an meinem Tapezierigel im Gürtel. Der verkantete sich aber irgendwie und ich bekam ihn nicht heraus. Das verzerrte, aschgraue Gesicht und die Zähne des Schlurfers näherten sich bedenklich dem linken Arm von Fritz, der sich in seiner Schockstarre immer noch nicht rührte. Sabber lief der Kreatur in Sturzbächen die Mundwinkel hinab. Da endlich bekam ich, wild und panisch daran zerrend, meine Waffe frei und eine Sekunde später war das Problem zum Glück erledigt. Fritz schaute mich mit großen Augen und offenem Mund an. Mehr als ein Gurgeln brachte er aber nicht heraus.

»Komm schon«, sagte ich, klopfte ihm auf die Schulter und wir machten uns auf den Weg.

Wenige Stufen später hörten wir, dass die Bestien aus der Kantine ihren Weg gefunden hatten und sich uns an die Fersen hefteten.

Fritz stand immer noch unter Schock und bewegte sich nur noch halb so schnell, wie er eigentlich konnte. Darin bestand nun die Chance unserer Verfolger, die sich stöhnend die Treppe herunter drängten. Und sie holten auf. Ich musste etwas tun.

Das Kopfzertrümmern, offensichtlich das Einzige, was sie wirklich töten konnte, widerte mich an. Hier im engen Treppenhaus könnte ich vielleicht einen oder zwei von den Gesellen erschlagen. Und dann? Dann hätte ich der Übermacht nichts mehr entgegenzusetzen und sie würden über uns herfallen. Fritz in seinem jetzigen Zustand würde nicht großartig helfen können. Vielleicht half uns eine andere Taktik.

Ich griff den aus der Küche stammenden Besenstiel, den wir seit unserem Besuch dort mitführten und stieß damit nach dem ersten der Wesen hinter uns. Ein-, zweimal, da kam es zu Fall. Die hinter ihm kommenden unbeholfenen und unachtsamen Schlurfer stolperten nun über ihren am Boden liegenden Gefährten. Einige von ihnen stürzten ebenfalls und wir konnten uns dadurch genug Vorsprung erarbeiten, um unbehelligt die Ausgangstür auf der Etage der Schaltzentrale zu erreichen. Die beiden leeren Gänge von vorhin waren immer noch leer und bereiteten uns zum Glück keine Schwierigkeiten mehr. In der Schaltzentrale atmeten wir tief durch.

(10)

Eddi schmiss die Tür hinter ihnen zu und verriegelte sie. Die zwei von innen zu betätigenden und quer über die ganze Tür reichenden Stahlriegel sicherten die Tür vollends. Die sie verfolgende Meute würde an der Tür verzweifeln und schnell die Lust verlieren.

Die Frau stand ganz ruhig da und lauschte in die Dunkelheit hinein. Hörte sie da nicht schabende Geräusche? Nein, da war nichts außer Einbildung. Im dunklen Kellergang ertastete Eddi schließlich nach einigen Minuten Suche einen Lichtschalter. Und tatsächlich, die externe Stromversorgung funktionierte zum Glück noch. Das würde aber sicherlich nicht mehr lange der Fall sein.

Eddi grinste siegesgewiss, griff nach der Hand der Frau und zog sie hinter sich her. Ein langer, enger Gang lag vor ihnen, von dem wieder andere Gänge und Türen abzweigten. Die nicht verkleideten Betonwände waren in einem gelblichen Weiß gehalten. Ein ockerfarbener Strich in Kopfhöhe führte über alle Wände. Der hellgraue Fußboden glänzte. Die Decken zierten Versorgungsrohre, gerade so, wie in einem Parkhaus. Ab und an verschönerten rote und weiße Nichtraucherschilder die triste Farbgebung und in Abständen schmückten Feuerlöscher das Bild.

Am Ende des Ganges fand Eddi, was er suchte. Da hing ein großer Zimmerplan an der Wand, auf dem alle Räume des Bunkers und ihre Funktionen verzeichnet waren. Immer noch hielt Eddi die Frau an der Hand. Beide studierten sie nun aufmerksam den Plan.

»Hier sind wir wohl erst einmal sicher, oder?«, fragte die Frau.

Eddi beachtete ihre Frage nicht weiter und ließ die Hand der Frau los.

»Iche suche diese Alimentarore.«

»Was?«

»Äh, iche meine diese Versorgung für die Strome.«

Dann, nach einer Weile, tippte er mit dem Finger auf einen Punkt auf der Karte, sah sich nach rechts und links um und marschierte in eine Richtung davon. Die Frau blieb noch eine Sekunde lang stehen und folgte ihm dann.

Nach endlosen Minuten, die sie durch immer gleich aussehende triste Gänge führten, erreichten sie endlich die mit Diesel betriebenen Generatoren. Voller Spannung drückte Eddi die zum Start der Anlage erforderlichen Knöpfe. Mit Maschinen kannte er sich bestens aus.

Erst tat sich überhaupt nichts. Doch dann erfüllte ein Getöse den Raum, dass sich Eddi und die Frau die Ohren zuhalten mussten. Der zur Stromversorgung eingebaute Schiffsdieselmotor, der über einen riesigen Tank verfügte, sprang an.

Wieder packte Eddi die Frau an der Hand und wieder ließ diese das widerstandslos zu. Es schien ihr sogar irgendwie zu gefallen. Da wusste wohl jemand, wo es lang geht. So etwas imponierte ihr.

Nach kurzer Suche entdeckten sie in einem Arztzimmer zwei Holzstühle und nahmen darauf erschöpft Platz.

Eddi betrachtete zum ersten Mal die Frau, mit der er hier nun ausharren wollte. Einen großen Altersunterschied zu sich erkannte er nicht. Die große, fast dürre Frau mit der kleinen, spitzen Nase, trug ihr glattes, braunes Haar schulterlang. Auf ihrer Nase saß eine Hornbrille mit runden Gläsern. Dadurch beobachtete sie Eddi aufmerksam. Eddi schmunzelte. Ihm gefiel, was er sah.

»Mein Name ist Dr. Gundula Schiller. Ich bin Lehrbeauftragte am beruflichen Schulzentrum Gunzenhausen und unterrichte Deutsch und Sozialwissenschaften. Es freut mich, sie kennenzulernen.«

»Gute Tage Gundula. Iche bine Eddi.«

Beide starrten sich an und sagten kein Wort mehr.

(11)

Langsam erwachten unsere Mitmenschen im Parkhaus. Die meisten von ihnen hatten nicht sonderlich gut geschlafen. Aber wen sollte das in Anbetracht der Lage wundern?

Der frische Kaffee, den wir ihnen mitbrachten, belebte die Gemüter. Nun saßen alle beisammen und lauschten den Berichten von Fritz und mir. Jenny, die Kletterin, die uns ja eigentlich auch auf dem Ausflug begleiten sollte, wirkte glücklich, nicht mitgemusst zu haben.

Auch wenn es uns ein Stück weit schwer fiel, schilderten wir unser Kämpfe mit den Schlurfern so genau es ging. Für jeden einzelnen konnte es wichtig werden, so schien es uns, diese Wesen genau einschätzen zu können, wollte man unausweichliche Auseinandersetzungen mit ihnen überleben. Wenn sich die Lage nicht drastisch ändern würde, Hilfe von irgendwo uns nicht retten würde und wir auf uns alleingestellt sein würden, käme es unweigerlich zu solchen Auseinandersetzungen.

Man kann nicht sagen, dass unsere Zuhörer gelassen reagierten. Die Mehrzahl zeigte sich durchaus tief erschüttert. Panik und Hysterie, so wie gestern noch, machten sich aber nicht mehr breit. Wir gewöhnten uns an die neue Situation oder arrangierten uns zumindest mit ihr so gut es ging.

Der kleine Karim freute sich wie ein Schneekönig über die mitgebrachte Limonade und sein Lachen stecke alle anderen an.

Da meldete sich, eigentlich das erste Mal, seitdem wir hier im Parkhaus festhingen, Manfred, der Siebzigjährige zu Wort.

»Es wird das Beste sein, wenn wir davon ausgehen, dass es keine Rettung gibt. Ich bin jetzt siebzig Jahre alt und man könnte sagen, dass ich mein Leben gelebt habe. Trotzdem will ich wissen, wie es meiner Familie geht und ja, weiterleben möchte ich auch.«

Die Umstehenden nickten bedächtig.

»Wenn es hier irgendeinen Ausgang gibt, dann will ich raus und nach Hause gehen. Sollte es dann so sein, wie Marc und Fritz berichtet haben und was sie gesehen haben, dann sollten wir uns durchkämpfen und später hier wiedertreffen. Dann kann nämlich keiner von uns irgendwo alleine lange überleben.«

»Ja, genau das ist es«, sagte Dr. Manter, »wir gehen nach Hause, schauen nach unseren Leuten, bringen die mit hierhin und richten uns ein.«

»Keine gute Idee«, meldete sich Klaus und er hatte damit Recht.

»Nach unseren Familien sehen und dann wieder zusammenkommen, ist richtig«, sagte ich nun, »aber wieder hierherkommen? Wie lange wollen wir hier ausharren. Irgendwann sind alle Lebensmittel, die wir anschleppen oder aus den umliegenden Supermärkten und Häusern besorgen können, aufgebraucht. Anbauen können wir hier nichts. Hinzu kommt, dass wir hier in einer Großstadt sind. Hier gibt es, falls es überall so aussieht wie hier, im Vergleich zu ländlichen Gegenden besonders viele von diesen Untieren. Und ein wenig Sonnenlicht ab und an, wäre ja auch ganz gut.«

»Du hast doch schon eine Idee, oder? Was ist Dein Vorschlag?« fragte der Doktor.

»Wir können hier nicht rausspazieren und einfach so wiederkommen. Wir müssen an einer Seite des Parkhauses mit viel Lärm ein Ablenkungsmanöver starten und dann auf der anderen Seite des Parkhauses rausfahren. Jeder sollte vorher zusehen, dass er so gut es geht bewaffnet ist. Wir müssen darauf vorbereitet sein, dass wir keine freie Fahrt haben. Überall stehen bestimmt verlassene Autos und überall lungern diese Bestien herum.«

Um mich herum sah ich zustimmendes Kopfnicken. Das beflügelte mich, einen Plan auszugeben, der mir gerade in den Kopf kam.

»Wir treffen uns am fünften Tag, nachdem wir das Parkhaus verlassen haben, wieder. Und zwar draußen am Stadion von Rot-Weiss Essen. Das kann jeder finden. Von da aus ziehen wir uns an den Niederrhein zurück. Da lebten nicht so viele Menschen wie hier, die jetzt zu solchen Kreaturen geworden sein können. Dann sehen wir weiter. Wenn es jemand nicht rechtzeitig schafft, können wir nicht warten. Zwischen Hünxe und Schermbeck gibt es eine Staustufe im Wesel-Datteln-Kanal. Nicht weit von dort, werden wir dann sein und uns verstecken. OK?«

»Ja, supergute Idee«, rief wieder Klaus, »ich bin dabei. Wer noch?«

Auch wenn wir erst zwei Tage hier zusammengepfercht lebten und wir unter großen Sorgen und Ängsten in einer Extremsituation steckten, so stellte sich inzwischen doch so etwas wie eine Gruppenzusammengehörigkeit ein. Niemand brachte jetzt eine bessere Idee vor und die meisten machten sich auf den Weg, in ihren Autos nach Bewaffnung zu suchen und die Fahrzeuge in Position zu bringen. Wir vereinbarten, dass wir in zwei Stunden den Ausgang zur Kibbelstraße öffnen wollten und dort ein Mofa, welches wir im Parkhaus gefunden hatten, hinausschieben und laufen lassen wollten. Fritz kannte sich aufgrund seines Berufes bestens damit aus, das Mofa per Überbrückung zu starten. Er baute zudem den Schalldämpfer des Mofas aus, damit der Motor laut dröhnte. Damit sollten die meisten Schlurfer aus der Umgebung an die Seite des Parkhauses gelockt werden.

Zehn Minuten später wollten wir die Ausfahrt auf der obersten Ebene öffnen und der Reihe nach hinausfahren.

Die verbleibende Zeit nutzten die Eingeschlossenen damit, sich von einander zu verabschieden. Alle wünschten sich viel Glück und versprachen, sich in fünf Tagen am Stadion einzufinden. Manche diskutierten darüber, welche Gegenstände sie unbedingt benötigen und mitbringen würden.

Mich berührte das seltsam. Völlig fremde Menschen mit unterschiedlichen Kulturen, Abstammungen und Lebensweisen, rauften sich in kürzester Zeit zusammen. Ich dachte da zum Beispiel an Mahmut und seine Familie oder an die Irokesen. Jetzt versprühten sie alle gemeinsam Hoffnung und Aufbruchsstimmung. Vielleicht lag das auch an einer Tugend, die hier im Revier stärker ausgeprägt war, als anderswo. Wenn es richtig ernst wird, rückt man zusammen.

Die Zeit verging schnell. Zwei Stunden später stand Klaus in der Schaltzentrale und versuchte sich damit, die richtigen Schalter zu finden, um einzelne Türen und Tore des Parkhauses öffnen zu können. Auf dem Bildschirm in der Zentrale konnte er feststellen, dass sich auf der Straße Unmengen von Schlurfern befanden. Einen Fehler, ein Öffnen einer falschen

Tür und damit das Eindringen dieser Figuren, konnte sich Klaus auf gar keinen Fall erlauben.

Zur selben Zeit standen Fritz und ich am besagten Ausgang an der Kibbelstraße und hofften darauf, dass sich die Tür bald öffnen ließ.

Alle anderen saßen in Ihren Fahrzeugen und warteten auf ein Zeichen von uns. Fiona saß in meinem geliebten Mini und stand damit am Ende der Autoschlange. Wir würden uns gemeinsam auf den Weg machen.

Wir alle hofften, dass jetzt nichts schief ging. Und doch kam alles anders.

(12)

Da saßen sie nun, der Eddi und die Gundula und erzählten sich ihre Lebensgeschichten. Die anfänglich zur Schau getragene Hochnäsigkeit der Lehrerin wich schnell einer innigen Verbundenheit zu ihrem Lebensretter und einer Bewunderung seiner Führungsqualitäten. Ohne ihn hätten die Bestien sie vermutlich erwischt. Solche Männer sagten Gundula besonders zu. Nur gefunden hatte sie bisher so einen für sich nicht.

Die alleinstehende und geschwisterlose Gundula, deren Eltern früh gestorben waren, lebte vollkommen zurückgezogen. Den von ihr gestalteten Unterricht an der Berufsschule liebte sie, sonst nichts, auch nicht ihre Schüler. Letztere konnten weder dem Unterricht noch der Lehrerin etwas Positives abgewinnen. Gundula wusste das, aber es störte sie nicht. Menschen erschienen Gundula als durchweg unberechenbar und Tiere mochte sie nicht. Einzig ihrer Kakteensammlung pflegte sie gerne. Gundula konnte sich nicht erinnern, dass ihr Leben irgendwann mal anders gewesen wäre oder dass irgendetwas ihre Zurückgezogenheit ausgelöst hätte. Sie liebte es so, wie es war.

Sie unterrichtete gerade das zweite Berufsschuljahr. Für den Unterricht suchte sie deswegen nach einer Landkarte der Bundesrepublik im Kartenraum, als das Unglück begann. Der Kartenraum lag unmittelbar neben ihrem Klassenraum. Da vernahm sie seltsame Töne. Schreiende Männer, kreischende Frauen, das Geräusch brechender Knochen und lautes Schmatzen zählten nicht zu den hier üblichen Klängen. Mit einer Mischung aus Verwirrtheit und Überraschung steckte sie vorsichtig den Kopf durch einen kleinen Spalt der leicht geöffneten Tür. Sofort schreckte sie zurück, atmete tief durch und stieß die Tür ganz auf.

Schüler und Lehrer waren übereinander hergefallen und massakrierten sich gegenseitig. Das Bild, welches sich ihr bot, war so furchteinflößend und schrecklich, dass ihr erster, ihrem Wesen entsprechender Reflex, die Umstehenden laut und herrisch zur Ruhe aufzurufen, sofort wieder erstarb. Stattdessen nahm sie lieber die Beine in die Hand und lief, was das Zeug hielt.

So erreichte sie panisch den Haupteingang der Schule und drehte direkt nach Rechts. Da kam ein Taxi um die Ecke. Eine blutrünstige Meute folgte ihr. Der Rest ist bekannt.

Das Bunkerkrankenhaus bot ihnen trotz der kalten Atmosphäre alles, was sie kurzfristig benötigen würden. Ein paar Tage würden sie es hier schon aushalten können. Trotzdem wussten sie beide, dass dies keine Dauerlösung werden konnte.

Gut, hier konnten sie sich sicher bewegen, es gab gewaltige Wasservorräte, jegliche Medizin und genügend Platz. Aber der Bestand an Lebensmitteln gestaltete sich eher knapp und Sonnenlicht fehlte ihnen gänzlich.

Sicherlich würde die Katastrophe draußen, da waren sich beide sicher, sowieso nicht länger als eine Woche andauern. Dann wäre wieder alles im Lot.

(13)

Die Schlurfer, mit denen sich Fritz und ich im Treppenhaus auseinandersetzen mussten, konnten sich irgendwie bis zur letzten Tür vor der Schaltzentrale vorkämpfen. Das fand ich umso besorgniserregender, weil die Tür davor, also die zwischen den Gängen, von Fritz und mir vorhin abgeschlossen worden war. Nun hämmerten die Schlurfer gegen diese letzte Tür. Und Klaus wusste, was das bedeutete und das machte ihn extrem nervös. Dabei herauszufinden, welcher Knopf nun der richtige sein würde, der gedrückt werden musste und dabei keine zweite Chance zu haben, war ihm unerträglich.

Währenddessen harrten Fritz, das Mofa und ich vor der Ausgangstür an der Kibbelstraße aus. Hin und wieder rüttelte Fritz an dieser Tür, um zu prüfen, ob sie sich bereits öffnen ließe. Aber zehn Minuten lang geschah absolut nichts.

»Jetzt geh ich gucken, was der macht«, sagte Fritz.

Doch ich hielt ihn auf.

»Ich gehe. Du kannst das Mofa starten, ich nicht.«

Klaus war ein seltsamer Typ, der den ganz lieben langen Tag zurückgezogen und in sich gekehrt herumlief, aber dann plötzlich doch jede Gelegenheit wahrnahm, sich als der Experte für alles darzustellen. Ich konnte beobachten, dass er nicht besonders viel mit den anderen Parkhaus-Bewohnern sprach und auch nicht sonderlich beliebt war. Als unzuverlässig galt er deswegen aber noch lange nicht, ganz im Gegenteil. Ohne ihn hätten wir die Schaltzentrale gar nicht gefunden und würden immer noch vergebens auf Hilfe warten. Wenn er jetzt nicht, wie abgesprochen, die Türen öffnen konnte, bedeutete das nichts Gutes.

Als ich mich dem Schacht zur Schaltzentrale näherte, hörte ich schon das Schlagen der blutrünstigen Gestalten gegen die Tür. Wie konnten die es denn überhaupt bis dahin schaffen?

Genau in dem Augenblick, als ich mich durch den Schacht in die Zentrale hochzog, gab die Tür nach und wurde komplett nach innen geschleudert. Sie verfehlte meinen Kopf nur um Zentimeter. Klaus, der noch auf seinem Platz saß, in den Unterlagen und Gebrauchsanweisungen wühlte und immer noch nervös nach den Schaltern und Hebeln suchte, die das verabredete Tor und die Tür öffnen sollten, fuhr jetzt herum.

Aber es war bereits zu spät. Die Schlurfer stürzten sich schon auf ihn. Eine in blauer Uniform gekleidete Gestalt in vorderster Linie hielt immer noch einen Schlüsselbund in der linken, herabhängenden Hand. Den Schlüssel konnte er in seinem Zustand nicht benutzt haben. Er kam mir aber so vor, als ob genau er derjenige gewesen war, der, aus welchem Antrieb auch immer, das Parkhaus verriegelt, die Schaltzentrale verlassen und die Tür von außen abgeschlossen hatte. Wenn dem so war, dann wäre er derjenige, der erst dafür gesorgt hatte, dass das Parkhaus uns einen sicheren Unterschlupf bot.

Dem armen Klaus half das jetzt wenig. Er wurde von seinem Stuhl gerissen und im Sturz ging ihm offensichtlich ein Licht auf. Das konnte ich in seinem Gesicht deutlich erkennen. Er stieß noch schnell einen letzten Satz hervor.

»Zweiter und dritter Knopf links oben.«

Dann war er schon zwischen der Meute von Schlurfern verschwunden. Weitere Kreaturen drängten immer noch nach. Es mussten zwanzig oder sogar dreißig gewesen sein.

Die zweite Welle versuchte mich jetzt anzugreifen. Ich hatte mich mittlerweile ganz in den Raum gezogen und nach meinem Tapezierigel gegriffen. Mit der rechten Hand hielt ich den ersten Schlurfer auf Distanz. Mit der linken Hand drückte ich der Reihe nach die Knöpfe, die mir der bedauernswerte Klaus genannt hatte.

Ich musste noch daran denken, dass er ohne einen weiteren Laut von sich zu geben, gestorben war. Da sah ich ein kleines, vielleicht vier- oder fünfjähriges Mädchen durch die Beine der anderen Schlurfer auf mich zu krabbeln. Jetzt musste ich schleunigst handeln. Mit der linken Hand griff ich nach einem der Messer, das ich seit dem Besuch in der Kantine im Gürtel trug. Ich holte weit aus und traf den vor mir fuchtelnden Schlurfer mit dem Messer in die Schläfe. Der brach sofort zusammen und fiel dabei auf das heranstürmende kleine Mädchen, das nun gottlob nicht mehr in der Lage war, mich anzugreifen. Ein Kind hätte ich nicht erschlagen können und ich weiß nicht, wie das dann ausgegangen wäre. Dafür griffen jetzt andere Bestien nach mir. Eine packte mich am linken Arm.

Ich wusste nicht genau, was meinen bohrenden Brechreiz erzeugte – das Ende von Klaus, das endgültige Töten des Schlurfers, das kleine Mädchen oder der erbärmliche Gestank, den diese Wesen im ganzen Raum verströmten.

So oder so, es war Zeit zu gehen. Ich ließ mich in den Schacht fallen, riss dabei aber den Bürostuhl, auf dem eben noch der nun tote Klaus gesessen hatte, mit in den Schacht. Der Stuhl verkantete sich zum Glück so, dass die Schlurfer vorerst nicht folgen konnten. Einer von ihnen sprang mir hinterher und saß nun rücklinks und zur Tatenlosigkeit verdammt auf dem verklemmten Stuhl. Sein hilfloses Wedeln mit den Armen mutete grotesk an. Andere Kreaturen drängten von oben nach und quetschten den armen Kerl mehr und mehr in das Gestänge des Stuhls. Lange würden das weder der Schlurfer noch der Stuhl aushalten können.

Ich landete derweil unsanft, aber unverletzt, auf dem Auto unter dem Schacht, schüttelte mich, richtete mich auf und verstaute meine Waffen wieder im Gürtel.

Während dieser ganzen Aktion hatte Fritz, so erzählte er mir später, zuerst ein pfeifendes Geräusch vernommen, als sich die hermetische Verriegelung der Tür öffnete, vor der er stand. Sofort startete er das Mofa und verklemmte den Gasgriff so, dass die Maschine Vollgas gab. Dann stieß er die Tür auf und trat mit dem Mofa heraus. Da erst sah er, wie voll die Straße überhaupt war. Überall standen diese Dinger herum, die sofort die Köpfe in die Richtung der Lärmquelle wendeten. Fritz konnte von seiner Position auch die nächste Straßenecke einsehen und erkannte auch dort Schlurfer, die sich dem neuen Geräusch zuwendeten und sich sofort in Bewegung setzten. Der Plan, die Scheusale anzulocken und von den ausfahrenden Autos abzulenken, würde also aufgehen. Noch bevor die ersten Schlurfer in der Nähe von Fritz nach ihm greifen konnten, ließ er das Mofa los und verschwand wieder im Inneren des Parkhauses. Die hinter ihm geschlossene Tür würde die Bestien eine Weile beschäftigen.

Nun lief alles Weitere nach Plan. Fritz erreichte das Motorrad, auf dem Bärbel bereits auf ihn wartete. Es sah lustig aus, die beiden riesigen Figuren auf der kleinen Suzuki sitzen zu sehen. Bärbel steuerte die Maschine und kurze Zeit später verschwanden die beiden, wie alle anderen in ihren Fahrzeugen kurz zuvor, durch die Ausfahrt. Über das Schicksal von Klaus erfuhren sie nichts mehr.

Nicht lange danach erreichte auch ich den kleinen Mini, in dem Fiona ungeduldig meine Rückkehr erwartete. Schlurfer aus der Schaltzentrale erspähte ich ebenso noch nicht, wie ich von den Geschöpfen an der Eingangstür, an der Fritz das Mofa losgelassen hatte, nichts zu hören bekam. Ich stieg ein. Fiona startete das Fahrzeug und sah mich dann aber fragend an, weil der VW Golf, mit dem Klaus fahren wollte, noch vor dem Mini stand. Ich schüttelte traurig den Kopf.

»Der kommt nicht mehr. Ich erzähle es dir später.«

Fiona sah mich entsetzt an. Tränen stiegen ihr in die Augen. Da fiel der im Schacht zur Zentrale eingeklemmte Bürostuhl und mit ihm eine Reihe von Schlurfern zu Boden. Das laute Scheppern riss Fiona aus ihrer Lethargie und sie umgriff das Lenkrad des Mini, umkreise den Golf vor uns und fuhr auf die Ausfahrt zu, stoppte aber zugleich wieder. Die Auffahrt kam eine Gruppe dieser Figuren neugierig und hungrig hinunter.

»Gib Gas!«, rief ich.

Abschnitt 3
Chaos und Flucht
(1)

Fiona zählte fast genau 23 Jahre. Ihr Geburtstag lag erst wenige Tage zurück.

Ihre Mutter stammte aus ärmlichen Verhältnissen und arbeitete in einer untergeordneten Position beim Finanzamt in Essen. Dort war sie nicht wirklich glücklich.

Ihren Vater, ein stolzer Mann persischer Abstammung, hatte Fiona nie kennengelernt. Er verließ ihre Mutter drei Wochen vor Fionas Geburt und verschwand auf Nimmerwiedersehen irgendwo in Arabien. Fiona vermisste ihren Vater zeitlebens und hätte alles dafür gegeben, ihn eines Tages kennenlernen zu können.

Fiona wuchs teils bei ihrer Mutter und teils bei ihrer Großmutter auf. Letztere führte zuhause ein strenges, katholisches Regiment und sorgte mit Inbrunst dafür, dass Fiona im Sinne der Kirche erzogen wurde.

Als Fiona gerade 13 Jahre alt war, versuchte der Pfarrer ihrer Gemeinde ihr unter den blauen Faltenrock zu greifen. Sie wehrte sich erfolgreich dadurch, indem sie dem Pfarrer ihr Gesangbuch mit aller ihr zur Verfügung stehenden Wucht auf die Nase knallte. Diese brach und der Pfarrer erklärte später seiner Gemeinde seine schiefe Nase mit einem Treppensturz. Fiona sagte dazu und zu niemandem auch nur ein einziges Wort, betrat fortan aber nie mehr eine Kirche.

Ihrer strengen katholischen Erziehung war es geschuldet, dass sie sich im Umgang mit dem anderen Geschlecht sehr zurückhaltend zeigte. Ihren ersten flüchtigen Kuss vergab sie an einen netten jungen Mann an ihrem achtzehnten Geburtstag. Mit ihm ging sie mehrfach ins Kino, wurde aber das Gefühl, sich besser für einen anderen aufsparen zu müssen, einfach nicht los. Bis heute ließ sich dieser Eine, für den es sich lohnte, nicht finden und Fiona fürchtete bereits, ihn trotz ihrer jungen Jahre nicht mehr auftreiben zu können. Der familiäre Druck von Mutter und Oma, einen guten gläubigen Mann finden zu müssen und Kinder zu gebären, verstärke dieses Gefühl auch noch und führte zu innerlicher Einsamkeit.

Das bedeutete aber nicht, dass sie keinen großen Freundeskreis gehabt hätte oder in diesem nicht ausgesprochen beliebt gewesen wäre. Ihre moderate und verbindliche Art wurde in ihrem Bekanntenkreis besonders geschätzt. Mit wirklich jedem Problem konnte man zu ihr kommen. Mit ihr konnte man Pferde stehlen.

Fiona tanzte für ihr Leben gerne, egal zu welcher Musik. Deswegen traf man sie häufiger in den Discotheken des Ruhrgebiets an. So mancher junge Mann würde, hätte man ihn gefragt, Fiona für auffällig keck halten. Gerne äußerte sie spitze Bemerkungen und ihre Tanzbewegungen wirkten aufreizend.

Ein ihr anvertrautes Geheimnis behielt Fiona stets für sich. Das machte sie eine Zeit lang zur Ansprechpartnerin aller ihrer Freundinnen und Freunde, wenn es darum ging, über Männlein oder Weiblein zu diskutieren und über die damit verbundenen, erwiderten oder nichterwiderten Gefühle zu reden. Schon lange Wochen vor allen anderen wusste Fiona bereits aus einem vertraulichen Gespräch, dass einer der größten Machos im Freundeskreis homosexuelle Liebe bevorzugte und den Macho nur als Tarnung vorschob.

Fionas eigene Gefühlswelt kam dabei allerdings zu kurz. Es gab niemanden, dem sie sich anvertrauen konnte. Ihre Sorgen und Probleme und die Unwegsamkeiten ihrer eigenen Gefühlswelt machte sie mit sich selbst aus.

Auf die Frage einer nicht so engen Freundin, ob Fiona sich glücklich oder eher unglücklich fühlte, antwortete Fiona, sie sei verzweifelt.

(2)

Das alles wusste ich noch nicht, als mein Mini, mit Fiona am Steuer und mir auf dem Beifahrersitz, die Ausfahrrampe des Parkhauses hinaufsauste. Fiona hatte Gas gegeben und bemühte sich dabei, keinem der Schlurfer mit dem Auto zu nahe zu kommen. Das gelang ihr auch und wir erreichten die Straße. Fiona lenkte den Mini nach rechts und sofort wieder links in die nächste Straße hinein. Dort stoppte sie erneut abrupt.

Von unseren ehemaligen Mitgefangenen sahen wir niemanden mehr. Was wir stattdessen erblickten, nahm uns im ersten Augenblick die Luft zum atmen.

Hinter uns bewegten sich unzählige dieser ehemaligen Menschen die Straße hinab. Sie fühlten sich wohl immer noch von dem laufenden Mofa angezogen. Dabei achteten sie nicht großartig auf uns.

Vor uns befanden sich nur kleinere Gruppen von Schlurfern auf der Straße, die sich selbige hinauf, also auf uns zu bewegten. Auf der Straße standen, wild durcheinander, mehrere schon längst von ihren Eigentümern verlassene Fahrzeuge. In welchem Zustand sich die Fahrzeuginsassen befanden, als sie dies versucht hatten, das konnten wir mit einem Blick nicht feststellen. Uns fielen nur die größeren rostbraunen Flecken auf der Straße und an den Hauswänden auf, die wie Blutlachen aussahen. Letztendlich ließ uns aber etwas anderes schwer durchpusten.

Direkt vor dem Mini stand ein weibliches Wesen mit ausdruckslosem Gesicht und starrte uns mit offenem Mund und malenden Kiefern an. Es musste eine ältere Dame gewesen sein, denn sie hielt sich immer noch an ihrem Rollator fest. Den schob sie nun mehrfach gegen die Front des Mini und versuchte dabei mit langem Hals nach uns zu schnappen. Vom linken Bürgersteig kamen nun weitere Figuren schlurfenden Schrittes auf uns zu.

»Sieht nicht so aus, als ob die miteinander sprechen«, sagte Fiona leicht verwirrt und überrascht.

»Ich glaube, deren Gehirn ist völlig tot.«

»Wieso können die dann hier rumlaufen?«

»Ich weiß es nicht. Die sind irgendwie wie lebende Tote, die nichts anderes im Kopf haben, als uns zu fressen.«

»Nicht nur uns«, meinte Fiona und zeigte dabei zum rechten Bürgersteig.

Dort lag das Gerippe eines großen Hundes. Seine Rasse konnte ich nicht mehr bestimmen.

»Du kannst nicht allen ausweichen«, sagte ich, »wir kommen hier nicht lebend weg, wenn du nicht bald fährst.«

Das Stichwort griff Fiona auf. Sie drückte das Gaspedal und der Mini schoss vorwärts. Der Rollator und seine Besitzerin wurden beiseite gedrückt. Zwei weitere Schlurfer verloren ebenfalls ihr Gleichgewicht und stürzten zu Boden. Im rechten Außenspiegel konnte ich erkennen, dass zwei der drei Gestürzten mit ihren Köpfen aufschlugen, die dabei aufplatzten. Genauso weiche Birne, wie die im Treppenhaus, dachte ich, wagte es aber nicht, das laut auszusprechen.

Fiona riss bei rasendem Tempo immer wieder das Steuer herum, um den herumstehenden Fahrzeugen auf der Straße auszuweichen. Die Szene mit dem Rollator verschwand endgültig aus meinem Sichtfeld. An der nächsten Kreuzung ging es wieder nach rechts, auf eine etwas leerere Straße. Nur wenige Schlurfer standen hier stoisch glotzend herum. Der Mini konnte ungehindert die nächste Kreuzung überqueren und auf der anderen Seite die leichte Anfahrt zur Frohnhauser Straße nehmen. Fahren kann sie, dachte ich, als Fiona unvermittelt den Mini an den Straßenrand lenkte und anhielt.

Fiona drehte sich mir zu.

»Wohin jetzt?«

»Vielleicht ist der Mini nicht das richtige Auto. Wäre die Straße eben voller gewesen, wären wir da ohne größere Schäden am Wagen gar nicht durchgekommen. Wir brauchen was, mit dem wir auch mal ein paar Autos wegschieben und rammen können, ohne gleich hängenzubleiben.«

Dabei fiel mein Blick, an Fiona vorbei, gedankenverloren auf einen Schlurfer, der seine Aufmerksamkeit auf den Mini richtete und sich von der gegenüberliegenden Straßenseite langsam näherte. Sein zu einer Fratze entstelltes Gesicht ließ vermuten, dass er innerlich schon mit der Verdauung unserer Körper begonnen hatte. Was diesen einen Unmenschen hier für mich so besonders interessant machte, trug er am eigenen Leib, nämlich seine Kleidung. Der war früher einmal uniformierter Polizist gewesen.

»Wo sollen wir denn jetzt so ein Fahrzeug herkriegen. Der Mini ist doch gut genug«, meinte Fiona, als ich ohne ein Wort zu sagen die Tür öffnete und ausstieg.

Verständnislos sah sie mir hinterher.

Ich zog gerade meinen Tapezierigel aus dem Gürtel und hob ihn zum Hieb gegen den schlurfenden Polizisten an, da sah ich sie. Aus der gegenüberliegenden Straße kamen rund 50 Gestalten auf mich zu.

Die hatte ich in meiner Eile zuvor gar nicht bemerkt. Hinter mir hörte ich eine Autotür und plötzlich tauchte Fiona neben mir auf. Sie hielt meinen Besenstiel in den Händen und drohte in Richtung der sich nähernden Schlurfer. Ich konnte mir ein Grinsen nicht verkneifen. Tolle Frau.

Die Bestien kommunizierten nicht sichtbar miteinander. Das war mir schon längst aufgefallen und Fiona hatte ja auch schon darüber geredet. Trotzdem verhielten sie sich wie eine Art Herde. Sie bewegten sich irgendwie gleichförmig.

Der Gestank der Bestien betäubte mich und das Gejammer und Gestöhne der sich nähernden Kreaturen schallte in meinen Ohren. Mir lief es kalt den Rücken herunter. Klebriger Schweiß bildete sich zwischen Wirbelsäule und Hüften.

Mittlerweile befand sich der Polizist direkt vor mir und ich ließ mit gerümpfter Nase und reichlich Nervosität meinen Tapezierigel auf ihn niedersausen. Das gab kein schönes Geräusch und sah schon gar nicht gut aus, aber es streckte ihn nieder.

Nur noch drei Meter, dann würde uns die Gruppe der anderen Untiere erreichen. Ich bückte mich schnell zum auf dem Boden liegenden Polizisten und fand, was ich suchte. Seine Pistole nahm ich an mich. Ich kannte mich mit solchen Waffen nicht aus. Aber in Fällen, in denen Tapezierigel nicht mehr helfen, konnte sie hilfreich für uns werden.

Fiona und ich drehten uns zur selben Sekunde um und rannten auf unseren Mini zu. Zumindest wollten wir das. Den Mini umgaben aber mittlerweile auch schon vielleicht zehn Schlurfer, die gierig in unsere Richtung stierten.

»Scheiße«, rief ich, griff nach Fionas Hand und zog sie hinter mir her, die Straße weiter rauf, »überall Schlurfer. Wir müssen weg hier und dann raus aus der Stadt.«

»Nicht ohne meine Mutter«, kam es ebenso stur wie kampfeslustig zurück.

Gute 300 Meter weiter stand ein alter Möbelwagen mitten auf der Straße. Der nächste Eingang zu einem Gebäude, in dem wir uns eventuell verbergen konnten, lag vielleicht noch einmal 200 Meter weiter entfernt. Der aber stellte auch keine hilfreiche Alternative für uns dar. Drängelten sich doch auch vor ihm zahlreiche der blutrünstigen Gestalten. Bis zum jetzigen Zeitpunkt hatten wir zum Glück deren Aufmerksamkeit noch nicht auf uns gezogen. Das konnte aber nur eine Frage der Zeit sein und sich innerhalb von Sekunden zu unserem Nachteil ändern.

Hoffentlich ist der Möbelwagen nicht verschlossen, dachte ich und bereitete mich innerlich schon darauf vor, dass vielleicht auch ein Schlurfer in ihm sitzen könnte. Das konnte ich von hier aus nicht sehen.

Unser großer Vorteil lag darin, dass die Verfolger sich nicht besonders schnell zu Fuß bewegten – Schlurfer eben. Mit gebührendem Vorsprung erreichten wir die Fahrertür des Möbelwagens. Dabei handelte es sich um einen alten Kastenwagen, der zwischen 1970 und 1975 von Mercedes gebaut worden war. Da das komplette Fahrzeug, also auch der Aufbau, aus Blech und nicht, wie heute üblich, aus Kunststofffolie bestand, befand man sich im Inneren des Fahrzeuges zunächst in Sicherheit, egal, ob man im Führerhaus oder auf der Ladefläche unterkam.

Zwei Stufen zur Beifahrertür. Ich kletterte sie hinauf und riss die Tür auf. Und tatsächlich saß so ein Schlurfer hinter dem Steuer und schaute mich direkt gierig und geifernd unter seiner knallroten Baseball-Kappe an. Ich hatte keine Zeit darüber nachzudenken, was ich nun tun sollte. Das gierige Geifern der anderen sich nähernden, weiteren Untiere vernahm ich schon deutlich. Ich merkte auch, dass Fiona hinter mir ziemlich unruhig wurde und von einem Bein aufs andere hüpfte. Der Gedanke, sie den Schlurfern überlassen zu müssen, war für mich unerträglich. So griff ich sofort nach der Kreatur im Fahrzeug, um sie herauszuziehen. Der Kerl hatte sich aber seinerseits schon zu mir hinuntergebeugt, um nach mir zu schnappen. So erwischte ich ihn nur an seiner Kappe. Das zog ihn aber trotzdem von seinem Sitz. Beide fielen wir auf die Straße.

Der stinkende Schlurfer landete direkt auf mir. Seinen miesen Atem in der Nase, spürte ich ihn genau über mir und ich blickte direkt in seine ausdruckslosen, grauen Augen. Gerade bemühte er sich darum, mir ins Gesicht zu beißen, da wurde er mit einem heftigen Tritt in die Seite fortgeschleudert. Fiona hatte mit aller Kraft zugetreten.

»In den Wagen«, rief ich ihr zu.

Fiona kletterte in das Führerhaus des Möbelwagens. Ich wollte ihr sofort nach, da hielten mich aber auch schon die nachdrängenden Schlurfer auf. Unser stattlicher Vorsprung war wie Butter in der heißen Sonne dahingeschmolzen. Drei von den stinkenden Figuren umringten mich und auch der Schlurfer, der von Fiona weggetreten worden war, rappelte sich wieder auf und ging hungrig auf mich los. Fiona schrie herzzerreißend.

Ich dachte an die Pistole des Polizisten, die in meinem Hosenbund steckte. Ich wusste allerdings nicht, wie man damit umgehen und diese entsichern musste. Dass Polizeiwaffen durch ihren Holster gesichert wurden und keinen eigenen Entsicherungshebel brauchten, erfuhr ich erst viel später. Jetzt konnte mir nur noch meine Standardwaffe, mein Tapezierigel helfen.

Ich zog ihn aus meinem Gürtel und versuchte eine drehende Bewegung, so, wie ich es von zahlreichen Filmhelden in ihren Actionfilmen kannte. So richtig gelang mir das nicht. Ich wollte aber auch keinen Oscar damit gewinnen. Meine Drehung reichte, um zwei der vier direkten Angreifer so an ihren Köpfen zu treffen, dass sie zunächst einmal zurückwichen. Einen dritten Angreifer setzte Fiona außer Gefecht. Sie hatte von ihrer erhöhten Stellung im Führerhaus den Besenstiel als Sperr benutzt und ihn einem Schlurfer von hinten in den Kopf gerammt. Der brach nun endgültig tot zusammen.

Den vierten Schlurfer traf ich mit meiner Waffe an der Schulter. Damit konnte ich ihn zwar nicht wirklich dauerhaft davon abhalten, mich anzugreifen, es reichte aber für mich, mich ebenfalls in die Fahrerkabine zu ziehen.

Fiona schaute mich mit fahler Gesichtsfarbe an, reagierte aber gedankenschnell, rutschte auf den Beifahrersitz und machte mir damit Platz. Ich schlug die Tür zu und wir befanden uns für kurze Zeit in Sicherheit.

Fiona bekreuzigte sich, schloss die Augen und betete laut.

(3)

Der Mini war verloren und mit ihm mein Handy, welches ich im Wagen zurücklassen musste. Der vergebliche Versuch von Fiona, auf ihrem Handy eine Verbindung herzustellen, zeigte mir, dass das keine bedeutende Rolle mehr spielte.

Fiona betete jetzt leise murmelnd, als ich mich in dem Möbelwagen umsah. Auf meinen fragenden Blick hin, erzählte sie mir ihre Lebensgeschichte knapp, aber in Sachen Religion verständlich. Mir persönlich fiel es schwer, mich in dieser Umgebung mit dem Glauben und Gott zu beschäftigen. Ich konnte Fiona aber deutlich ansehen, wie sehr es ihr half. Das gab mir zu denken.

Langsam beruhigten wir uns beide wieder und ich schaute nach, ob der Fahrzeugschlüssel im Zündschloss steckte. Und ja, dort war er tatsächlich. Schlurfer umringten den Wagen und versuchten vergeblich ins Fahrzeuginnere zu gelangen. Ich startete darum sofort den Motor und gab vorsichtig Gas. Dabei konnte ich nicht verhindern, den einen oder anderen der armseligen, von irgendeiner Krankheit Betroffenen zu Fall zu bringen und zu überrollen.

Ich bemerkte da aber schon an mir selbst, dass es mir von Fall zu Fall weniger ausmachte, wenn ich eines dieser Dinger tötete. Ja, früher waren das Menschen wie du und ich. In diesem Moment sah ich in ihnen aber nur noch Kreaturen, die mir nach dem Leben trachteten. Diese Gestalten schienen geistig auf dramatische Weise degeneriert zu sein. Dadurch verkörperten sie erst recht nicht mehr den Menschen, der sie einmal gewesen waren. Es wirkte auch nicht so, als ob diese Schlurfer nur krank wären und man sie heilen könnte. Danach sah das alles nicht aus. Zu widerlich waren ihre Gerüche und zu hässlich ihre zum Teil fürchterlichen Verletzungen, die jeden normalen Menschen außer Gefecht gesetzt hätten. Trotzdem erschrak ich über mich selbst. Konnte man so gleichgültig werden? Ich fragte mich, wie das alles geschehen sein konnte, fand aber keinerlei schlüssige Antwort darauf, ja noch nicht einmal eine vage Idee. Egal, jetzt galt zu allererst einmal, zu überleben.

Langsam rollten wir die Frohnhauser Straße hinauf. Langsam deswegen, weil hier auf der Straße viele von ihren Fahrern verlassene Autos eine freie Durchfahrt behinderten. Der Möbelwagen zeigte sich nicht so wendig wie der Mini, um alle diese Fahrzeuge problemlos umfahren zu können. Das eine oder andere dieser Hindernisse mussten wir vorsichtig zur Seite schieben.

Mir fiel die Autoversicherung ein, die mir unter normalen Umständen sicher einen Strick drehen würde, wenn dies alles vorbei sein sollte. Irgendwie beschlich mich aber bereits schon da die Vorahnung, dass dies nie geschehen würde.

Die den Möbelwagen umringenden Gestalten, die nicht unter die Räder geraten waren, liefen uns noch ein paar Meter hinterher. Dann gaben sie ihr Unterfangen auf. Es sah im Seitenspiegel so aus, als ob sie von einer zur anderen Sekunde ihr Interesse verlören oder gar nicht mehr wussten, warum sie eigentlich losgegangen waren. Nun standen sie einfach so auf der Straße herum oder schlurften langsam vor sich hin. Auffällig fand ich, dass sie auch dann untereinander nicht kommunizierten, als sie sich alle in dieselbe

Richtung bewegten. Sprechen gehörte wohl nicht mehr zu ihrem Wesen.

»Ich weiß nicht wohin«, sagte Fiona und fing leise an zu weinen.

Das erste Mal seit Beginn der Katastrophe verlor sie die Fassung.

»Warum machen Menschen so etwas?«

»Vergiss es Fiona ‚das sind keine Menschen mehr. Wir suchen jetzt deine Mutter, dann meinen Vater und egal, was ist, wir bleiben zusammen. OK?«

Fiona sah aus feuchten Augen zu mir herüber, versuchte ein Lächeln, schaffte aber nur eine Grimasse.

»Ja.«

Ich spielte ihr vor, dass für mich das weitere Vorgehen auf der Hand läge und die aktuelle Situation das Normalste auf der Welt wäre. Vielleicht half ihr das. In Wahrheit wusste auch ich nicht, was wir machen sollten. Ja, wir konnten mit etwas Glück ihre Mutter und meinen Vater finden. Wenn es eventuell auch nur dazu gut sein sollte, die beiden von ihrem Schlurfer-Dasein zu befreien. Und ja, wir konnten in fünf Tagen am Stadion sein und die anderen treffen. Was aber dann? Was, wenn keine Hilfe mehr kam? Was, wenn die ganze Welt so aussah, wie hier? Dann müssten wir ganz von vorne anfangen und wir würden nie mehr so leben, wie bisher. Na ja, gesellschaftlich konnte das auch eine Chance sein, kam es mir in den Sinn.

Fiona saß neben mir und ich war in dieser Sekunde heilfroh, dass ich nicht alleine war.

(4)

Zwei Straßen weiter bogen wir rechts ab. Eine der kleineren Straßen der Stadt lag vor uns. Sie sollte uns von hier direkt zum Finanzamt führen, in dem Fiona ihre Mutter vermutete. Ich hoffte, dass wir auf dieser Straße auf wenig Widerstand treffen würden. Und so kam es dann auch. Zwar standen auch hier ein paar verlassene Autos auf der Straße herum, Schlurfer sahen wir aber keine.

Es war 13:00 Uhr. Die Tanknadel meines Möbelwagens zeigte einen noch halbvollen Tank an. Trotzdem nahm ich mir vor, den Wagen bei der nächsten Gelegenheit aufzutanken. Man konnte nie wissen. Wie das vonstatten gehen sollte, wusste ich noch nicht. Tanksäulen benötigen schließlich Strom. Aber irgendwie würde es schon gelingen an den Treibstoff in den Tanks der Tankstelle oder in anderen Fahrzeugen heranzukommen.

Am Ende der kleinen Straße bogen wir links ab. Jetzt befuhren wir wieder eine größere, mehrspurige Straße, auf der deutlich mehr Betrieb herrschte. Etliche Schlurfer standen herum oder bewegten sich in Gruppen in irgendeine Richtung. Sie wurden nun durch die Bewegung und den Lärm des Möbelwagens auf diesen aufmerksam. Allerdings betrug die Entfernung zum Finanzamt auch nur noch gute 300 Meter.

Das Finanzamt, ein sechsstöckiges Gebäude, besaß die Form eines großen, etwas unförmigen E's. Ich schätzte die Länge des Gebäudes auf gute 100 Meter. Die drei Flügel des Gebäudes maßen ebenfalls 100 Meter. Das ergab in der Addition zahlreiche Zimmer und Gänge, die man durchsuchen müsste, um Fionas Mutter zu finden.

»Hast Du eine Ahnung, wo sich deine Mutter aufhalten könnte?«

Dabei verzog ich leicht den Mund, denn es kam mir in den Sinn, wie unwahrscheinlich es sein würde, Fionas Mutter überhaupt zu finden. Und das dann noch in einem Zustand, der dem unsrigen entsprach. Was würde Fiona tun, wenn ihre Mutter plötzlich als Schlurfer vor uns auftauchen würde? Und was würde ich tun, wenn sie uns angriffe? Wie würde sich das Verhältnis zwischen Fiona und mir entwickeln, wenn ich ihre Mutter erschlagen müsste? Ich mochte gar nicht daran denken und versuchte Optimismus auszustrahlen.

»Sie hat entweder Parterre, direkt in der Nähe des Eingangs oder im Keller zu tun. Ich bin aber noch nie da drin gewesen. Das hat sie mir erzählt.«

Fiona blickte erwartungsfroh auf das Amt. Ich steuerte unseren Möbelwagen durch eine enge Zufahrt auf den Parkplatz hinter dem Finanzamt. Das ließ uns freilich nur einen Fluchtweg, bot uns aber auch etwas Sichtschutz vor den Schlurfern auf der Straße.

Die paar Meter zum Eingang des Finanzamtes legten wir problemlos zurück. Auch die Eingangstür konnte ich leicht aufdrücken. Das sprach nicht dafür, dass sich hier Überlebende verschanzt hatten.

Ich ertappte mich bei dem Gedanken, wie langsam erst einmal Schlurfer sein mussten, die in ihrem wahren Leben beim Finanzamt gearbeitet hatten, verwarf diesen Gedanken daran aber schnell wieder. Ein schiefes Grinsen konnte ich mir dabei trotzdem nicht verkneifen.

Früher arbeiteten hier mehrere hundert Menschen. Wir konnten also davon ausgehen, dass sich eine große Anzahl von ihnen noch im Gebäude befand. Die Katastrophe hatte schließlich mitten am Tag ihren Anfang genommen. Das bedeutete für uns, dass wir tunlichst keinen Lärm verursachen sollten. Schade, ich hätte gerne nach Fionas Mutter laut gerufen.

»Wie heißt Deine Mutter eigentlich?«

»Petra.«

Beide standen wir nun im Eingang des Finanzamtes herum und wussten nicht so recht, was wir als nächstes tun sollten. Nach links, nach rechts, nach oben oder nach unten? Die Entscheidung sollte uns abgenommen werden.

Auf der Steintreppe, die in die oberen Etagen führte, tauchte eine Reihe von Schlurfern auf, die neugierig ihre schon teilweise vergammelt aussehenden Köpfe nach uns reckten und gleich mit ihrem irrsinnigen Gestöhne begannen. Links befand sich eine Glastür. Auch hinter dieser bewegten sich solche Kreaturen und nahmen offensichtlich bereits unsere Witterung auf. Ich wollte Fiona in den anderen Gang auf der rechten Seite ziehen, als die Tür dazu aufgestoßen wurde und sich vier der Bestien zielbewusst auf uns zubewegten.

Schon wieder, dachte ich, packte Fionas Hand und wir nahmen den einzigen Ausweg und rannten die Treppe hinab in Richtung Keller. Ich dachte noch so bei mir, dass das auch die falsche Entscheidung sein könnte, da war es aber schon zu spät. Auch am Ende der Kelleretage führte je eine Tür nach links und eine nach rechts. Fiona öffnete die linke Tür und wich zugleich zurück. Der ganze Gang quoll über vor stinkenden und jammernden Schlurfern. Dann eben in den anderen Gang. Zum Glück trafen wir diesen leer an und wir konnten mit einem alten Aktenschrank die Tür notdürftig verrammeln.

»Für die Schlurfer wird das eine Zeit lang reichen«, sagte ich und dachte mit Grauen an die Figuren, die im Parkhaus selbst verschlossene Türen in ihrem Hunger nach uns aufbekommen hatten.

Nun standen wir in einem Kellergang, von dem einzelne Bürotüren abgingen. Planlos blickten wir uns um. Da ertönte plötzlich vom hinteren Ende des Ganges das Knarren einer Tür, die in ihren schlecht geölten Scharnieren quietschte. Fiona und ich zuckten erschrocken zusammen.

Entsetzt sahen wir uns an. Das war das Ende. Kampflos würden wir uns nicht dem großen Fressen ergeben.

Der Lichtstrahl einer Taschenlampe war zu sehen und der traf uns alsbald mitten ins Gesicht und blendete uns. Schlurfer mit Taschenlampen? Das konnte ich wohl ausschließen. Da hörte ich auch schon eine helle, weibliche Stimme.

»Fiona, Schatz!«

Sekunden später lagen sich Mutter und Tochter in den Armen. Wir hatten es tatsächlich geschafft, Fionas Mutter zu finden. Auf der einen Seite machte mich das froh, bewies es doch, dass auch andere Menschen bis jetzt überlebt haben konnten. Auch Fiona machte das glücklich und ich freute mich mit den Beiden. Auf der anderen Seite fürchtete ich jetzt umso mehr, bei meinem eigenen Vater nicht so viel Glück zu haben. Ich stellte mir vor, wie er als Schlurfer durch die Gegend zog. Ein grausiger Gedanke.

»Kommt hier rein«, sagte Fionas Mutter schließlich und zog uns in einen der hinteren Räume.

Aus irgendeinem undefinierten Grunde erwartete ich, dass Fiona und ihre Mutter Petra sich äußerlich irgendwie ähneln würden. Vielleicht lag das an der unglaublichen Ähnlichkeit zwischen Anke und Jenny, unseren Parkhauskolleginnen. Hier aber sah ich mich getäuscht. Petra war Mitte 40, klein und pummelig und hatte ihr graues Haar zu einem Pferdeschwanz zusammengebunden. Um den Hals trug sie ein schweres, silbernes Kreuz an einer Kette.

(5)

Wir beschlossen gemeinsam, die nächste Nacht hier im Keller zu verbringen. Es fiel mir unendlich schwer, hier im Finanzamt auszuharren und nicht nach meinem Vater zu suchen. Ich musste aber schweren Herzens einsehen, dass es bei bald einsetzender Dämmerung nicht leichter geworden wäre, das Finanzamt unbehelligt wieder zu verlassen.

Fiona erzählt ihrer Mutter wie es uns im Parkhaus und auf der Fahrt hierhin ergangen war, wie wir uns kennengelernt und was wir draußen erlebt hatten. Ab und an musterte mich Petra mit freundlichem, aber ziemlich abschätzendem Blick. Selbst in dieser katastrophalen Situation achtete sie darauf, welche Art von Bekanntschaft ihre Tochter machte. Ich war mir nicht sicher, ob ich den Anforderungen entsprach oder doch durchs Raster gefallen war.

Petra erzählte daraufhin ihre Geschichte. Wie häufig in ihrem täglichen, beruflichen Dasein arbeitete sie im Kellergeschoss des Finanzamtes. Das machte ihr nichts weiter aus. Ihre vier direkten Kollegen konnte sie ebenso nicht leiden, wie diese sie nicht ausstehen konnten. Petra bezeichnete sie, gelinde gesagt, als Darmausgänge. Das führte über die langen Jahre dazu, dass sie sich hier unten im Keller ganz gut eingerichtet hatte. Sie schaffte einen Kasten Mineralwasser her und versuchte fortan ihre Arbeitszeit eher hier unten als auf den oberen Etagen bei ihren Kollegen zu verbringen.

Dass sich die Welt draußen drastisch veränderte, bemerkte sie deswegen zunächst gar nicht. Als sie mit einer Akte unter dem Arm mal wieder in eine der anderen Etagen wollte, erschrak sie. Sie sah durch die kleine Scheibe in der Holztür zum Treppenhaus einen Kollegen und eine Kollegin die blutrünstig über einen weiteren Kollegen herfielen und ihn mehrfach bissen. Petra zog sich vor Schreck sofort zurück und saß eine Zeit lang verwirrt in ihrem Kellerraum. Ewig so sitzenbleiben konnte sie nicht und so schlich sie sich nach einer Weile erneut zur Treppenhaustür.

Da sah sie gerade noch, wie der vorhin gebissene und stark blutende Kollege sich seinerseits aufrappelte, wirr umherschaute, laut schnaubte und eine junge Auszubildende anfiel, die gerade aus dem anderen Kellergang kam. Das Schauspiel wiederholte sich also, mit dem kleinen aber feinen Unterschied, dass von der Auszubildenden nicht viel übrig blieb. Wieder floh Petra, übergab sich mehrfach und versteckte sich verstört und voller Angst in ihrem Büro. Sie betete, hastig und voller Inbrunst. Nur noch Gott konnte helfen und nur er konnte ihre Tochter beschützen, die sich irgendwo in der Innenstadt aufhalten musste. Einen Reim auf das, was geschehen war, konnte sich Petra nicht machen. Eine innere Stimme sagte ihr, dass es etwas mit der Hölle zutun haben musste.

Erst als Petra menschliche Stimmen hörte, wagte sie sich wieder hervor und traf auf ihre Tochter. Gott hatte ihre Gebete erhört. Nichts und niemand würde sie von dieser Überzeugung abbringen können. Und ehrlich gesagt, mir fehlten tatsächlich die Argumente, dagegen halten zu können.

Nachdem alles gesagt und Vieles diskutiert worden war, saßen wir still beisammen. Fiona bemerkte die skeptischen Blicke ihrer Mutter mir gegenüber durchaus und für Gewöhnlich ließ sie sich davon beeinflussen. Diesmal aber ließ sie sich davon nicht abhalten, sich nun eng an mich zu drücken. Ihre Gefühle sagten ihr, dass es so richtig wäre. Es kam mir so vor, als ob ich in ihren Augen ein triumphales Blitzen sah, mit dem sie ihre Mutter wohl provozieren wollte. Ein seltsames Verhältnis der beiden Frauen zwischen Liebe, Konkurrenzkampf und gegenseitigem Druck. Und das in dieser Situation. Hoffentlich uferte das nicht noch unkontrolliert aus.

Ich lehnte mich zurück und dachte an den kleinen Karim und die anderen Freunde aus dem Parkhaus. Mit ziemlicher Sicherheit würden sie irgendwo, genauso wie wir, um ihr Leben kämpfen oder hatten diesen blutigen Kampf bereits verloren. Das genau war die Sekunde, in der ich damit begann, über Orte nachzudenken, die uns dauerhaft Sicherheit und damit ein Leben in Frieden schenken konnten.

Uns erwartete eine kurze Nacht. Petra teilte ihr letztes Butterbrot mit gekochtem Schinken unter uns auf und jeder trank von der letzten Flasche Mineralwasser. Danach betteten wir uns, so gut es ging.

Der bescheidene Komfort unserer Liegestätte und unsere quälenden Sorgen führten dazu, dass wir uns früh wieder auf den Beinen befanden. An diesem Morgen befürchtete ich zu Recht, dass es noch sehr lange dauern könnte, bis ich mal wieder tief und entspannt schlafen würde.

»Wir haben keine Lebensmittel mehr und ich muss meinen Vater suchen. Wir müssen also hier raus«, begann ich die Diskussion.

»Ja, du hast recht«, meinte Fiona, »aber das ganze Treppenhaus ist voll von diesen Unmenschen. Da kommen wir gar nicht durch. Die können wir doch nicht alle umhauen.«

»Vielleicht können wir sie ablenken, so wie wir es mit dem Mofa am Parkhaus gemacht haben.«

»Es gibt einen Hinterausgang«, mischte sich da Petra in unser Gespräch ein, »der führt direkt auf den Parkplatz. Wir müssen nur an meinen vier Kollegen vorbei. Als es begann, saßen die vor dem Ausgang in einem kleinen Konferenzraum. Ich glaube, die sind immer noch da.«

(6)

Ich wappnete mich mit dem Tapezierigel und meinem Küchenmesser aus der Sparkassen-Kantine sowie der Pistole des toten Polizisten. Fiona bewaffnete sich mit dem angespitzten Besenstiel. Ihre Mutter Petra griff einen messerähnlichen Brieföffner aus einem der kleinen Schreibtische und zog zusätzlich eine Schreibtischlampe mit schwerem Metallfuß vom Tisch.

So bewaffnet zogen wir am zweiten Tag nach unserer Parkhausflucht in Richtung des kleinen Besprechungsraums. Hinter diesem Raum sollte der Hinterausgang liegen.

Zu meiner Überraschung brauchten wir nicht darüber zu spekulieren, ob Schlurfer im Besprechungsraum sein konnten oder nicht. Wir gingen den Gang weiter hinauf und bogen einmal rechts ab. Da standen wir direkt vor zwei großen, mit Draht durchzogenen Glasfenstern und konnten geradewegs in den Besprechungsraum hineinsehen.

»Da sind sie«, sagte Petra ungewöhnlich abfällig und zeigte auf vier Schlurfer, die uns nun auch bemerkten.

Geifernd und sabbernd klebten sie an den Scheiben.

»Das da ist hier der Leiter, heißt Weichmann und so ist er auch.«

Petra konnte ihre Abneigung gegenüber den Kollegen nicht verbergen.

»Die anderen sind die Herren Listig, Jungner und Nuobaks. Sehen jetzt allesamt genauso aus, wie ich sie früher auch schon immer gesehen habe - schäbig. Aber jetzt ist Schluss damit.«

Mit diesen Worten öffnete sie die Tür zum Besprechungsraum und trat, ihre Schreibtischlampe falsch herum haltend und hoch über den Kopf schwingend, in den Raum.

Nuobaks war der Erste. Ihn traf sie mit dem schweren Fuß der Lampe direkt auf den Schädel, als er sich mit triefendem Mund auf sie zubewegte. Jungner, der direkt dahinter stand, wurde von Fionas Besenstiel niedergestreckt. Listig bewegte sich am langsamsten von den Dreien und Weichmann stand immer noch an der Scheibe und schaute heraus.

»Wie früher«, rief Petra, »der kriegt nichts mit.«

Sie stieß Listig mit ihrem Brieföffner in die Seite, woraufhin dieser ins Schwanken geriet und zur Seite taumelte. Dort beendete ich sein Leiden mit meinem Tapezierigel. In der Zwischenzeit hatte Petra die Sache mit Weichmann zu einem unschönen, wenn auch notwendigen Ende gebracht. Der Besprechungsraum gehörte uns. Fiona atmete hörbar aus. Ihre Mutter bekreuzigte sich, was ich irgendwie unangebracht fand.

Am Ende des Raumes befand sich eine unverschlossene Tür und Sekunden später standen wir alle schwer pustend im Freien. Petra, die wie eine Furie über ihre alten Kollegen, die sie schon so lange drangsalierten, gekommen war, beugte sich zur Hauswand vor und übergab sich. Gerade erwachte sie aus ihrem Blutrausch. Fiona nahm sie in den Arm und redete auf sie ein. Ich hörte Worte wie „keine Menschen mehr" und „Monster", kümmerte mich aber nicht weiter darum, sondern hielt Ausschau nach weiteren Schlurfern, die unseren Weg versperren wollten. Den Möbelwagen konnte ich von hier aus sehen.

Die Welt offenbarte sich in diesen Tagen ungewöhnlich ruhig. Am Himmel flogen keine Flugzeuge mehr und es fuhren keine Autos durch die Straßen. Alle von Menschen verursachten Geräusche waren verstummt. Da vernahm ich ein Klopfen gegen eine Fensterscheibe. Ich fuhr herum und suchte mit meinen Augen das Gebäude ab.

In der obersten Etage sah ich sie.

(7)

Eddi und Gundula verspürten mittlerweile starken Hunger. Eddis Brötchen und die Landjäger hatten nicht lange vorgehalten. Zunächst durchstöberten sie den kompletten Bunker nach Essbarem und brauchbaren Gegenständen. Die ganze Zeit hindurch unterhielten sie sich darüber, was überhaupt geschehen war und was der Auslöser der Katastrophe gewesen sein könnte. Eddi erinnerte sich an die kleinen Tröpfchen auf seiner Windschutzscheibe und Gundula vermutete einen Störfall im rund 80 Kilometer entfernten und südwestlich gelegenen Kernkraftwerk Grundremmingen, dem leistungsstärksten und letzten am Stromnetz befindlichen deutschen Kernkraftwerk. Eine wirklich schlüssige Erklärung für das seltsame Verhalten und plötzliche Ausrasten ihrer Mitmenschen fanden beide allerdings nicht. Sie zweifelten indessen nicht daran, nach entsprechenden Einsätzen der Polizei und des Militärs in wenigen Tagen wieder ein normales Leben führen zu können.

Im Vorratsraum stöberten sie eine Reihe medizinischer Geräte und Unmengen an Medizin auf. Alle hier zu findenden Materialien stammten aus den 60er-Jahren und befanden sich leider nicht mehr auf dem neuesten Stand. Was sie als noch brauchbar erachteten, schleppten Eddi und Gundula in ihre Zentrale um es dort genauer zu untersuchen. „Zentrale", so nannten sie den in der Mitte der Anlage gelegenen Raum, der ihnen als Schlafzimmer diente.

Sie fanden Pantoffeln, Kanülen, eine Knochensäge, eine Spezialbatterie für die OP-Beleuchtung, Blutdruckmessgeräte, Geschirr, Kittel, Gehhilfen und Nierenschalen. Lebensmittel aber fanden sie nicht.

»Wire müsse hier über kurze oder lange wieder rause, Gundula«

»Das glaube ich auch, Eddi. Wir brauchen was zu essen. Die Polizei hat draußen sicher schon für Ordnung gesorgt.«

»Lasse uns nehme die Taschen und packe alles zusamme. Jede zwei Tasche und ab zum Mercedes, ok?«

»So machen wir das.«

Zum ersten Mal seitdem sie sich hier unten zusammen aufhielten und zusammengerauft hatten, lachte Gundula. Sie beugte sich zum dicken Eddi vor, um ihm einen Hauch von einem Kuss auf seine Wange zu pusten.

Gundula mochte ihren Taxifahrer, wie sie Eddi insgeheim nannte. Das war ein Typ so ganz nach ihrem Herzen. Einer der anpackte und vorneweg gehen konnte. Das erste Mal in ihrem Leben fühlte sie sich zu einem Mann hingezogen. Das verlieh ihr einen besonderen Drive. Gefühle, die sie noch nie gespürt hatte und chemische Reaktionen, wie sie diese noch nie erlebt hatte, brodelten in ihr. Neu, verwirrend und schön, aber so unendlich aberwitzig in dieser verfahrenen Situation. Aber Gundula wäre nicht Gundula, wenn sie sich dem nicht stellen würde. Und die richtige Sprache würde sie ihm schon beibringen, das war gewiss.

Der dicke Eddi seinerseits lief ob des gehauchten Kusses knallrot an und fühlte sich über alle Maßen geschmeichelt. Im Zwielicht des Bunkers konnte Gundula das aber nicht sehen.

Die größte Katastrophe der Menschheit und der ungeheure Zufall, dass Eddi zur rechten Zeit durch die Straße fuhr, als Gundula panisch die Berufsschule verließ, hatte diese beiden verkappten und bisher nicht von Leben begünstigten Einzelgänger zusammengebracht. Jetzt würden sie sich als Team beweisen müssen.

(8)

Hinter einem Fenster klopften und winkten aufgeregt drei Personen. Ich unterschied einen Mann und zwei Frauen und sah die Not in ihren Augen selbst von hier aus. Mehr von der Lage im sechsten Stockwerk konnte ich nicht erfassen.

Das passte jetzt so gar nicht in meine Pläne. Diese Leute einfach hier ohne Hilfe zurücklassen, konnte aber auch keine akzeptable Option sein. Darüber hinaus war ich mir sicher, dass wir nur dann eine dauerhafte Überlebenschance in der Welt, so wie sie sich jetzt zeigte, haben würden, wenn wir über eine große Gruppe verfügten – so groß wie eben möglich.

Aber wie konnten wir ihnen helfen? Petra und Fiona bemerkten die drei Fensterklopfer nun auch und schauten genauso verdutzt drein, wie ich.

»Sechste Etage«, stöhnte ich.

Ich hielt es für Blödsinn, wenn wir uns alle erneut gefährden würden. Fiona und ihre Mutter sollten sich erst einmal im Möbelwagen in Sicherheit bringen. Ich wollte mich mit Besenstiel, Messer, Tapezierigel und mit der Pistole bewaffnet auf den Weg zu den Eingeschlossenen machen. Als größeres Problem sahen wir den Hinweg an. Auf dem Rückweg wären wir, wenn alles gut ginge, dann zu viert.

Meine erste Idee sah so aus, dass ich mit dem Möbelwagen so nahe ans Gebäude heranfahren wollte, um sodann vom Dach des Fahrzeuges die erste Etage erreichen zu können. Das kam mir letztendlich aber doch zu phantastisch vor. Das konnte nicht funktionieren. Durch den Hinterausgang zurück und durch das mittlere Treppenhaus zu gehen, schien aufgrund der uns ja schon bekannten Schlurfer-Dichte dort auch keine gute Alternative zu sein.

So fasste ich den Plan, eine der Fensterscheiben der untersten Etage einzuschlagen, um so ins Gebäude zu gelangen. Ich hoffte, dass der dadurch entstehende Lärm nicht zu viele Scheusale anziehen würde.

Ziemlich genau unter dem Fenster, an dem die drei Hilfesuchenden standen, fand ich ein auf Kipp stehendes Fenster – eben nur 6 Etagen tiefer. Es gelang mir, dieses mit relativ wenigen Geräuschen einzudrücken. Petra und Fiona warteten derweil im Möbelwagen und sahen aufgeregt herüber.

Ich spürte noch den sanften Kuss auf meinen Lippen, den mir Fiona gab, bevor ich losging. Den schockierten Blick ihrer Mutter hatte ich dagegen schon längst vergessen.

Ich befand mich in einem der Büros. Von Petra wusste ich, dass hier alle Räume gleich aussahen und dass es mehrere Treppenhäuser im Gebäude gab. Ich wollte das Treppenhaus benutzen, welches am weitesten vom Haupttreppenhaus entfern lag.

Langsam öffnete ich die Bürotür zum Gang. Zum Glück machte das Öffnen der Tür keine lauten Geräusche. Im Gang konnte ich keinen Schlurfer entdecken und ein paar Sekunden später befand ich mich bereits am besagten Treppenhaus.

Bei dem ersten Schlurfer, dem ich begegnete, handelte es sich um einen älterer Mann, der mit einem blauen Anzug bekleidet, eine gelbe Krawatte um den Hals und in seiner verkrampft wirkenden linken Hand eine braune Aktentasche trug. Er kam mir auf der Treppe entgegen und raunzte mich gleich hungrig an. Als er sich, zwei Stufen höher als ich stehend, auf mich werfen wollte, trat ich einfach einen Schritt beiseite und der Kerl flog der Länge nach an mir vorbei, die Treppe hinab. An deren Ende schlug er böse auf und blieb dort mit offensichtlich gebrochenen Beinen liegen. Dann aber richtete er sich auf und versuchte, trotz der gebrochenen Beine, wieder auf mich loszugehen. Das gelang ihm natürlich nicht und er muss sich damit begnügen, die Treppe hinaufzukriechen. Schmerzen hatte er dabei wohl keine. Ich beachtete ihn nicht weiter. Er bedeutete keine Gefahr mehr.

Überraschenderweise begegnete ich keinem weiteren Angreifer mehr und erreichte problemlos die sechste Etage.

Das Herz klopfte mir bis zu Hals. Dieses ganze Gebäude kam mir wie eine riesige Falle vor. Ich sollte mich beeilen.

Durch das kleine Fenster in der Treppenhaustür konnte ich den Gang einsehen. Der Raum, den ich erreichen wollte, musste der dritte oder vierte auf der rechten Seite sein. Das würde nicht leicht werden. Im Gang wimmelte es leider vor diesen Bestien, die mich zum Glück noch nicht bemerkten.

Da kam mir eine verwegene Idee. Schnell riss ich die Treppenhaustür auf, schlüpfte in der Hoffnung, auf offene Türen und leere Räume zu stoßen, durch die erste Tür rechts und warf die Tür hinter mir zu. Ob die Schlurfer auf dem Gang auf die Schnelle überhaupt irgendetwas registrieren konnten, wusste ich nicht. Und wieder gesellte sich das Glück zu mir. Ich fand tatsächlich einen leeren Raum vor, ohne blutrünstige Figuren, die mich verspeisen wollten.

In dem Büro standen zwei Schreibtische. Der Raum wirkte genauso langweilig, wie man sich Räume in solchen Bürohäusern für gewöhnlich vorstellte. Nur der große, schwarze Bilderrahmen, der an einer der mit weißer Raufaser tapezierten Wände hing, erregte meine Aufmerksamkeit. Das ganze Bild beherrschte die Erscheinung einer attraktiven, jungen Frau mit einem süßen Baby auf dem rechten Arm und einem kleinen Jungen an der linken Hand. Was mochte wohl aus ihnen geworden sein?

Eine Zeit lang betrachtete ich das Bild, dann schob ich meine mich arg bedrückenden Gedanken beiseite und ging zum Fenster. Den Möbelwagen sah ich von hier gut. Ich winkte Fiona und ihrer Mutter zu und sie erblickten mich auch.

Ein einzelner Schlurfer beschäftigte sich derweil damit, den Möbelwagen zu erklimmen. Sein schwerer Rucksack verhinderte aber bereits die Anfänge seines Vorhabens. Das musste wohl schon eine Zeit lang so gewesen sein, denn Fiona und Petra schenkten dieser Figur keine besondere Beachtung.

Ich ließ meinen Blick über den Horizont schweifen. Die sechste Etage bot eine ausgezeichnete Aussicht. Ganz links erkannte ich das Essener Rathaus. Es brannte und qualmte immer noch. Auch auf der rechten Seite stieg eine schwarze Rauchsäule empor, deren Ursprung ich aber nicht ausmachen konnte. Ansonsten lag die ganze Stadt scheinbar friedlich vor mir.

Das Fenster ließ sich nicht öffnen – Klimaanlage, die jetzt nicht mehr funktionierte. Ich griff den Bürostuhl, der direkt neben mir stand und schwang ihn gegen die Scheibe. Diese zerbarst mit lautem Geklirre. Ich fürchtete, einen schlimmen Fehler begangen zu haben. Da hörte ich auch schon die Schlurfer, die vom Gang gegen meine Bürotür hämmerten. Viel Zeit würde mir nicht bleiben.

Der Schlurfer mit dem Rucksack, der sich am Möbelwagen herumtrieb, vernahm den Lärm ebenso und drehte sich zu mir um. Nun stand er verwirrt da, war ohne Orientierung und konnte mich nicht entdecken. Der Möbelwagen oder besser sein Inhalt, so spekulierte ich, entschwand den Resten seines Gehirns sofort.

»Na ja, wenigstens etwas Gutes«, sagte ich laut.

Ich nahm ein paar Stifte vom Schreibtisch, beugte mich ein Stück weit aus dem Fenster und versuchte, die Schreiber gegen die Fenster des Raumes zu werfen, in dem ich die drei Eingeschlossenen vermutete. Das funktioniert aber nicht annähernd so gut, wie ich es mir vorstellte. Unser Rucksack-Schlurfer, der mittlerweile bemerkte, dass ich in der sechsten Etage am Fenster hing, wedelte nun aufgeregt mit den Armen.

Der von mir verursachte Lärm zog die Schlurfer auf dem Gang an. So konnte ich den Raum durch die Tür nicht mehr ohne lebensbedrohende Schwierigkeiten verlassen. Die Leute, drei Räume weiter, hatten mich bisher noch nicht bemerkt. Was sollte ich tun? Ratlos stütze ich mich auf die Fensterbank und schaute hinaus. Vielleicht bestanden die Wände hier nur aus Rigipsplatten. Lärm würde ihr Einschlagen, wenn das überhaupt klappte, trotzdem machen und alle anderen Schlurfer aus dem Haus auch noch anlocken. Dann könnte ich die drei Menschen zwar erreichen, aber wie sollten wir dann von hier jemals wieder fortkommen?

Als ob Fiona meine Gedanken gelesen hätte, stieg sie nun aus dem Möbelwagen. Dadurch wurden auch erneut die Fensterklopfer auf sie aufmerksam. Fiona machte jetzt eindeutige Armbewegungen und versuchte den Eingeschlossenen meine Position zu signalisieren.

Unendliche lange Minuten verstrichen und es geschah nichts. Doch plötzlich hörte ich wieder zerbrechendes Fensterglas. Drei Räume weiter flog ebenfalls die Fensterscheibe aus den Fugen. Der junge Mann beugte sich heraus und winkte mir zu.

»Seit Ihr bewaffnet?«, rief ich ihm erleichtert ob der Lösung des Problems zu.

»Nein, wir haben nichts.«

»Sucht Euch irgendwas. Einen Stuhl, eine Schreibtischlampe, ein Lineal. Irgendwas. Ihr müsst ihnen auf den Kopf hauen.«

Das Hämmern gegen meine Bürotür hörte auf. Die Schlurfer wendeten sich der Bürotür der anderen Drei, also der neuen Lärmquelle zu. Ja, genau das war es. Darin lag unsere Chance.

»Ich gehe jetzt raus und sehe zu, einige von den Schlurfern auf dem Gang auszuschalten. Dann rennen mir die anderen hinterher und ihr geht raus und greift sie ebenfalls von hinten an. Aber nichts riskieren. Wir machen das Spiel so lange, bis keiner mehr da ist.«

»Schlurfer?« fragte der junge Mann und machte eine abfällige Grimasse.

»Die Dinger auf dem Gang«, rief ich ihm zu und ich fragte mich, ob sich mein Einsatz, hier hoch zu kommen, überhaupt lohnen würde. Na ja, ich wollte keine voreiligen Schlüsse ziehen. Doch bis jetzt kam mir der Kollege da nebenan ziemlich unsympathisch vor.

»Bist du bekloppt? Ich geh doch da nicht raus«, rief der Mann zurück und jetzt bereute ich erst recht, die Gefahr auf mich genommen zu haben und hier herauf gekommen zu sein.

Da hörte ich, wie sich eine Frau einmischte.

»Las mich mal, Du Idiot! Hallo, hallo?«

Ich beugte mich wieder hinaus. Eine Frau mit blonden, lockigen Haaren sah freundlich zu mir herüber.

»Ich gehe raus. Der Blödmann kriegt das eh nicht hin.«

Schon verschwand sie wieder.

Jetzt galt es keine Zeit mehr zu verlieren. Ich öffnete die Tür und trat auf den engen Gang. Unmengen an Schlurfern drängten sich in ihm. Alle Bestien waren der Tür drei Räume weiter zugewandt. Durchaus mit einem Gefühl des Bedauerns aber auch mit der Erkenntnis des Notwendigen schlug ich dem mir am nahesten stehenden Geschöpf auf den Hinterkopf. Dieses brach sofort zusammen. Das erzeugte, wie erwartet, die Aufmerksamkeit aller anderen. Sie drehten sich um, stöhnten hungrig auf und wandten sich nun mir zu. Es stank erbärmlich. Einen schlug ich noch nieder, dann verschanzte ich mich wieder hinter meiner Bürotür.

Jetzt hämmerten die Schlurfer wieder gegen meine Tür. Ich gab der blonden Frau von Fenster zu Fenster das verabredete Zeichen. Nun war sie an der Reihe. Auch ihr gelang es, zwei Bestien außer Gefecht zu setzen.

Das Spiel setzten wir eine Zeit lang fort. Es konnte aber nur funktionieren, solange aus den jeweils anderen Richtungen keine weiteren hungrigen Kreaturen im Gang auftauchten. Es ging eben nur so lange gut, wie sich die verwirrte Meute zwischen den beiden Türen hin und her bewegen würde.

Die Lage im Gang wurde immer dramatischer, blutiger und immer hässlicher. Ich erschlug den letzten sich bewegenden Schlurfer. Mir kam dabei der Gedanke, dass es so in einem Schlachthaus aussehen müsste und stieg über einen Berg von Leichen. Dabei rang ich mit Übelkeit und Panik. Wenn mein Magen gut gefüllt gewesen wäre, wäre jetzt der Zeitpunkt gekommen, ihn wieder auf dem Wege zu entleeren, wie er gefüllt worden war.

Ich öffnete die Tür zu den anderen und zuckte zur Seite. Ein blutiges Regalbrett erwischte mich an der Schulter und ich ging zu Boden.

»Um Gottes Willen«, hörte ich eine weibliche Stimme sagen.

Ich rappelte mich wieder auf und lehnte mich an die Tür. Dabei sah ich in drei aufgeregte Gesichter. Die blonde Frau mit den Locken war Anfang 30. Sie hatte das Regalbrett geschwungen und schaute mich jetzt geängstigt und mit aufgerissenen Augen an. Ihre Kleidung, eine helle Bluse und ein dunkler, knielanger Rock, sahen so blutverschmiert aus, als hätte sie in Blut gebadet. Erst da bemerkte ich, dass meine Kleidung ebenso verschmutzt wirken musste.

Die zweite Frau im Raum zierten ebenfalls lockige Haare, aber tief schwarze. Sie ähnelte der Blonden nicht und war etwas älter als diese. Der junge Mann, den die Blonde vorhin Idiot schimpfte und deren Meinung ich teilte, war höchstens Anfang 20.

Es galt, keine Zeit zu vertrödeln.

»Los, wir müssen sofort hier weg.«

Aus Entfernung ertönte schon wieder das Gejammer und Gestöhne anderer Kreaturen. Es würde nicht lange dauern und wir hätten es erneut mit einer dieser Schlurfer-Meuten zutun bekommen. Als wir der Reihe nach auf den Gang hinaustraten, konnten wir die ersten Gestalten rechts schon sehen.

»Nach links«, rief ich, sprang so gut es ging über den Berg von toten Wesen und rannte auf das Treppenhaus zu, aus dem ich vor kurzer Zeit gekommen war.

Die anderen folgten mir. Als der junge Mann auf den Gang trat, blieb er wie angewurzelt stehen. Er starrte mit aufgerissenem Mund auf den Berg von toten Menschen und bewegte sich keinen Zentimeter mehr.

»Komm schon«, rief die Schwarzhaarige.

Doch der junge Mann reagierte nicht darauf. Stattdessen dreht er sich den heranschlurfenden Gestalten, die von der anderen Seite stöhnend heran kamen, zu. Diese zögerten ihrerseits nicht und warfen sich hungrig auf ihn. Ein einziger ohrenbetäubender Schrei schallte durch den Gang des Finanzamtes, dann wurde es still.

Die Schwarzhaarige wollte noch zur Hilfe eilen, aber ich hielt sie am Arm fest und schüttelte den Kopf.

»Idiot, sag ich doch«, sagte die Blonde abfällig, drehte sich um und verschwand im Treppenhaus.

Die Schwarzhaarige warf noch einen Blick zurück und dann folgten wir der Blonden.

Ganz schön taffe Weiber, dachte ich, während wir Stufe um Stufe nach unten nahmen. Ob alle Kolleginnen und Kollegen im Finanzamt so gefühlvoll mit ihren Mitmenschen umgingen, wie diese beiden Frauen hier und wie Petra, die ja auch ziemlich herzlos vorhin über ihre vier Kollegen geredet hatte?

Den älteren Schlurfer, der sich beim vergeblichen Sprung auf mich seine Beine gebrochen hatte, trat ich beiseite und der Weg war frei.

Ohne weitere Anstrengungen erreichten wir den Möbelwagen.

(9)

Eddi und Gundula packten ihre Taschen mit den Utensilien des Bunkers so voll, wie es eben ging. Eddi dachte dabei mehr an Werkzeuge und improvisierte Bewaffnung. Auch die warmen Pantoffeln wollte er mitnehmen. Gundula legte Wert auf Medizin, die man sozusagen immer mal gebrauchen konnte, wie Schmerzmittel und Wundsalben. Die schweren Taschen schleppten sie zum Eingang des Bunkers. Eddi hatte noch einmal alle Vorratsräume nach Brauchbarem abgesucht, aber nichts Bedeutendes mehr gefunden. Auch studierte er den Lageplan erneut, um einen sicheren Ausgang zu finden, fand diesen aber nicht.

Beide waren, trotz ihrer Angst vor dem was sie draußen zu erwarten hatten, froh, den zwar sicheren aber so öden Bunker, der trotz seiner immensen Größe beengt wirkte, wieder verlassen zu können.

Nun standen sie vor der ihnen bekannten Tür nach draußen. Sie wussten nicht, ob sie dort Ordnung oder Chaos erwartete. Beide waren aufgeregt, verbargen dies aber dem anderen gegenüber.

»Nimme die Hammer«, meinte Eddi, »und wenne eine kommte, schlag zu.«

»Sei ja vorsichtig, wenn du die Tür aufmachst.«

Die Angst und Anspannung war Gundulas Stimme jetzt doch deutlich anzuhören.

Ganz langsam und mit Bedacht öffnete Eddi die schwere Stahltür. Ein leises Knarren konnte er dabei nicht verhindern. Kein Lichtstrahl fiel von außen durch den Spalt. Es musste Nacht sein. Das freute Eddi. Da Eddi und auch Gundula keine Uhren trugen, war ihnen das Gefühl für Zeit im Bunker verloren gegangen. Eddi hoffte, dass die Meute in der Dunkelheit der Nacht nicht mehr vor der Tür herumlungern würde. Er lebte da noch in der Vorstellung, die sie angreifenden Kreaturen würden irgendwann einmal schlafen müssen.

Ganz ließ sich die Tür nicht öffnen. Der Grund lag in dem bei ihrer Flucht in den Bunker niedergeschlagenen Verfolger, der immer noch hier lag und langsam vor sich hin gammelte. Den in der Luft hängenden süßlichen Gestank ignorierten sie.

»Keine issse da«, flüsterte Eddi.

Verhalten zwängten sie sich durch die Tür, warfen kaum einen Blick auf die seltsam gekrümmte Leiche und stiegen die Treppe hinauf. Oben angekommen, spähten sie angestrengt in die im Dunkeln liegende Umgebung. Kein Mensch hielt sich hier auf und der Mercedes stand glücklicherweise immer noch so da, wie Eddi ihn abgestellt hatte - neben dem Eingang.

»Komme in die Auto.«

(10)

Sollte es nun immer so weiter gehen? Die Frage stellte ich mir zum wiederholten Male. Schlurfer erschlagen, weglaufen, wieder ein paar Bestien erschlagen und wieder weglaufen? Wie lange würden wir das durchhalten können? Was würde dieses ewige Töten und die damit verbundenen grässlichen Bilder mit unserer Psyche anstellen? Ich merkte bereits jetzt an mir eine gewisse Gleichgültigkeit, wenn es galt, einen der Schlurfer zu erschlagen. Das war doch schrecklich! Nein, das würden wir nicht dauerhaft aushalten ohne ernsthaften Schaden zu nehmen. Wir mussten einen Ort finden, an dem wir beständig bleiben konnten. Einen Ort, an dem wir uns unbeschwert und ohne die Gefahr, von diesen Kreaturen überfallen zu werden, bewegen konnten. Dort würden wir unser bisheriges Leben hinter uns lassen müssen und einen Neubeginn wagen, einen Neubeginn in Frieden. Mir kam da schon so eine Idee. Allerdings konnte ich da auch die Hoffnung auf Rettung noch nicht aufgeben. Es musste ja nicht überall so aussehen, wie hier.

Bevor wir aber daran denken konnten, uns irgendwo beharrlich zu verschanzen, würden wir so viele überlebensnotwendige Utensilien zusammensuchen müssen, wie eben möglich. Es gab so vieles, was wir gut gebrauchen konnten, was aber zukünftig niemand mehr produzieren würde. Das fing an bei Toilettenpapier, ging über Feuerzeuge, Werkzeuge und Kleidung und endete bei Nahrungsmitteln und der Möglichkeit, diese zukünftig selbst zu erzeugen.

So befand sich jeder von uns in seinen Gedanken. Obwohl es sich für uns fünf Personen hier vorne im

Möbelwagen viel zu eng gestaltete, verbreitete sich trotzdem ein gewisse, wenn auch trügerische Erleichterung und Freude, sich in Sicherheit zu befinden.

Unsere neuen Begleitungen, die beiden Lockenköpfe, arbeiteten gemeinsam beim Finanzamt. Dort hatten sie sich kennen und dort hatten sie sich lieben gelernt. Da die eine, Lydia, die Vorgesetzte der anderen, Rosi, war und weil Rosi eine Zeit lang davor in inniger Verbindung zu einem männlichen Kollegen aus einer anderen Abteilung stand, entschieden sie, ihre Beziehung im Amt lieber geheim zu halten. Doch nach einer Weile wurden sie immer unvorsichtiger. Bei jeder passenden oder unpassenden Gelegenheit küssten und berührten sie sich. Das blieb nicht ohne weitere Folgen. Der unangenehme junge Mann, der gerade im Gang der sechsten Etage sein Leben lassen musste, kam ihnen auf die Schliche und versuchte fortan regelmäßig, sie zu erpressen. Zwar gingen Lydia und Rosi auf die Erpressungsversuche nicht ein, waren aber fortwährend den Spitzen und Bedrohungen des jungen Mannes ausgesetzt.

Als die Katastrophe ihren Anfang nahm, befanden sie sich gerade im Serverraum in der sechsten Etage und mal wieder in einer heftigen Diskussion mit Peter, dem jungen Mann. Zunächst bemerkten sie gar nicht, dass sich die Welt um sie herum veränderte. Erst als sie zurück in ihre Büros wollten und auf dem Gang bald von Arbeitskollegen angefallen wurden und deren Bissen nur soeben ausweichen konnten, stellten sie fest, dass irgendetwas nicht stimmte. Sie flüchteten gemeinsam in eines der Büros. Ein Blick aus dem Fenster hinaus auf den Parkplatz offenbarte die Tragödie. Nun saßen sie fest, zusammen mit diesem netten Peter und wussten sich keinen Rat. Selbst während dieser Stunden konnte es Peter nicht lassen, immer und immer wieder eindeutige Bemerkungen in Richtung der beiden Lockenköpfe loszulassen.

Neue Hoffnung schöpften sie erst, als sie den Möbelwagen auf dem Parkplatz mit uns darin entdeckten.

Während ihrer Erzählungen betrachtete ich die Beiden genauer. Beide Frauen waren etwa einen Meter fünfundsechzig groß. Die Dunkelhaarige hatte grüne, fast mandelförmige Augen, was ihrem runden Gesicht mit der etwas zu langen Nase eine gewisse Schönheit verlieh. Sie trug zwar ein paar Pfunde zu viel auf den Rippen, trotzdem würde ich sie als insgesamt attraktiv bezeichnen. Auch die Blonde besaß eine gewisse Attraktivität, obwohl sie genau das gegenteilige Aussehen ihrer Freundin aufwies. Sie hatte runde, blaue Augen und ein eher langes Gesicht mit einer kräftigen Nase. Sie wirkte auf mich eher etwas zu dünn.

Fiona, Petra und ich erzählten ihnen auch unsere Erlebnisse so kurz und knapp, wie eben möglich. Die beiden Frauen hörten uns, obwohl vieles für sie ebenso neu wie fürchterlich gewesen sein musste, ohne uns zu unterbrechen zu. Danach ergriff wieder Lydia, die mit den schwarzen Locken, das Wort.

»Wir wissen nicht mehr wohin wir sollen. Meine Eltern leben in Süddeutschland und mein Bruder in Frankreich. Rosi hat nur noch eine alte Tante in Berlin und eine Schwester mit Familie in Potsdam. Da können wir jetzt offensichtlich nicht einfach so hinfahren. Können wir nicht mit euch kommen?«

»Ja klar, wir müssen zusammenhalten«, sagte Fiona im beruhigenden Ton bevor ich überhaupt etwas von mir geben konnte.

Sie traf damit allerdings genau meine Meinung.

Rosi griff nach der Pistole, die auf die Ablage an der Frontscheibe des Möbelwagens lag.

»Ein schönes Teil. Eine Walter P6 mit insgesamt 16 Schuss. Das ist eine Polizeiwaffe.«

»Du hast ja Ahnung«, sagte ich interessiert.

»Ja, ich bin im Sportschützenclub Germanius Essen-Süd. Da kennt man sich aus. Hast Du auch das Sicherheitsholster?«

»Sicherheitsholster?«

»Ja, die Knarre hat keine Sicherung. Deswegen haben die Polizisten den Holster. Darin ist sie sozusagen gesichert, wird sie gezogen...«

»Schon gut«, unterbrach ich sie, »es scheint das Beste zu sein, wenn du sie nimmst.«

Rosi sah mich freudig an und nahm die Waffe an sich. Ich erkannte sofort, dass sie sich damit direkt sicherer fühlte.

Bei dem einzigen von hier zu sehenden Schlurfer handelte es sich um die immer noch mit einem Rucksack behangene Kreatur, der nach wie vor an unserer vorderen Stoßstange hing und vergeblich versuchte, ins Wageninnere einzudringen.

Ja, diese Dinger wirkten langsam und bisweilen sogar lächerlich. Manche mit ihnen erlebte Szene hätte auch aus einer Comedy-Show stammen können. Aber wenn man es mit vielen davon zu tun bekam, noch dazu bei räumlicher Enge, dann wurde es echt gefährlich. Sie zu unterschätzen oder sich über sie zu belustigen, könnte der letzte große Fehler eines menschlichen Lebens werden. Fiona riss mich aus meinen Gedanken.

»Nach Haarzopf?«

Ich sah Fiona an und dann der Reihe nach die anderen. Es herrschte ein großes Gedränge hier im Möbelwagen. Fiona saß mehr auf ihrer Mutter, als dass sie neben ihr saß.

»Nach Haarzopf!«, sagte ich.

(11)

Ein süßes, friedliches Gefühlt machte sich in Eddi breit. Diese nette Gundula saß neben ihm. Der Überfall dieser grotesken Figuren schien überstanden zu sein. Niemand war auf der Straße zu sehen. Der Mercedes stand an seinem Platz. Ja, das wirkte friedlich. Zufrieden strich er sich über seinen dicken Bauch, griff nach dem Autoschlüssel und machte die Zündung des Wagens an. Noch ein netter Blick herüber zu Gundula und Eddi betätigte den Lichtschalter. Gleich würde es losgehen.

Was Eddi und Gundula zu ihrer totalen Überraschung jetzt zu sehen bekamen, raubte ihnen sämtliche Luft zum Atmen. Im Lichtkegel des Mercedes tauchten Heerscharen von seltsamen Gestalten auf, die teils mit zerrissener Kleidung und teils mit schweren Verletzungen in Gruppen so einfach in der Gegend herumstanden. Ganz Gunzenhausen schien auf den Beinen zu sein und dies ausgerechnet in dieser Straße. Jetzt wurden sie munter und drehten sich dem Mercedes zu. Die ersten blutverschmierten Figuren schlurften behäbig auf das Fahrzeug zu. Gemurmel, Gejammer und Gestöhne löste die so schöne, bisherige Ruhe ab. Jetzt war es gar nicht mehr ruhig und erst recht nicht mehr friedlich.

»Wir müssen zurück in den Bunker«, schrie Gundula.

Eddi spürte, wie sie von Angst überwältigt wurde.

»Und danne? Ich guido da volle Kanne durch, e fatto«

Gundula verstand kein Wort, sah aber alsdann, was Eddi mit seinem Spruch gemeint hatte. Der startete nämlich den Motor, trat so aufs Gaspedal, dass die Reifen auf der Antriebsachse durchdrehten und dabei heftig quietschten und hielt direkt auf die auf der Straße lungernden Gruppen von Untoten zu. Ohne Rücksicht auf Verluste knallte der Mercedes direkt in die armen Geschöpfe hinein. Die nach frischem Fleisch lechzenden Gestalten, und manchmal auch nur Teile von ihnen, wurden in alle Himmelsrichtungen katapultiert.

Gundula schrie. Wasse für eine dolle Temperamente, dachte Eddi und fuhr und fuhr und fuhr - beschädigte wie im Rausch andere Fahrzeuge, schoss einen Untoten nach dem anderen mit seinem Mercedes ab, umkurvte größere Hindernisse und bremste nur dann, wenn es gar nicht anders ging.

Irgendwo außerhalb von Gunzenhausen auf einer Landstraße kam er schließlich neben einem Feld zum stehen. Gundula saß zusammengerollt auf dem Beifahrersitz und heulte leise vor sich hin. Das Auto hatte die eine oder andere schwere Macke davongetragen. Ein Scheinwerfer funktionierte nicht mehr, beide Außenspiegel fehlten gänzlich aber sonst befand sich das Fahrzeug immer noch in einem fahrtüchtigen Zustand. Der TÜV hätte das sicherlich ganz anders gesehen, aber das spielte ja in diesen Tagen keine entscheidende Rolle mehr.

Langsam verflog Eddis Rausch und er steuerte seinen Mercedes auf einen kleinen Feldweg, der von der Straße nicht so ohne weiteres eingesehen werden konnte.

»Tute mir leite.«

»Das muss dir nicht leid tun, Eddi. Wir mussten da irgendwie weg. Was ist denn da bloß passiert? Wo sind die normalen Menschen geblieben? Was sollen wir jetzt machen?

»Dasse viele Sangue.«

»Das was?"

»Ich meine die Blute.«

»Ja, das ist grässlich.«

»Morge fahre wir zu die große Laden an die See. Da decken wir unse eine mit alle Sache, die wir brauche und dann gucke wir in Nürnberg nach andere Mensche.«

Eddi zählte auf, welche Dinge er für sinnvoll in der aktuellen Lage hielt und welche Straßen er befahren wollte. Er erzählte von den Orten, an denen er Hilfe vermutete und suchte nach Erklärungen, warum die Menschheit untergegangen war.

Diese Sprache, dachte Gundula nur, dreht sich zur Seite und versuchte, endlich einzuschlafen.

(12)

Das Abhängen des Rucksack-Schlurfers stellte keine erwähnenswerte Aufgabe dar. Wir bogen an der Ausfahrt des Finanzamt-Parkplatzes nach links in die Altendorfer Straße ab. Direkt noch einmal links ging es in den insgesamt vierspurigen Berthold-Beitz-Boulevard. Dem Boulevard zu folgen, wäre aus meiner Sicht der beste Weg von hier nach Essen-Haarzopf gewesen. Mitten auf der Straße stand aber ein Fahrzeug hinter dem anderen und ein schwerer Sattelschlepper versperrte zwei der Fahrspuren komplett. Zwischen den Fahrzeugen entdeckte ich reichlich viele herumlungernde Schlurfer. Wir entschieden uns, lieber geradeaus weiter zu fahren.

Deswegen steuerten wir auf den Essener Stadtteil Altendorf zu. Früher bot dieser Stadtteil insbesondere ausländischen Mitbewohnern eine Bleibe.

Die Straßen bis dahin und im Stadtteil selber fanden wir relativ frei vor. Nur ab und an mussten wir ein anderes Auto umfahren oder vorsichtig beiseite schieben. Einige Schlurfer befanden sich auch hier auf der Straße. Diese stammten mehrheitlich aus südeuropäischen oder afrikanischen Ländern. Das machte mich etwas traurig und beraubte mich einer letzten, kleinen Hoffnung. Die uns zusetzende Pestilenz betraf offensichtlich alle Ethnien und nicht nur bestimmte Menschen. Ich hatte mir vergeblich gewünscht, dass Südeuropäer oder Afrikaner nicht von der Seuche erwischt worden waren.

Einige hundert Meter weiter blockierte ein Reisebus die Fahrbahn. Schon von weitem erschien es mir so, als ob dort ein reges Treiben herrschen würde. Der

Reisebus war von Massen an Schlurfern umgeben, die versuchten, irgendwie in den Bus zu gelangen. Das konnte nur bedeuten, dass sich noch lebende Menschen oder Tiere im Fahrzeug befanden, deren frisches Fleisch die Meute witterte.

Im Hintergrund erblickte ich auf der rechten Seite eine Tankstelle, die ich unbedingt ansteuern wollte. Hier gab es ein paar Nahrungsmittel, Getränke, jede Menge Feuerzeuge, Benzin und manch anderes, gut zu gebrauchendes Zeug. Vorher mussten wir allerdings unbedingt diesen umlagerten Reisebus inspizieren.

Die Kreaturen bemerkten uns trotz des Motorenlärms des Möbelwagens noch nicht. Ihre Gier nach den Businsassen beschäftige sie offensichtlich viel mehr als die Geräusche unseres Fahrzeugs. Im linken Außenspiegel konnte ich feststellen, dass sich eine kleinere Gruppe von etwa 15 Schlurfern direkt an unsere Rücklichter geheftet hatte. Sie befanden sich noch gute 150 Meter entfernt und kamen langsam die Straße hinauf. Um den Bus herum standen mindestens 30, wenn nicht 40 weitere Figuren. Auch mit fünf Personen und irgendwelchen Tricks wie im Parkhaus oder im Finanzamt, konnten wir diese Meute nicht im Vorbeifahren besiegen.

Ich dachte gerade drüber nach, dass sich im Bus nur irgendein Hund oder eine Katze befinden könnten, als wir die deutlichen Bewegungen im Bus ausmachten.

Die Insassen des Busses wurden auf uns aufmerksam. An den Fenstern zeigten sich zwei oder drei Frauen, ein Mann und mindestens sieben oder acht Kinder. Erst jetzt fiel mir das orangene Schild am Heck des Fahrzeuges auf, das auf einen Schulbus hinwies. Irgendetwas musste das Fahrzeug außer Gefecht gesetzt haben. Einen äußerlichen Schaden konnte ich von hier aus nicht feststellen.

Bei allen dadurch auf uns zukommenden weiteren Schwierigkeiten, lag in der Tatsache, dass sich im Bus lebende Menschen befanden, auch etwas Gutes. Es gab sicher viel mehr Überlebende, als wir erst annehmen konnten. Doch ich hegte keine Zweifel daran, dass es täglich weniger wurden. Die Schlurfer hatten ständig Hunger auf lebendes Fleisch und fanden ihren Weg. Sicher, auch die Zahl der Bestien wurde geringer. Dafür sorgten alleine wir jedes Mal, wenn wir auf sie trafen. Sie waren allerdings an Anzahl so deutlich überlegen, dass dies keine bedeutende Rolle spielte. Darüber hinaus fand ich es mittlerweile absolut unakzeptabel, von nun an täglich in Auseinandersetzungen mit den Monstern zu geraten und diese endgültig zu töten. OK, wenn es nicht zu viele wurden, ging das einigermaßen gut. Aber Klaus und der jungen Mann im Finanzamt führten den unerschütterlichen Beweis, dass nicht alle unsere Pläne aufgingen. Und mich dauerhaft an menschliche Verluste zu gewöhnen, diese Vorstellung erfüllte mich mit Grauen.

Hier weitermachen lohnte sich für uns doch eigentlich nur dann, wenn man dauerhafte Lösungen für die Gruppe, mit der man lebte, finden konnte. Ich ahnte bereits, dass der Niederrhein da keine endgültige Bleibe für uns bereithalten würde. Diese aber mussten wir finden, bevor die anwachsenden Horden aus den Ballungszentren zu groß werden würden. Aber wie gesagt, in mir keimte bereits eine Idee, die ich mit Fritz und den anderen, falls ich sie überhaupt am Stadion wiedersehen würde, diskutieren wollte.

Ich hielt den Möbelwagen mit etwas Abstand zum Bus an. An dem Ort, an dem wir uns nun gerade aufhielten, befanden sich noch keine weiteren Schlurfer. Ich öffnete die Fahrertür und bat die neben mir sitzende Lydia ans Steuer. Ich schaffte es im zweiten Versuch mich auf das Dach der Fahrerkabine des Möbelwagens zu hieven. In der Fahrerkabine konnte Lydia mich hören.

»Fahr langsam ganz dicht an den Bus heran.«

»Und die Schlurfer?«

Ich machte ein brummendes Geräusch, verzog die Mundwinkel und sie verstand.

Gar nicht so einfach, sich auf dem Dach eines fahrenden Möbelwagens festzuhalten. Auch spürte ich ein leichtes Rumoren im Bauch. Gerade jetzt konnte ich das nicht gebrauchen und mir fiel ein, dass wir alle seit Tagen ungewaschen, in dreckiger Kleidung und ohne sanitäre Einrichtungen auskommen mussten. Wahrscheinlich stanken wir schon schlimmer zum Himmel, als die Schlurfer selbst.

Lydia steuerte den Möbelwagen so dicht wie eben möglich an den Bus heran. Dabei drückte sie den einen oder anderen Untoten unsanft beiseite. Letztendlich fiel es mir dann leicht, vom Dach des Möbelwagens auf das Dach des Reisebusses zu wechseln.

Ich ging davon aus, dass jeder moderne Reisebus über eine Dachluke verfügte, über die ich jetzt einsteigen wollte. Doch weit gefehlt. Da befand sich rein gar nichts, außer dem aalglatten Dach des Busses. Jetzt hing ich hier mehr oder weniger ungesichert auf dem Dach des Fahrzeugs herum. Wie konnte ich ins Innere des Fahrzeugs gelangen?

Der Bus verfügte über zwei Türen, beide belagert von unseren Freunden, den Schlurfern. Zum Glück befanden sich die Fenster an der Seite des Busses in solch einer Höhe, dass es keiner Bestie gelingen konnte, hineinzuklettern. Selbst dann nicht, wenn keine Scheiben mehr in den Rahmen gewesen wären.

Von hier oben gestaltete es sich als unmöglich für mich, diese Scheiben einzuschlagen, ohne andere und erst recht mich unnötig zu gefährden. Mit großer Wahrscheinlichkeit würde ich abrutschen und direkt zwischen den unter mir ausharrenden Viechern landen. Und dann, guten Appetit.

Ich versuchte, mich soweit über die Kante des Daches zu schieben, wie eben noch möglich. Waren die da unten im Bus denn nicht auf mich aufmerksam geworden?

Als ich gerade das zweit Mal versuchte, durch eines der Fenster zu schauen, lachte mich aus dem Inneren des Buses ein etwa 10 Jahre alter, rothaariger Junge mit grünen Knopfaugen an. In seiner rechten Hand hielt er einen kleinen Hammer, so wie man ihn als Nothammer aus öffentlichen Verkehrsmitteln kannte. Zwei-, dreimal deutete er an, die Scheibe zertrümmern zu wollen, hielt sodann aber inne. Dann lachte er, was das Zeug hielt. Na ja, es herrschte wenigstens gute Laune im Bus. Langsam wurde ich richtig wütend. Hatte ich nicht vorhin erwachsene Personen gesehen? Wo versteckten sich diese denn jetzt?

Zwei kleine Mädchen, sehr verängstigt dreinschauend und im selben Alter wie der kleine Junge, stürzten sich nun auf den kleinen Rothaarigen und nahmen ihm seinen Nothammer weg. Dem gefiel das gar nicht und er versuchte die beiden Mädels zu schlagen. Bin ich in einem schlechten Film? Kommt hier gleich die versteckte Kamera?

Eine unterhalb von mir versammelte Meute von Schlurfern hüpfte aufgeregt auf und ab und wartete nur darauf, dass ich endlich vom Dach fiel. Ich startete einen letzten Versuch, mich zu den Fenstern vorzubeugen, da sah ich es.

Der Bus teilte sich in zwei Bereiche auf. Ab der fünften Sitzreihe türmten sich Taschen, Koffer, Skateboards, Sitze, nicht definierbare Bretter und aller möglicher Kram so auf, dass der Durchgang von vorne nach hinten verbaut war. An der Barriere lehnte eine junge Frau von vielleicht 20 Jahren und versuchte mühevoll, den wackeligen Burgenbau nicht einstürzen zu lassen. Von der anderen Seite drückte offensichtlich etwas dagegen. Die junge Frau wurde von drei Kindern, die etwas älter zu sein schienen, als die beiden Mädchen und der Junge mit dem Nothammer, dabei unterstützt. Ihre Gesichter wirkten panisch und verzerrt.

Die junge Frau rief den beiden Mädchen, die jetzt den Nothammer gegen den Rothaarigen erfolgreich verteidigten, etwas zu. Die Mädchen schauten schnell zu mir herüber. Dann kam diejenige, die den Hammer hielt auf die Scheibe vor mir zu und schlug ganz zaghaft dagegen. Die junge Frau rief wieder etwas, was ich hier draußen nicht verstehen konnte. Der Kofferberg wackelte weiterhin bedenklich und die Schlurfer unter mir damit hatten angefangen, in die Höhe zu hüpfen, um mich doch noch zu erreichen und vom Bus zu zerren.

Dann endlich - es kam mir vor, als wären Stunden vergangen – zerbrach die Fensterscheibe und kleine Glassplitter ergossen sich über die springen Bestien unter mir. Der Kofferberg schwankte währenddessen noch bedenklicher, als zuvor.

142

Mir gelang es tatsächlich, mich in den Bus hinein zu schwingen. Die hungrigen Wesen vor dem Bus gingen für heute leer aus. Jetzt aber gab der Kofferberg endgültig nach. Die junge Frau wurde durch den Gang geschleudert. Die drei Kinder, ein Junge und zwei Mädchen, wurden zwischen die Sitzreihen gedrückt oder gerieten unter die Koffer. Alle schrien wild durcheinander. Von der Vorderseite des Busses, näherten sich diejenigen, die so mühevoll den Kofferberg zum Einsturz gebracht hatten. Dabei handelte es sich um zwei zu Monstern mutierte Frauen und um den untoten Busfahrer. Zu unserem Glück taten die drei sich etwas schwer dabei, über die am Boden liegenden Barrieren zu klettern. Dazu brauchten sie Zeit und die gab ich ihnen nicht.

Da die Gänge in Bussen nicht besonders breit sind, konnte ich zwei der drei Kreaturen sofort der Reihe nach ausschalten. Die Kinder schrien schrill vor Angst. Sodann gelang es mir, die Bustür vorne zu öffnen und den dritten Schlurfer mit einem Tritt gegen die Brust nach draußen, in die Arme seiner Leidensgenossen, zu befördern. Der Bus gehörte wieder komplett den Lebenden.

In letzter Sekunde konnten wir die Kinder und ihre erwachsene Begleitung retten. Wären wir hier nicht mehr oder weniger zufällig vorbeigekommen und wären wir den ursprünglich angedachten Weg gefahren, hätten die Untiere ihr unverdientes Festmahl bekommen.

Ich freute mich inständig. Schon bei Fionas Mutter und jetzt schon wieder, stand das Glück auf unserer Seite. Allerdings hegte ich auch keinerlei Zweifel daran, dass dies nicht auf immer und ewig so bleiben würde und sich das Blatt auch eines Tages wenden könnte.

Mit etwas Mühe beruhigten wir die sechs Kinder. Meine Mitstreiter aus dem Möbelwagen konnten, so gut es durch die beschlagenen Fenster des Busses ging, die gerade durchlebte Szenerie verfolgen und winkten uns und den Kindern nun äußerst erleichtert zu.

Die junge Frau hieß Belinda. Sie arbeitete als Lehrerin. Nun erzählte sie mir, wie alles vonstatten gegangen war, als es passierte. Ich fand keine schlüssige Erklärung dafür, warum es die drei Personen im vorderen Teil des Busses erwischte und alle anderen im hinteren Teil nicht.

Die zu Schlurfern gewordenen Kolleginnen der Frau und der Busfahrer griffen nicht sofort die anderen an, sondern begannen zunächst einmal mit ohrenbetäubenden Gestöhne und Gebrülle. Da sich gleichzeitig außerhalb des Busses die Welt ebenfalls drastisch veränderte, reagierte Belinda schneller, als es sonst eventuell der Fall gewesen wäre.

Die kleine Gruppe von Kindern befand sich auf dem Weg in eine Kinderfreizeit. Alle Kinder stammten aus schwierigen Verhältnissen und freuten sich auf eine Woche Ponyhof. Da die wenigen mitreisenden Personen über sehr viel Platz im Bus verfügten, verstaute die Gruppe die Koffer, Taschen und anderen Utensilien nicht im Gepäckraum des Busses, sondern legte diese hier auf die Sitze. Damit verstieß man zwar gegen alle Sicherheitsvorschriften, bereitete damit aber unwissentlich die Lebensrettung der kleinen Gruppe vor. Mit Hilfe der größeren Kinder konnte Belinda flott die Barriere errichten und in den Stunden danach ausbauen. Allerdings stand sie die ganze Zeit an der Barriere und versuchte zu vereiteln, dass diese einstürzte. Schlurfer schliefen nicht und so war sie fast am Ende ihrer Kräfte angekommen, als der Möbelwagen die Straße heraufkam. Das Erscheinen des Möbelwagens aktivierte dann die letzten Körner, die sie geben konnte.

Der Bus zeigte überraschenderweise Fahrtüchtigkeit. Der Schlüssel steckte und ich konnte ihn geradeso bugsieren, dass Möbelwagen und Bus Fenster an Fenster standen. Die Businsassen und die Besatzung des Möbelwagens konnten sich jetzt unterhalten.

Mit so vielen Leuten und erst recht mit den Kindern machte es keinen Sinn mehr, nach Haarzopf zu fahren. Den Bus oder den Möbelwagen aufgeben, wollte ich aber auch nicht.

»Lydia, Du kannst den Möbelwagen fahren und Du, Fiona, könntest es mit dem Bus schaffen. Ihr fahrt zusammen zum Stadion. Ich suche mir ein anderes Auto und fahre alleine nach Haarzopf und komme dann später nach.«

»Kommt gar nicht infrage«, schrie Fiona angsterfüllt, »ich komme auf jeden Fall mit dir nach Haarzopf. «

Petra, Fionas Mutter, schaute mich eine Zeit lang durchdringend an, knibbelte etwas mit den Augen und dann sagte sie etwas, mit dem ich nicht gerechnet hatte.

»Ich kann den Bus fahren!«

(13)

Ein leichter Dunst lag über den Feldern, als Eddi wach wurde. Er räkelte sich auf seinem Sitz und schaute zur Beifahrerin hinüber. Auf dem Sitz saß mehr als dass sie lag, Gundula und schlief. Das war der Augenblick, in dem die Erinnerung zurückkehrte. Eddi fuhr hoch und schaute sich aus einer Mischung von Aufmerksamkeit und Furcht um. Von wo kam die Bedrohung? Griff jemand an?

Leise öffnete Eddi die Autotür und stieg lautlos aus. Weit und breit konnte er keine Menschenseele ausmachen. Sofort fiel ihm diese unendliche Ruhe auf, die ihn umgab. Keine störenden Geräusche, keine Motoren, keine Stimmen oder sonst irgendetwas. Und genau das missfiel ihm besonders. Neben den fehlenden menschlichen Geräuschen fehlten auch die Geräusche der Tierwelt. Kein Vogel sang, keine Taube gurrte. Eine trügerische Stille! Jeden Augenblick könnten wieder die Bestien aus Gunzenhausen auftauchen und über sie herfallen.

Mit einem Lächeln auf den Lippen schaute er zu Gundula. Eddi musste sich eingestehen, dass er sich durchaus schon so ein kleines bisschen in diese Frau verguckt hatte. Es erleichterte ihn sehr, dass er nicht alleine hier herumrennen musste. Und wenn nicht alleine, dann sollte es Gundula sein. Sie spendete ihm die Sicherheit, die er selbst nie besaß. Ihre Nähe, so spürte er es, motivierte ihn dazu, der Mann im Hause sein zu wollen.

Gut, dachte Eddi folgerichtig, du bist ein alter Italiener. Altes Römisches Blut fließt durch deine Adern. Da werden so ein paar blutrünstige Figuren dich nicht aufhalten oder davon abhalten zu leben. Du wirst einen Platz finden, an dem es sich gut leben lässt. Und Gundula kommt auch mit.

Zufrieden mit sich selbst und seinen Gedanken setzte sich Eddi zurück ins Auto.

Die mittlerweile erwachte Gundula schaute ihm dabei liebevoll zu. Dann kräuselte sie ihre Stirn.

»Was machen wir jetzt, Eddi?«

»Wir finde Verstecke. Wasse haste du außer die Tasche aus die Bunker dabei?«

»Nichts, meine Handtasche habe ich in der Schule zurückgelassen und in meiner Hosentasche steckt ein gebrauchtes Papiertaschentuch.«

»Machte nixe. Ich habe gute Idee.«

Eddi nahm Gundulas Hand, führte diese bis an seinen Mund, schaute zu ihr auf und hauchte einen Handkuss auf ihren Handrücken. Nie die Etikette vergessen, hatte seine Mutter ihm, manchmal auch schmerzhaft, eingebläut.

»Wir fahre nach die Stadte zurücke«

Gundula wollte protestieren, aber Eddi zog energisch seinen linken Zeigefinger vor die Lippen.

»Fidati mir. Ähh, iche meine vertraue mir.«

(14)

Wir zählten nun sechs Erwachsene und sechs Kinder. Alle waren verschmutzt, litten unter Hunger und erduldeten starken Durst.

»Lasst uns zur Tankstelle dahinten fahren, wollte eh dahin«, schlug ich vor.

»Was willst du denn da?«, stänkerte Fionas Mutter.

»Die Tankstelle steckt voller Schätze für uns. Hast du keinen Hunger?«, mischte sich Lydia zynisch ein.

Krach zwischen den Frauen konnte ich jetzt gar nicht gebrauchen. Also tat ich das, was man schon im Parkhaus immer von mir erwartete. Ich markierte den Chef.

»Wir diskutieren nicht lange, wir fahren zur Tankstelle«, sagte ich etwas lauter als gewöhnlich und mit einem Ton, von dem ich glaubte, dass er keine Widerrede zuließ.

Und zu meiner Verwunderung funktionierte das so tatsächlich.

Ich besprach mich mit den beiden Fahrerinnen des Busses und des Möbelwagens dahingehend, dass wir zunächst hintereinander zu der in der Nähe gelegenen Tankstelle fahren würden. Dort sollten die beiden Damen versuchen, die Fahrzeuge so vor der Eingangstür des Kassenhäuschens zu platzieren, dass sie eine unüberwindbare Barriere für die Schlurfer darstellen würden.

Gesagt getan. Wir stellten die beiden schweren Fahrzeuge so ab, dass nur wenig Platz zwischen den beiden Autos und zwischen den Häuserwänden des Häuschens und den Autos blieb.

Im Inneren der Tankstelle konnte ich nur eine einzelne Person an der Kasse identifizieren. Das würde kein großes Problem werden.

Lydia, Belinda und Petra bewachten die Durchlässe zwischen den Autos und der Wand, durch die eventuell ein Schlurfer huschen könnte. Rosi, die taffe Blonde, achtete darauf, dass keiner der Schlurfer auf die Idee kam, unter den Wagen hindurchzukriechen. Die Intelligenz trauten wir ihnen freilich nicht zu, aber man konnte ja nie wissen. Fiona und ich machten uns auf den Weg in die Tankstelle. Die Kinder bleiben im Bus.

Es dauerte nicht lange, bis eine Hand voll Gestalten die Tankstelle erreichte und die Fahrzeuge belagerte. Wir mussten uns also beeilen. Diese wenigen Figuren waren von den Frauen an den Durchlässen noch leicht abzuwehren. Aber wie lange würde das noch gut gehen?

Währenddessen ich den Kassen-Schlurfer ausschaltete, fing Fiona an, alles irgendwie Essbare in eine der Taschen zu packen, die wir aus dem Bus mitgebracht hatten. Dann begann ich damit, Fiona zu helfen. Wir packten alles ein, was noch frisch genug erschien, noch lange Haltbarkeitsdaten hatte oder sonst irgendwie zu gebrauchen war. Ein Karamellbonbon mit Schokolade ummantelt, aß ich, wie früher schon immer, sofort.

Ich erinnerte mich daran, wie sehr der kleine Karim sich im Parkhaus über die mitgebrachte Limonade gefreut hatte und packte alle Comichefte, die ich finden konnte, für die Kinder im Bus ein. Sämtliche Süßigkeiten mussten ebenfalls mit. Wir durften nicht vergessen, dass die Kinder zwar aus schwierigen Verhältnissen stammten – was das auch immer zu bedeuten hatte - aber ihre Familien aller Voraussicht nach nie mehr wiedersehen würden. Da entstanden unter Umständen Baustellen, die wir zum jetzigen Zeitpunkt noch nicht überblicken konnten. Wir durften uns glücklich schätzen, mit den Kindern auch Fachpersonal gerettet zu haben.

Ich hatte nicht gesehen, dass irgendjemand rauchte, weder im Parkhaus, noch jetzt. Trotzdem hielt ich es für ratsam, auch die Zigaretten mitzunehmen. Manchen Alkohol, den wir ebenfalls komplett einpackten und in den Bus brachten, würden wir nicht nur bei entsprechenden Anlässen trinken, sondern vielleicht auch für medizinische Zwecke benötigen.

Verhehlen konnte ich nicht, dass mir das Plündern der Tankstelle großen Spaß machte. Insgeheim schmiedete ich Pläne für die weiteren Plünderungen eines Baumarktes, eines Supermarktes, einer Bibliothek, eines Gartencenters und eines Krankenhauses. Dabei wurde mir klarer und klarer, wie viele Dinge, die wir bis vor kurzem als jederzeit vorhanden und selbstverständlich empfunden hatten, zukünftig nicht mehr produziert werden würden. Unser Leben würde sich dramatisch verändern. Das machte mir auf der einen Seite Sorgen, auf der anderen auch ein wenig Hoffnung. Vielleicht würden wir manche Dinge besser machen und manche Situation besser bewältigen lernen.

Am Ende blieb nicht viel in der Tankstelle zurück. Nur die Tiefkühlkost, sofern es sich nicht um Eis für die Kinder handelte, welches diese sofort und mit Heißhunger aßen, ließen wir da.

Jetzt galt es noch, die Fahrzeuge zu tanken. An den Tanksäulen ging das nicht mehr. Die Säulen verfügten nicht mehr über Strom. Aber es standen genug herrenlose Fahrzeuge herum, die wir mit einem Schlauch anzapfen wollten – eklig, aber durchaus machbar. Viele Fahrzeuge waren einfach verlassen worden. Bei der Flucht oder in der Sekunde, als aus Menschen Schlurfer geworden waren, hatte niemand daran einen Gedanken verschwendet, den Schlüssel des Fahrzeuges abzuziehen. Verschlossene Tankdeckel stellen somit kein Hindernis dar.

Jeweils zwei Personen, die anrennende Schlurfer in Schach halten konnten und eine Person, die das Fahrzeug betankte, reichten uns aus. Dabei sah ich, wie sich von weiter unten eine große Traube von Schlurfern – mindestens 200, wenn nicht 300 Personen – formierte und sich auf die Tankstelle zubewegte. Einer solch großen Masse von Angreifern konnten wir unmöglich die Stirn bieten. Das funktionierte nur mit den paar Hansels, die bisher hier herumlungerten. Wir mussten uns gewaltig beeilen.

Während des Tankvorganges erspähte ich am Rande der Tankstelle das neue Modell eines Opel Cascadas. Den wollte ich immer schon mal fahren. Auf dem Fahrersitz saß jemand. Ob Mann oder Frau, konnte ich nicht erkennen. Die Person lebte offensichtlich bereits nicht mehr, weder als Überlebender noch als Untoter. Die Wahrscheinlichkeit, den Autoschlüssel noch im Zündschloss vorzufinden, schien mir nicht so gering zu sein. Das sollte mein neues Fahrzeug werden.

Die Frauen, die den Bus und den Möbelwagen zum Treffpunkt mit unseren Parkhausfreunden steuern sollten, kannten den Weg.

Die Verabschiedung gestaltete sich herzlich. Petra, die Mutter von Fiona, vergoss ein paar Tränen, blieb aber insgesamt tapfer. Fionas Miene wirkte versteinert. Sie war in die missliche Lage geraten, sich zwischen ihrer strengen Mutter und mir entscheiden zu müssen. Dass diese Wahl diesmal nicht auf die Mutter fiel, ereignete sich, so vermutete ich zumindest, dass erste Mal in ihrem Leben so.

»Lebensmittel habt ihr für die nächsten Tage genug. Am Stadion dürfte derzeit nicht so sehr viel los sein. Der Fußball steckt in der Sommerpause. Mehr als ein paar Angestellte der Geschäftsstelle sollten sich da nicht aufhalten. Im Stadion und in der Geschäftsstelle gibt es auch Toiletten. Aber seit vorsichtig, wenn ihr da einsteigt. Haltet euch sonst nur in den Fahrzeugen auf. Und haltet Ausschau nach weiteren Überlebenden. Da sollten noch etliche andere Menschen aus dem Parkhaus auftauchen«, gab ich letzte Instruktionen.

Irgendwie gewöhnte ich mich bereits daran, den Boss zu spielen. Und ich musste zugeben, ich fand langsam Gefallen daran.

Gegen 15:30 Uhr trennten sich vorerst unsere Wege. Fiona und ich machten uns mit dem Opel Cascada, den wir leicht entern konnten, auf den Weg nach Essen-Haarzopf, um meinem Vater zu suchen. Die anderen fuhren zum Stadion.

Die Sorge, dass Fiona und ich das Stadion nie erreichen und wir die anderen nie wiedersehen würden, trieb mich auf den ersten Metern um. Ich ließ es mir aber lieber nicht anmerken.

(15)

Eddi steuerte den Mercedes auf die Stadt Gunzenhausen zu. Ein mulmiges Gefühl befiel ihn dabei. Es wütete geradezu in seiner Magengegend. Aber er fuhr nicht grundlos zurück in bewohntes Terrain.

Was ihn schwer beunruhigte, war die Tatsache, dass er nichts und niemanden bisher gesehen hatte. Es handelte sich hier vielleicht doch nicht um eine kleine Episode, die schon längst von der Polizei niedergeschlagen oder in Kürze vom Militär beendet werden würde. Eine Sekunde lang dachte Eddi daran, ein paar Lebensmittel zu besorgen und sich dann mit Gundula wieder im Bunker zu verschanzen. Einsamkeit war ihm ja nicht neu und mit Gundula würde sie schlechthin zum Vergnügen. Aber die trüben Farben dort und das fehlende Sonnenlicht flößten ihm Furcht ein.

Nein, sein Ziel lag klar vor ihm. Essbares, Getränke und Waffen wollte er für seine neue Freundin und sich besorgen und dann weg hier. Richtung Norden.

Weit kamen sie nicht. Unmittelbar am Ortseingangsschild lungerte eine Gruppe dieser Kreaturen herum. Der Lärm des Motors setzte diese direkt in Bewegung. Vier oder fünf dieser Figuren hätten kein besonderes Problem dargestellt. Hier handelte es sich aber um mindestens 40 Personen, die nun auf das langsam fahrende Fahrzeug einstürmten. Eddi wollte den Wagen drehen und abhauen. Da erstarb ohne Vorankündigung der Motor des uralten Mercedes und gab keinen einzigen Mucks mehr von sich. Mehrmalige hektische Versuche, den Motor wieder zu starten, verliefen erfolglos.

»Rause, rause, rause«, schrie Eddi aufgebracht.

Gundula öffnete die Beifahrertür, griff noch schnell eine der Taschen aus dem Bunker, die auf der Rückbank lagen und stieg rasch aus.

Der dicke Eddi tat es ihr gleich. Auch er griff sich eine der insgesamt vier Taschen, wuchtete sich und seinen Bauch aus dem Wagen, rannte um das Auto, griff Gundulas Hand und gemeinsam gaben sie Fersengeld.

Die 40 Verfolger ließen sich so einfach aber nicht abschütteln. Eddi und Gundula rannten in die nächste Straße auf der rechten Seite. Der dicke Eddi schwitzte stark. Rennen gehörte nicht zu seinen Lieblingsdisziplinen. Vom Gehweg auf der anderen Straßenseite her drang jetzt lautes Gestöhne an ihre Ohren. Auch dort setzten sich einige Bestien, es handelte sich sicher um weitere 25 Personen, in Bewegung. Das wurde eng.

»Dahinten, der Lieferwagen«, schrie Gundula.

Mitten auf der Straße stand ein hellblauer Ford Transit Kastenwagen, dessen hintere Tür einen Spalt weit offen stand.

Eddi begriff und hielt auf den Wagen zu.

20 Meter noch, dann würden sie den Ford erreichen. Ja, auch nur ein Fahrzeug, aber viel sicherer als der Mercedes, dessen Türen schon nicht mehr richtig geschlossen werden konnten.

Eddi keuchte. Da öffnete sich die Tür des Fords vollends und drei weitere dieser blutrünstigen Gesellen stoben heraus. In ihrer Ungeschicktheit fiel eine der Gestalten der Länge nach hin und bremste den Sturz mit seinem Gesicht. Das störte ihn aber nicht weiter. Mit blutverschmierter Fratze, gebrochener Nase und ein paar Schneidezähnen weniger, rappelte er sich wieder auf und setzte seinen Angriff auf Eddi und Gundula fort.

Die Beiden drehten zur Seite ab. Der Kreis der Angreifer zog sich immer mehr zusammen. Wohin jetzt? Eddi bereute seinen Beschluss zutiefst, zurück in die Stadt gefahren zu sein.

Mit einem nicht für möglich gehaltenen Sprung stürzte sich eine der Bestien auf Gundula. Zum Glück rutsche er mit seinen glitschigen Fingern an Gundulas Schulter ab und erwischte nur die Reisetasche, die Gundula aus dem Mercedes gerettet hatte. Dadurch kam sie zu Fall und fiel unmittelbar neben den Angreifer in den Dreck der Straße. Schon drängten die anderen Kreaturen gierig geifernd nach. Eddi schwang seine Reisetasche wie eine ritterliche Streitaxt über seinen Kopf und versuchte die angreifende Meute abzuwehren. Tatsächlich erwischte er eine der Figuren am Kopf, was diese sogar außer Gefecht setzte. Andere hungrige Gestalten nahmen derweil den Platz des Gefallenen ein.

Es waren schlichtweg zu viele. Das konnte kein gutes Ende nehmen.

(16)

Sechs Kilometer durch ehemals dicht bewohntes Stadtgebiet bis zur Wohnung meines Vaters lagen vor uns. Schon nach gut einem Kilometer ging es nach links in eine lange, breite Allee. Kurz bevor ich es anging, den Cascada zwischen liegengebliebenen Autos durchzuschlängeln um links abzubiegen, hörte ich sie.

»Hey, das hört sich an, wie Motorräder. Mehrere sogar.«

Mein Herz hüpfte vor Freude. Da waren Menschen.

Gerade wollte ich Gas geben, um die Motorräder auf keinen Fall an der Kreuzung zu verpassen, da griff mir Fiona heftig ins Lenkrad.

»Warte doch erst mal, wir wissen doch gar nicht wer das ist. Glaubst du, alle Menschen müssen jetzt freundlich zu uns sein?«

Ich sah Fiona verständnislos an. Ja, natürlich war ich davon ausgegangen, dass alle Überlebenden zwangsläufig zusammenhalten würden. Dann erinnerte ich mich an einige Katastrophenfilme, die ich im Fernsehen und im Kino gesehen hatte. Waren die denn realistisch? Falls ja, dann musste ich Fiona Recht geben. In diesen Filmen bekriegten sich die Überlebenden und stritten um die geringer gewordenen Ressourcen. Ja und nun? Sind solche Filme jetzt Realität oder nicht? Nun gut, wir mussten jetzt ja auch nichts unnötig riskieren.

Ich hielt den Opel an der Kreuzung an und Fiona und ich duckten uns soweit ab, dass es für einen Beobachter so aussehen musste, als ob wir wie die anderen Schlurfer oder Toten, im Auto herumhängen würden.

Die Motorräder nahmen dieselbe Richtung, wie die, die wir nehmen wollten und bogen in die Allee ab. Es handelte sich um sechs schwere Maschinen der Marke Harley Davidson. Ich erkannte eine Iron 883, zwei SuperLow und drei Fat Boys. Auf den Motorrädern saßen wild dreinschauende Figuren, die man landauf und landab sicherlich als Rocker bezeichnet hätte. Alle trugen keine Helme oder andere Schutzkleidung, dafür aber gelb-lila bestickte Kutten. Nach ein paar Sekunden verschwanden sie aus unserem Blickwinkel und wir setzten unseren eigenen Weg vorsichtig fort.

»Siehst du«, triumphierte Fiona.

Ich ließ diesen Einwurf unkommentiert und machte mir stattdessen lieber Gedanken über die Rocker. Als hartgesottene Kampfgenossen gegen eine Meute von Schlurfern konnte ich mir diese Typen gut vorstellen. Das hätte die Sicherheit unserer Gruppe bestimmt erheblich erhöht. Handelten wir richtig, sie einfach so fahren zu lassen?

»Halt an!«, riss mich Fiona schon wieder einmal aus meinen Gedanken.

»Boah, was ist denn los? Musst du mich so erschrecken?«

»Da vorne stehen die Motorräder.«

»Wo?«

»Da links, zwischen den Bäumen.«

Ich stoppte den Wagen. Tatsächlich waren die Motorräder fein aufgereiht nebeneinander und bereit zur Abfahrt zwischen den Alleebäumen geparkt. Die Rocker selber konnte ich von hier aus nicht sehen.

Plötzlich stürzte eine männliche Gestallt zwischen den Bäumen hervor und fiel der Länge nach mitten auf die Straße. Ihr folgten die sechs Rocker. Sie umringten die am Boden liegende Person. Einer der Rocker hielt eine weitere Person im Schwitzkasten. Dabei handelte es sich offensichtlich um eine Frau, wie an den langen Haaren zu erkennen war. Ich öffnete mein Seitenfenster einen Spalt, um vielleicht hören zu können, was dort gesprochen wurde. Zwischen der seltsamen Szene und uns lagen vielleicht 30 Meter.

»Wo hast Du Sau die Lebensmittel?«, hörten wir einen der Rocker leise, aber gut vernehmlich sagen.

»Ich habe selber nichts.«

»Rede keinen Scheiß. Ich dreh der kleinen hier den Hals um.«

Ich fingerte nach meinem Tapezierigel. Doch wieder hielt mich Fiona zurück und zeigte, ohne ein Wort zu sagen, auf die beiden Rocker, die etwas abseits standen und sich nicht in die aktuelle Situation einmischten. Und ich sah sofort, was Fiona meinte. Die beiden Rocker hielten Jagdgewehre in den Händen und sahen so aus, als ob sie damit auch umgehen konnten. Ich wäre vermutlich keine zehn Meter weit gekommen. So blieb ich, obwohl es mir unendlich schwerfiel, lieber ruhig sitzen.

»Also, wird's bald?«, schrie der wortführende Rocker jetzt.

In dem Augenblick riss sich die Frau, die im Schwitzkasten steckte, aus der Umklammerung los und rannte in unsere Richtung davon. Fünf, vielleicht sechs Schritte schaffte sie, da krachte ein Schuss durch die Luft. Die Frau fiel getroffen zu Boden. Aus ihrem jetzt unförmigen Hinterkopf quoll Blut. Der Mann, der zu ihr gehörte, schrie wie irre auf, versuchte aufzustehen und wurde gleich wieder von einem der Rocker in den Dreck getreten.

»Wir haben doch selber nichts«, wiederholte der Mann mit weinerlicher Stimme.

Aus der anderen Richtung, der Richtung, in die wir eigentlich ursprünglich fahren wollten, kam da eine Meute von Schlurfern heran. Sie wurden durch den Lärm des abgegebenen Schusses angelockt. Das waren nicht wenige, da bewegten sich mehrere hundert Figuren auf die Rocker zu.

Das schien diese jedoch nicht weiter zu beunruhigen. Der Anführer zeigte martialisch mit ausgestrecktem Arm auf den am Boden liegenden, wimmernden Mann und einer der mit einem Gewehr bewaffneten Rocker zielte kurz und drückte ab. Der Getroffene sank endgültig leblos zu Boden.

Fiona und ich sahen uns ebenso angstvoll wie fassungslos an.

Die Rocker wendeten sich nun alle mit gelassenen Bewegungen der heranstürmenden Meute von Schlurfern zu.

Darin erkannte ich unsere Gelegenheit, möglichst unentdeckt zu verschwinden. Fionas leisen Protest zum Trotz, stieg ich trotzdem zuerst einmal so leise wie ich konnte aus dem Opel aus. Da begannen die Rocker auch schon damit, auf die herannahenden Bestien zu schießen. Das lenkte sie soweit ab, dass sie mich nicht hören würden. Nur, die ballernden Idioten würden mit ihrer Knallerei weitere Schlurfer anlocken. Ich kroch an der Frau vorbei, auf die der Rocker geschossen hatte und konnte allein an ihrer fürchterlichen Kopfverletzung sehen, dass sie wirklich nicht mehr lebte. Von den Rockern unbemerkt, erreichte ich die abgestellten Motorräder und zog mein Messer. Es machte laute, pustende Geräusche, als ich die Reifen der Motorräder zerstach und die Luft entwich. Im Bordwerkzeug einer der Harleys fand ich eine kleine, handliche Kneifzange. Mit ihr durchtrennte ich die stahlflexummantelten Bremsschläuche der Maschinen oder beschädigte sie zumindest entscheidend.

Bis zu diesem Zeitpunkt hatten die Rocker genug mit ihren sie angreifenden Schlurfen zu tun. Doch nun bemerkte mich einer.

»Hey, was macht der Arsch da?«

Ich sprang auf, warf die Zange in Richtung des Rockers und rannte was das Zeug hielt. Einer der beiden Rocker, die ein Gewehr in Händen hielten, legte auf mich an. Da fiel diesen genau in diesem Augenblick von hinten einer der Schlurfer an und biss ihm herzhaft in den Hals. Puh, ich hätte nicht für möglich gehalten, dass der Angriff einer Bestie auf einen lebenden Menschen mir einmal zum Glück gereichen würde.

Ein zweiter Rocker rannte schwerfällig hinter mir her. Drei weitere Rocker wurden gottlob soeben in blutige Nahkämpfe mit den sie angreifenden hungrigen Kreaturen verstrickt.

Den Opel erreichte ich unversehrt und mit einem ausreichenden Vorsprung vor dem schwergewichtigen Rocker, der hinter mir herlief. Aus seiner wutverzerrten Fratze hörten wir noch ein paar undefinierbare Laute, dann konnte ich den Opel endlich starten und das Fahrzeug drehen. Es würde bestimmt auch andere Wege nach Haarzopf geben.

Die geräuschvolle Schießerei und der dadurch verursachte Kampflärm lockte währenddessen auch Schlurfer aus anderen Richtungen an. Zum Glück handelte es sich dabei nur um mehrere kleinere Meuten, die den Rockern zwar Schwierigkeiten machen würden, die wir aber schnell umfahren konnten.

Das Wutgebrüll des Rockers hinter uns, der erkannte, dass er uns nicht würde aufhalten können, verstarb alsbald.

(17)

Zwei der Bestien packten Gundula. Schleimiger Sabber lief ihnen die Mundwinkel hinab. Einer schaute in den Himmel und grölte triumphierend. Er sah dabei aus, wie ein grunzendes Schwein. Eddi schrie wie noch nie zuvor und stürzte sich auf den im am nahesten stehenden Angreifer.

»Bastardi cazzo!«

Weitere Hände griffen jetzt nach Gundula und Eddi. Seltsame surrende Geräusche übertönten noch das Geschreie und Gerufe.

Einen von Gundulas Angreifern riss Eddi zu Boden. Der andere brach wie vom Blitz getroffen zusammen. Etwas, das aussah wie ein langer Stock, steckte in seiner Schläfe. Andere Gestalten gingen ebenfalls zu Boden.

»Hierhin«, rief eine Stimme.

Eddi schlug noch auf einen in der Nähe stehenden Untoten, der ihn mit offenem Mund angrinste, ein, dann griff er Gundulas Hand und zog sie hinter sich her. Gundula schaffte es kaum auf die Beine zu kommen und schrappte sich bei dieser Flucht böse den rechten Oberschenkel auf. Es gelang ihr aber noch, ihre Reisetasche fortzuziehen.

Die unvorhergesehene Hilfe, woher sie auch gekommen sein mochte, konnte die anstürmenden Bestien nur kurz zurückwerfen. Schon wieder befand sich eine riesige, wenn auch langsame Meute auf Eddis und Gundulas Fersen. Eddi steuerte auf den einzigen Fluchtweg zu, der ihnen jetzt noch blieb - geradewegs auf das Haus vor ihnen. Die Türen mussten sich einfach öffnen lassen, sonst wäre alles verloren.

Da vernahm Eddi wieder dieses seltsame Surren. Es hörte sich gerade so an wie ein leicht brummender Elektromotor eines Rasierapparates.

Eddi schaute sich während er rannte um. Die erste Reihe der sie verfolgenden Kreaturen fiel einfach um. Wieder steckten so seltsame Stöcke in ihren Köpfen.

Gundula schnaufte. Der dicke Eddi schwitze. Noch ein paar Meter bis zum Haus. Da sprang vor ihnen die Eingangstür des Gebäudes auf und drei Personen drängten heraus.

Eddi wollte gerade abdrehen, da begriff er, dass es sich bei den drei Personen um lebende Menschen handelte. Im selben Augenblick, wie er das Schild über der Eingangstür erfasste, auf dem „Schützenge-sellschaft Gunzenhausen" zu lesen stand, identifizierte Eddi auch die Geräte, die von den drei Personen vor dem Haus in den Händen gehalten wurden. Sportbö-gen. Die schossen mit Pfeil und Bogen.

Wieder ertönte das Surren der Pfeile durch die Luft. Wieder stürzten einige der Verfolger. Dann ge-lang Eddi und Gundula die vorläufige Rettung mit einem letzten Satz über die Türschwelle.

Hinter den Beiden wurde die Tür zugeschlagen und mit mehreren Riegeln und Ketten verrammelt.

(18)

Ohne weitere erwähnenswerte Zwischenfälle erreichten Fiona und ich in unserem Opel Cascada den Essener Stadtteil Haarzopf. Unterwegs begegneten wir immer wieder herumstehenden und verlassenen Fahrzeugen. Zu unserem Erstaunen trafen wir auch auf eine große Menge kaputter, bei Unfällen beschädigter oder zerstörter Fahrzeuge. Die Welt musste sich ganz plötzlich von einer Sekunde zur anderen verändert haben und den Menschen nicht viel Zeit gegeben haben, zu reagieren. Zum Teil angefressene Leichen und Leichenteile lagen herum und stanken mittlerweile im wahrsten Sinne des Wortes zum Himmel. Zum Glück hatten es die Fernsehanstalten in den letzten Jahren verstanden, mit immer groteskeren Aufnahmen von Toten und Verletzten in zweitklassigen Krimis dazu beizutragen, dass der Anblick jedweder Verletzung jetzt erträglich erschien. Ich musste an verseuchtes Grundwasser und an Seuchen und Infektionen aller Art denken.

»Das hat ja biblische Ausmaße«, meinte Fiona und weinte leise vor sich hin.

Ich widersprach ihr nicht. Eine solche Katastrophe hätte ich mir in meinen hässlichsten Träumen nicht ansatzweise vorstellen können. Ich zweifelte daran, dass die Menschheit das jemals vollständig überstehen würde und zu ihren Alltagsgeschäften zurückkehren würde.

Meine Mutter hatte mir beigebracht, dass dort, wo ein Ende ist, auch ein neuer Anfang möglich ist. Ich bemühte mich, diesen Optimismus beim Anblick dieses Desasters nicht zu verlieren.

Nicht weit von der Bahnlinie, die wir passierten und auf der ein offensichtlich nicht mehr fahrbereiter ICE stand, lag ein abgestürztes kleines Passagierflugzeug auf einem Maisfeld. Der Rumpf des Flugzeugs und die Passagierkabine lagen nahezu unversehrt da. Ebenso wie bei dem liegengebliebenen ICE fielen besonders einige blutverschmierte Fenster ins Auge. In beiden Verkehrsmitteln musste es zu einem unvorstellbaren Massaker gekommen sein. Mit lief es kalt den Rücken herunter. Fiona und ich hielten jeweils Ausschau nach irgendeinem Lebenszeichen, vielleicht des Piloten oder des Lokführers. Wir fanden aber nichts.

Von den Rockern sahen wir zum Glück auch nichts mehr. Ich weiß nicht, ob sie mir leidtaten. Wenigstens hatte ich bei der Aktion gelernt, dass es wohl besser war, in diesen Tagen nicht jedem noch Lebenden vorbehaltlos zu vertrauen.

Auf dem Parkplatz des kleinen Einkaufzentrums des Stadtteils, in dem mein Vater wohnte, tummelten sich einige Schlurfer zwischen den Fahrzeugen. Vielleicht fanden wir später, auf unserem Rückweg, noch die Gelegenheit, uns im dortigen Supermarkt mit weiteren Lebensmitteln einzudecken.

Noch zweimal links und wir erreichten endlich unser Ziel. Ich parkte den Opel Cascada direkt neben dem Zugang zum Haus. Mein Vater wohnte in einem Mehrfamilienhaus mit sechs Mietparteien. Er selber bewohnte eine Wohnung der ersten Etage. Eigentlich verfügte ich über einen Schlüssel zu seiner Wohnung. Dieser lag jetzt aber wertlos für uns in meinem aufgegebenen Mini.

Da sich kein einziger Schlurfer in der Nähe befand, stiegen Fiona und ich aus dem Auto und näherten uns der Eingangstür des Hauses. In mir machte sich Furcht breit, meinen Vater nicht mehr wohlbehalten anzutreffen. Ich merkte, wie mein Köper von einem leichten Zittern durchzogen wurde – die Nerven. Vielleicht war ich aufgrund der unsicheren Umstände und fürchterlichen Bilder, die sich uns an allen Ecken boten, doch nicht so cool, wie es wünschenswert gewesen wäre.

»Wie kommen wir da rein, ohne Lärm zu machen?«, überlegte ich laut.

»Ich weiß nicht. Wenn wir zu laut sind, locken wir die Schlurfer an. So, wie die Rocker.«

»Schau mal da. Da ist ein Fenster auf Kipp. Kannst du Räuberleiter?«

»Na klar, wenn du mir nicht zu schwer wirst. Aber was willst du? Ans Fenster klopfen?«

»Nein, du wirst schon sehen«, lachte ich leise.

Fiona faltete ihre Hände vor ihrem Bauch so, dass ich meine Fuß hineinsetzen und mich an ihren Schultern zum Fenster hochziehen konnte. Sie schwankte dabei so heftig, dass ich bereits fürchtete, der Länge nach auf den harten Boden zu schlagen, blieb jedoch letztendlich stehen. Ich zog mich auf den Fenstersims und bekam so das halb offene Fenster oben zu fassen. Mit beiden Händen und all meiner Kraft, unterstützt durch mein Gewicht, zerrte ich daran und mein Plan ging am Ende auf. Der komplette Rahmen riss aus seiner Verankerung und das Fenster und ich stürzten zurück, direkt vor Fionas Füße. Das ganze Szenario machte allerdings zu meinem Leidwesen einen Höllenlärm.

Ich rappelte mich auf und wieder machte Fiona für mich die Räuberleiter. So gelang es mir, mich erneut zum nun offenen Durchlass hochzuziehen.

Schnell reichte ich Fiona von oben die Hand und zog sie ebenfalls mit etwas Mühe hinein.

Geschafft. Ich hoffte, dass der Lärm nicht zu viele Schlurfer anlocken würde. Wir hätten sonst ein Problem, wenn wir das Haus später wieder verlassen wollten. Natürlich erfüllte sich meine Hoffnung nicht.

Ein weiteres Problem lag in der Wohnung selber, in der wir uns nun befanden. Ich wusste, dass hier früher zwei Personen lebten. Wo befanden sich diese?

Vorsichtshalber zog ich meinen Tapezierigel und gab Fiona mein Messer. Wir schlichen von Raum zu Raum, fanden aber weder Schlurfer noch Überlebende. In der unversehrten Wohnung war es nicht zu einem Kampf gekommen. Ich nahm mir vor, die Räume nach brauchbaren Gegenständen zu durchsuchen, die wir später mitnehmen könnten.

An der Tür zum Treppenhaus hörte ich unliebsame Geräusche. Das Gestöhne und Gejammer kam mir bekannt vor. Das kam von mehr als einer dieser bluthungrigen Kreaturen.

Als ich vorhin an der Haustür gestanden hatte, fiel mir das nicht auf. Da hielten sich keine Viecher unmittelbar hinter der Tür auf. Die mussten also nach etwas anderem gieren. In mir keimte wieder mehr Hoffnung, dass doch noch jemand im Haus leben könnte.

»Ich mach' gleich die Tür auf. Dann stürmst du, das Messer vor dich haltend, heraus. Ich komme dann direkt nach und renne die Treppe links herauf. Die Wohnung meines Vaters liegt eine Etage höher auf der gegenüberliegenden Seite.«

»Und wenn da Schlurfer auf der Etage sind?«

»Die mähe ich nieder. So viele können das nicht sein. Du deckst nach unten. Oben versuche ich gleich die Tür aufzubrechen.«

»Aber...«

»Ich sehe keinen anderen Weg«, versuchte ich engstirnig Fiona zu beschwichtigen und dann fiel mir doch einer ein.

Ich hatte vorhin in der Küche doch so eine Küchenleiter gesehen, die oft benutzt wurde, wenn man zum Beispiel Gardinen anbrachte. So eine Leiter überbrückte gute eineinhalb Meter. Vom Wohnzimmer aus konnte man nahezu ebenerdig ein Garagendach besteigen. Daran erinnerte ich mich. Mein Vater erzählte mir einst, dass vor Jahren hier mal über dieses Dach eingebrochen worden war. Wenn wir nun auf diesem Dach die kleine Leiter richtig aufstellen würden, könnte ich eventuell den Balkon darüber in der ersten Etage erklimmen. Würde das funktionieren, hätten wir bereits die Nachbarwohnung meines Vaters erreicht. Der Weg wäre nicht mehr so weit und dann würden wir weitersehen.

Fiona schaute mir etwas verwundert hinterher, als ich ohne Kommentar in die Küche lief.

»Wolltest du nicht die Tür öffnen?«, rief sie verständnislos und etwas angefressen wirkend hinter mir her.

Mein Versuch mit der Leiter funktionierte besser als erhofft. Auch Fiona, die mir zum Garagendach folgte, konnte über die Leiter den Weg zum Balkon in der ersten Etage leicht bewältigen.

In die zu diesem Balkon gehörende Wohnung gelangten wir allerdings nicht. Gerade hatte ich den Balkon eingenommen, da hämmerten auch schon vier Schlurfer, die äußerlich sehr der früher einmal dort wohnenden netten, tierlieben Familie glichen, hungrig an die Fenster und die Balkontür. Das Wesen, welches ich für die ehemals junge Tochter der Familie hielt, hielt dabei noch die letzten noch nicht verzehrten Überreste einer der beiden Katzen der Familie in ihren verkrampften Klauen.

Wie weit mochte das sein? Zwei Meter, vielleicht 20 oder 40 Zentimeter mehr? Die Entfernung zum kleinen Balkon, der zu der Wohnung meines Vaters gehörte, schien nicht unüberwindbar weit entfernt zu sein. Wenn ich mich nun auf die Brüstung des hiesigen Balkon stellen würde, könnte ich es vielleicht schaffen, herüberzuspringen. Sollte mir das nicht gelingen, wäre meine Geschichte hier zu Ende.

Trotzdem, ich musste es unbedingt versuchen. Mir blieb jetzt keine andere Wahl mehr. Ich wollte unter allen Umständen wissen, was aus meinen Vater geworden war. Ja, ich fürchtete, dass er gar nicht zuhause weilte oder mir wie seine Nachbarn als Bestie entgegenkam, die gierig nach meinem Fleisch und Blut trachtete. Dann würde ich ihn von diesem Leiden erlösen müssen. Starke Übelkeit stieg in mir hoch und ich musste ein paarmal ausspucken. Ich schwitzte stark. Schweiß lief mir die Stirn hinab – blanke Angst. Nicht nur, dass meine gesamte Kleidung schon vor Schutz und Blut zum Himmel stank, nein, jetzt wurde sie auch noch schweißnass. Äußerlich unterschied ich mich von den Untoten bis auf die unschönen Verletzungen, die manche dieser Figuren aufwies, nicht mehr.

Fiona vermied es, mich von meinem waghalsigen Vorhaben abbringen zu wollen. Sie hätte genauso gehandelt wie ich. Und vielleicht war der Abstand ja gar nicht so groß zwischen den Balkonen.

Genau in dem Augenblick, als ich auf der Brüstung des Balkons herumbalancierte und zum Sprung ansetzen wollte, öffnete sich die Balkontür auf der anderen Seite und der alte Zausel, mein Vater, trat quietschfidel und puppenlustig auf seinen Balkon und schaute zu mir hinüber.

»Junge, da bist du ja.«

(19)

Völlig außer Atem und heftig schwitzend – vor Angst und vor Anstrengung – standen Eddi und Gundula in einem Flur. Eine Gruppe von zehn Personen umringte die Neuankömmlinge. Zumindest hatte Eddi so viele gezählt.

»Aufstellung!«, rief ein undefinierbar uniformierter Mann so um die 60.

Die so Angesprochenen anderen Neun stellten sich der Reihe nach an die linke Wand des Flures mit grauen Wänden. Zuerst der Längste, dann der Zweitlängste, erst die Jungs, dann die Mädchen.

»Haltung!« rief der Mann erneut und die Gruppe stand stramm.

Eddi und Gundula standen da, noch immer nach Luft japsend und wussten nicht so recht, was sie sagen sollten. Diese militärisch anmutende Gruppe fanden sie auf der einen Seite doch ziemlich komisch, auf der anderen Seite hatte ihnen die aber immerhin das Leben gerettet.

Eddi schaute sich die in der Reihe stehenden Jungen und Mädchen genauer an. Der älteste und gleichzeitig auch größte der fünf Jungen schien gerade mal 16 oder 17 Jahre alt zu sein. Der kleinste Junge war vielleicht sechs. Bei den drei Mädchen sah es ähnlich aus. Der zweite Junge in der Reihe, der mit den rostroten Haaren, guckte etwas unwillig und angewidert. Ihm schien das militärische Gehabe nicht so zu behagen. Eines der Mädchen ballte die linke Hand zu einer festen Faust und kratzte mit den Fingernägeln der rechten Hand an der Wand herum. Das Strammstehen schien auch nicht ihr Ding zu sein. Den anderen Kindern und Jugendlichen konnte man allerdings ansehen, dass sie sich in dem Rahmen, der ihnen das Militärische bot, wohl fühlten. Ihre Augen glänzten.

»Mit wem haben wir die Ehre?«, ergriff wieder der uniformierte Anführer das Wort.

»Ich bin Dr. Gundula Schiller und Bildungsbeauftragte für Deutsch und Sozialwissenschaften an der hiesigen Berufsschule. Das da«, und damit wies sie mit dem ausgestreckten Zeigefinger auf den dicken Eddi, »ist Giovanni Pascerale, genannt Eddi, aus Rom.«

Dabei sah sie ihr Gegenüber scharf und vielleicht etwas zu provozierend durch ihre runde Hornbrille an und fuhr fort.

»Sie haben uns das Leben gerettet. Ich danke ihnen allen dafür. Vielen, vielen Dank.«

Gundula deutete eine Verneigung an und ihr Blick war jetzt sanft und voller Zuneigung und Liebe, als sie langsam und bedächtig der Reihe nach die an der Wand stehenden Jugendlichen und Kinder musterte.

Eddi sagte nichts, fand es aber doch irgendwie passend, dass Gundula ihre alte Förmlichkeit wiedergefunden hatte. Die beiden Jugendlichen, der Junge und das Mädchen, die gerade noch abweisend oder wütend gewirkt hatten, lächelten Gundula nun deutlich erleichtert an. Seltsam, dachte Eddi. Hier stimmt etwas nicht.

»Kommando freies Gunzenhausen ist angetreten. Lebensrettung war selbstverständlich. Wir heizen hier den Untoten ordentlich ein, nicht wahr?«

»Jawohl Sir«, kam die laut gerufene Antwort aus neun an der Wand stehenden Kehlen.

Eddi verzog, leider nicht unmerklich für die anderen, das Gesicht. So eine aufgesetzte Schau konnte er

172

nicht gut leiden. Aber immerhin, er würde ohne das Kommando freies Gunzenhausen nicht mehr leben.

»Warum verzieht der Italiener sein doofes Gesicht?«, fragte der größte und älteste Junge jetzt mit scharfem Unterton und hob dabei bedrohlich seinen Bogen.

Dabei blitzten seine Augen böse und argwöhnisch in Eddis Richtung.

»Dasse habe io non so gemeinte. Iche wollte...«

Erst ein ohrenbetäubender Knall, dann das Geräusch zerberstenden Glases schreckte alle Anwesenden auf.

»Alle auf ihre Posten«, schrie der Anführer.

Dann brach das Chaos aus.

(20)

Total überrascht und gleichzeitig unheimlich erleichtert wäre ich fast rücklinks hintenübergefallen. Fiona stand der Mund weit offen.

Der Sprung zum anderen Balkon gelang Fiona und mir dann doch leichter als befürchtet und ohne nennenswerte Gefahr. Vielleicht lag es am Adrenalin in unseren Adern.

Jeder kann sich vorstellen, wie die Begrüßungen und Umarmungen zwischen Vater und Sohn ausfielen. Fiona stand laut lachend daneben und freute sich für mich.

Als die Katastrophe ihren Anfang genommen hatte, befand sich mein Vater gerade im Keller des Hauses. Er suchte dort nach einem alten Buch, welches er in seiner Wohnung, trotz intensiver Suche, nicht gefunden hatte.

So etwas wie eine heftige Druckwelle brachte ihn plötzlich ins Schwanken. Besorgt wollte er nachsehen, ob etwas im Hause passiert war. Er räumte schnell zusammen und machte sich wenige Minuten nach der verspürten Druckwelle auf den Weg zurück nach oben. Am Fuße der ersten Treppe, die aus dem Keller herausführte, kam ihm einer seiner Nachbarn entgegen.

Der sah aber nicht so aus, wie er sonst immer aussah. Stöhnende Geräusche entfuhren seinem schlimm verzerrten Gesicht. Mein Vater erschrak und wich ein paar Schritte von der Treppe zurück.

»Herr Freie, was ist los? Geht's ihnen nicht gut?«

Nur ein paar kehlige Laute erhielt mein Vater zur Antwort.

Der Nachbar wiederum geriet ob der Gier, die ihn befiel, als er meinen Vater sah, ins Stolpern und fiel etwa fünf Stufen die Treppe herab. Unten blieb er mit verdrehten Knochen zunächst liegen. Mein Vater wollte ihm zur Hilfe eilen. Währenddessen versuchte sich der Nachbar wieder aufzurichten, obwohl ihm dies mit seinen verbogenen Knochen nicht mehr gelang und er eigentlich unter fürchterlichen Scherzen leiden musste. Dabei riss er seinen Mund auf uns versuchte weiterhin, meinen Vater zu beißen. Der Stand zum Glück weit genug entfernt.

»Herr Freie, bleiben sie liegen? Um Gottes Willen.«

Unnatürliches Gebrüll war die Antwort.

In meinem Vater steckte nie ein Held. Auch jetzt zeigte er das Verhalten einen Fluchttieres und das rettete ihm das Leben. Er schlängelte sich an dem geifernden Nachbarn vorbei die Treppe hinauf. Im Treppenhaus war sonst niemand mehr. Er erreichte unversehrt seine Wohnung, schloss hinter sich ab und schob den Riegel vor, den er zur Sicherung vor Jahren angebracht hatte.

Sein nächster Gang führte zum Telefon. In der Absicht, einen Krankenwagen für seinen Nachbarn zu rufen und danach mit mir zu telefonieren, griff er zum Telefon. Doch das gab ebenso keinen Mucks von sich, wie Fernseher oder Radio. Es gab in der Wohnung keinen Strom mehr.

Nun besaß mein Vater zwar die Eigenschaften eines Fluchttieres, das bedeutete aber nicht, dass er leicht in Panik geriet. Ganz im Gegenteil. Er blieb völlig ruhig.

Die Architektur der Wohnung meines Vaters ließ es zu, dass er nach vorne und nach hinten, also in zwei

Richtungen, aus dem Fenster schauen konnte. Und genau das tat er als nächstes.

Was er dort sah, erinnerte ihn stark an seinen im Treppenhaus liegenden Nachbarn und mein Vater kam zu dem Schluss, es erst einmal den führenden Politikern dieses Landes, die er ansonsten nicht leiden konnte, gleich zu tun. Nichts tun und aussitzen.

Seine Lebensmittel reichten für mehrere Wochen. Konserven und Mineralwasser waren ausreichend vorhanden. Die verrammelte Tür würde keine dieser Gestalten durchbrechen. Sein Sohn, daran glaubte er fest, würde schon kommen.

Mein Vater sammelte einige Eimer und Töpfe zusammen und füllte diese, ebenso wie seine Badewanne, mit Wasser. Die Wasserversorgung funktionierte zu diesem Zeitpunkt noch.

Von da ab hielt er vorsichtig Ausschau nach weiteren Normalen, wie er sie damals nannte, sah aber niemanden.

Seinen Balkon betrat er erst, als er menschliche Stimmen von nebenan hörte. Und eine der Stimmen kam ihm sehr bekannt vor.

(21)

Niemand im Raum, der nicht vor Schreck zusammenfuhr. Es handelte sich nicht um einen geplant vorgetragenen Angriff, der einem festgelegten Muster folgte. Es war schlichtweg die riesige Masse an Untoten, die sich vor dem Haus eingefunden hatte. Sie drängte und drückte gegen alle Öffnungen des alten, einstöckigen Hauses. Die drei zur Straße zeigenden Fenster zerbrachen nahezu zeitgleich. Der laute Knall allerdings, der alle Anwesenden im Haus so sehr aufgeschreckte, rührte von der Eingangstür her. Aus den Scharnieren gerissen, fiel die Tür mit riesigem Getöse auf den gekachelten Boden des Flurs.

Die ersten durch die Tür eindringenden Unmenschen stürzten ob des nachlassenden Druckes im hohen Bogen vor die Füße der im Flur stehenden Mannschaft.

Eddi schaute aufgeregt nach links und schaute nach rechts. Was jetzt? Der große Junge neben ihm, der ihn eben noch selbst bedrohte, spannte seinen Bogen und der laut rufende Anführer der Gruppe tastete nach seinem Messer.

»In Formation und Feuer frei«, schrie er.

Gundula reagierte im Gegensatz zu Eddi sofort, griff nach ihrem Gefährten und rannte ans andere Ende des Flurs. Der Junge, der zuerst so skeptisch geguckt hatte, tat etwas ganz Ähnliches. Er griff nach der Hand des Mädchens, die vorhin an der Wand herumgekratzt hatte und zog sie von den angreifenden Gestalten weg. Beide folgten Gundula und Eddi.

Alle anderen bildeten zwei Reihen – die Kleinen vorne, die Großen hinten - und spannten ihre Bögen, oder besser, sie versuchten es. Die Geschwindigkeit der eindringenden Meute war zu groß, die Entfernung bis zu den Bogenschützen zu klein. Die Angreifer warfen sich auf sie, bevor auch nur ein einziger Pfeil abgeschossen werden konnte. Das lustvolle Gestöhne der Untoten und das schmerzhafte Geschreie der Sterbenden wechselten sich ab. Blut spritzte an die Wände und auf die Bodenkacheln. Immer mehr Bestien rückten in den Raum vor.

»Mir nach«, rief der Junge mit dem Mädchen an der Hand.

Eddi und Gundula ließen sich nicht zweimal bitten. Der Junge öffnete eine Tür und alle Vier rannten einen weiteren Gang entlang, der genauso wie der Flur aussah, aus dem sie soeben gekommen waren. Das furchteinflößende Gestöhne der Bestien hinter ihnen ließ nicht nach, die entsetzlichen Schreie der Bogenschützen dagegen erstarben.

Am Ende des Ganges öffnete der Junge eine nächste Tür und die vier Rennenden standen sodann mitten in einer kleinen Waffen- oder Vorratskammer. Es blieb leider für Eddi und die anderen keine Zeit, den Raum ausgiebig zu inspizieren.

»Lose, wir verrammeln die Türe«, schlug Eddi vor.

»Nein, nein, wir müssen weiter. Da vorne kann sich jeder einen der Bögen nehmen, ich nehme mir mit Paula noch einen Kasten Mineralwasser und ihr Zwei könnt noch den Rucksack da mit den Konserven aus dem Regal da vorne füllen. Und dann nichts wie weg von hier.«

Alle griffen nun nach den Sachen, die der junge Mann nannte. Der Sechzehnjährige hatte das Kommando übernommen.

»Hier entlang«, kam seine nächste Anweisung. Da kratzten schon die sie verfolgenden Kreaturen von außen an der Tür.

(22)

Die Welt um uns herum, so wie wir sie bisher kannten, war untergegangen. Das Land der Dichter und Denker, wenn dies in der modernen Zeit überhaupt noch existiert hatte, gab es nicht mehr. Diejenigen in der Wohnung meines Vaters, die sich in der Lage befanden, diese Tatsache auszublenden, verlebten einen schönen Abend im Wohnzimmer. Die sanitären Anlagen funktionierten zumindest soweit, dass wir uns wieder einigermaßen sauber und frisch machen konnten. Das ein oder andere Kleidungsstück meines Vaters passte auch mir. Aus dem alten Bestand meiner Mutter konnte sich selbst Fiona, unterstützt durch den ein oder anderen Knoten oder Gürtel, ein frisches, vielleicht nicht schönes aber zweckmäßiges Outfit machen.

Später am Abend begann ich damit, die Wohnung abzugehen, um nach brauchbaren Utensilien Ausschau zu halten. Eigentlich konnten wir fast alles gebrauchen, aber wir konnten bei weitem nicht alles von hier fort schaffen. Die meisten guten Bücher aus dem wohlsortierten Bestand meines Vaters, die wir an langen, zukünftig fernsehlosen Abenden zum Zeitvertreib hätten gebrauchen können oder das wertvolle Geschirr, mussten wir schweren Herzens zurücklassen.

Mein Vater legte zwei große Reisetaschen, einen kleinen Rollkoffer und zwei Bettbezüge bereit.

In die Bettbezüge verstauten wir alle Kleidung, die noch einmal Verwendung finden konnte. Zukünftig würde niemand mehr Stoffe für uns herstellen.

Wir trugen sämtliches Besteck und für jeden einen Porzellanbecher zusammen. Die großen Brot- und

Fleischmesser aus dem Messerblock in der Küche legte ich als Waffen zurück. Ich ahnte, dass wir diese bestimmt noch gebrauchen würden.

In eine der beiden Reisetaschen verstauten wir die meisten Konservendosen und sonstigen Lebensmittel, die eine längere Haltbarkeit auswiesen. Ein paar Flaschen Mineralwasser und eine Flasche Cola passten auch noch hinein.

In die zweite Tasche kamen ein paar Streichhölzer, alle Gewürze aus der Küche, noch ein paar Flaschen Mineralwasser, sämtliche vorhandene Medizin, mehrere Kerzen, zwei Hände voll Batterien und eine Taschenlampe, zwei Flaschen Shampoo, drei Seifen und noch andere Waschmittel, mehrere Paar Schuhe und noch etwas Kleidung.

»Hast du eigentlich meine alte Zwille irgendwo herumfliegen?«, fragte ich meinen Vater, als wir alles verstaut hatten.

»Deine Zwille? Die muss unten im Schuhschrank liegen.«

Als Jugendlicher besaß ich eine stabile Zwille, mit der ich recht genau treffen konnte. Jetzt kam sie mir wieder in den Sinn. Sie befand sich tatsächlich dort, wo sie mein Vater vermutete. Dadurch verfügte ich über eine Schusswaffe, mit der ich umzugehen vermochte. Aus Vaters altem Werkzeugkoffer nahm ich ein paar Muttern und Schrauben und stopfte mir die Munition für meine Zwille in die Hosentaschen.

Draußen dunkelte es bereits. Die Schlurfer im Treppenhaus kannten aber kein Hell und kein Dunkel und bestimmt keine Pause. Sie hämmerten ohne Unterlass immer noch stöhnend gegen die Türen. Außerhalb des Hauses herrschte dagegen fast erdrückende Stille. In Anbetracht der Tatsache, dass es den Schlurfern im Parkhaus gelungen war, mehrere verschlossene Türen zu durchbrechen, schoben wir sicherheitshalber eine schwere, massive Holzkommode aus Vaters Schlafzimmer vor die Eingangstür. Das fühlte sich ein Stück weit sicherer an.

Mein Vater zog sich in sein Schlafzimmer zurück. Ihn leitete das Gefühl, dass er noch einmal einsam und in aller Stille Abschied von seiner Frau, meiner Mutter, nehmen wollte. Mit ihr hatte er sich vor ihrem Tod diese Wohnung jahrelang geteilt. Jetzt würde er sie für immer verlassen. Er kramte ein paar Bilder von ihr zusammen, küsste das eine oder andere und steckte eine Auswahl davon in seine Brieftasche. Dann legte er sich hin und schlief bald, glücklich seinen Sohn wiederzuhaben, ein. Dabei umspielte ein Lächeln seinen Mund. Er hatte es ja gewusst.

Fiona und ich saßen derweil zusammen im Wohnzimmer. Ich sinnierte darüber nach, was wir noch einpacken sollten und ob das Leben jetzt und in Zukunft Flucht, Kampf und Angst bedeuten würde. Unsicherheit regierte diese Gedanken. Wo sollten wir einen sicheren Ort finden? Schon längst hatte ich die Hoffnung aufgegeben, dass es irgendwo auf dieser Welt anders aussehen würde als hier. Tiefe Furcht und Hoffnungslosigkeit nahmen mehr und mehr einen unheilvollen Besitz von mir.

Fiona setzte sich ganz nahe neben mich auf die Couch. Sie schaute mich eine lange Zeit an, dann beugte sie sich vor und gab mir einen langen, für mich atemberaubenden Kuss.

(23)

Der Junge riss die nächste Tür auf und alle anderen stolperten voller Angst hindurch. Drei Stufen hinab und Eddi, Gundula, Paula und der Junge befanden sich auf einem Garagenhof. Ein paar dickere, dunkle Wolken hingen am Himmel und es regnete leicht. An einem normalen Tag hätte sich Eddi über die Abkühlung nach den heißen Tagen gefreut, heute bemerkte er die kleine Wetterveränderung gar nicht, sondern schaute sich suchend um.

Nur ein einziges fahrbares Gefährt stand auf dem Garagenhof – ein recht großer Traktor.

»Los schnell«, rief der Junge.

Als Eddi den typisch grünen Traktor erkletterte fiel ihm das silberne Typenschild auf. Eddi las Deutz-Fahr Agrotron 6130.4, konnte damit aber nicht wirklich etwas anfangen. Mit vier Personen quetschten sie sich in den engen Fahrerraum des Treckers, lagen mehr übereinander als dass sie saßen.

»128 PS«, strahlte der Junge mit kindlicher Freude.

»Ich bin Paula«, sagt da das Mädchen, »und das ist Torben, mein Freund.«

»Ich bin Gundula und das ist Eddi, aber das sagte ich ja schon im...«

Beide, Gundula und Paula drehten sich zum soeben verlassenen Vereinsheim der Sportbogenschützen Gunzenhausen um. Unmengen von gierig dreinschauenden Untoten schwemmten da in den Garagenhof und stöhnten und jammerten hinter ihnen her.

Da brachen bei Paula alle Dämme und sie schlang ihre Arme um Gundula und drückte sie fest. Dicke Tränen kullerten ihre Wangen hinab.

»Wir gehen immer einmal in der Woche zum Schießtraining, der Torben und ich. Diese Woche auch. Die anderen Jungs und Mädels sind auch immer da. Als letztes kam unser Trainer rein.«

Paula legte eine kleine Pause ein, atmete tief aus und fuhr dann mit einem Schluchzen fort.

»Nein, der kam doch nicht. Zumindest nicht so ganz. Der wollte gerade durch die Tür, da riss ihn von hinten jemand an der Schulter und zog ihn wieder vor das Haus. Und dann sprangen noch andere Leute auf ihn drauf. Dann hat der Günter die Tür sofort zugeschlagen und das Kommando übernommen. Günter macht sonst die Kasse im Verein und macht immer blöde Sprüche den Mädchen gegenüber. Und dann hat der Günter die Clubjacke angezogen, die Mütze mit dem Stern vorne aufgesetzt und zu uns gesagt, er wäre jetzt der Chef und alle müssten ihm gehorchen. Später haben wir ein paar Typen von denen draußen abgeschossen. Aber ich habe immer extra daneben geschossen. Ich will keine Menschen töten, auch nicht solche. Da war der Günter voll sauer, weil ich sonst immer treffe und die anderen waren auch sauer. Essen und Trinken gab es für uns alle genug. Der Günter hat sich aber immer das meiste genommen. Dann am zweiten Tag wollte ich nach Hause zu meiner Mama. Das hat der Günter mir nicht erlaubt und mich ausgeschimpft. Und dann seit plötzlich ihr auf der Straße aufgetaucht.«

Paula schaute sich noch einmal um.

»Sind die jetzt da drin alle tot? Auch die Kleinen?«

Gundula legte jetzt ihrerseits ihren Arm um Paula und zog sie an sich.

»Wir fahren zum Laubnerhof. Da wohnen wir«, meinte Torben, ohne auch nur mit einer Silbe auf die Erzählungen von Paula einzugehen.

In Ermangelung einer wirklich besseren Idee sagte Eddi dazu lieber nichts.

(24)

Schon um eine Viertelstunde vor fünf Uhr ging die Sonne auf. Sie versprach einen herrlichen Sommertag und wieder hohe Temperaturen. Ich wurde mit der Sonne wach und reckte mich. Der miefige Verwesungsgestank, der über der ganzen Stadt lag, gehörte zu meinen ersten Wahrnehmungen an diesem Morgen. Ekelhaft. Ob man sich daran jemals gewöhnen könnte?

Fiona, die neben mir auf der ausgefahrenen Couch lag, schlief noch sanft. Ich machte mir Gedanken darüber, wie wir mit meinem Vater und mit den zusammengesuchten Sachen die Wohnung gefahrlos verlassen und unser Auto erreichen könnten. Es wurde langsam Zeit. Wir mussten uns unbedingt bald auf den Weg zum Stadion begeben.

Der Weg durchs Treppenhaus war uns versperrt. Das gestrige Aufbrechen des Fensters hatte so viel Lärm verursacht, dass es viel zu viele Schlurfer anlockt hatte. Von denen standen jetzt gut 4o vor der Haustür.

Ich wurde das Gefühl einfach nicht los, dass die Horden, in denen sich die Schlurfer bewegten, immer größer wurden. Sicherlich schafften es immer mehr von ihnen, ihre Häuser zu verlassen und nach draußen zu gelangen. Eventuell waren die Frischfleischvorräte in den Gebäuden mittlerweile auch erschöpft und es trieb die Hungrigen auf ihrer Suche nach weiterer Nahrung nach draußen. Ein grauslicher Gedanke.

Jetzt blieb uns nur der Weg über den Balkon. Da sich auch Schlurfer im Treppenhaus herumtrieben, konnten wir nicht den direkten Weg in die Nachbarwohnung nehmen. Darüberhinaus warteten dort ja auch noch die hungrigen Familienmitglieder, die einst dort wohnten.

Mein Vater war 84 Jahre alt. Konnte er diese schwierige Kletterei überhaupt bewerkstelligen? Ich zermarterte mir mein Hirn. Es musste doch noch andere Wege geben.

»Mach dir keine Gedanken Junge, ich bleibe hier«, hörte ich Vaters Stimme hinter mir.

Konnte er etwa Gedanken lesen?

»Ich lass dich doch nicht hier als Kannibalen-Futter zurück. Du musst dich eben anstrengen und klettern.«

»Das schaffe ich doch nie.«

»Und ob. Da gibt es auch keine Widerrede. Durchs Treppenhaus geht's nicht.«

Im Gespräch mit Fiona diskutierten wir die Möglichkeit, das Treppenhaus des Nachbarhauses ohne großartige Kletterei zu erreichen. Dazu hätten wir aber zwei Außenwände durchbrechen müssen. Das verwarfen wir genauso schnell wieder, wie uns der Gedanke gekommen war. Wir verfügten über keinerlei schwere Werkzeuge und der Lärm, den wir damit verursachen würden, hätte noch mehr Kreaturen angelockt. Nein, es blieb uns keine andere Möglichkeit, wir mussten über die Balkone. Die meisten Biester befanden sich an der Tür auf der anderen Hausseite. Genau darin bestand vielleicht unsere kleine Chance, unbehelligt das Haus zu verlassen.

Die stabile Schrankwand meines Vaters aus massivem Kirschbaumholz reichte bis unter die Zimmerdecke. Den Schrank würde er zukünftig nicht mehr benötigen. Die Seitenwände des Schranks waren dick und vor allem lang genug. Ich legte sie über den Abgrund zwischen die Geländer der Balkone. Mit einem Küchenstuhl auf dem Balkon verringerten wir die Probleme meines Vaters weiter, diese Brücke von Balkon zu Balkon überhaupt erklimmen zu können.

Vorher aber packte ich mir die beiden bereits gefüllten Bettbezüge und machte mich erst einmal selber auf dem Weg zu unserem Auto. Als ich den Balkon der Nachbarwohnung erreichte, klebten sie wieder zu viert an den Fenstern, die hungrigen Nachbarn.

Ob der körperliche Verfall, der bei ihnen besonders gut sichtbar wurde, jemals dafür sorgen würde, dass die Schlurfer verrotteten und gänzlich von der Bildfläche der Erde verschwinden würden? Ich fürchtete, dass dies in absehbarer Zeit nicht der Fall sein würde.

Unsere kleine Küchenleiter stand zu meiner Freude immer noch auf dem Garagendach, so, wie wir sie abgestellt hatten. Schnell kletterte ich sie hinunter. Da das Gelände hier leicht anstieg, fehlte nur ein kleiner Satz bis auf den Rasen hinter der Garage. Dann nur noch ein paar Meter bis zum Nachbarhaus und von dort wiederum erreichte ich unser Auto über wenige Stufen. Das sollte auch für meinen Vater später keine unüberwindbare Hürde darstellen.

Auf der Straße und auch in der Nähe unseres Autos hielt sich kein einziger Schlurfer auf. Die beiden vollgestopften Bettbezüge verstaute ich so auf der Rückbank des Wagens, dass noch eine Person dort Platz finden konnte.

Die Autotür schloss ich so leise, wie eben möglich. Da legte mir jemand eine Hand auf die rechte Schulter. Ich erschrak mich so heftig wie noch nie und wirbelte, das Schlimmste befürchtend, herum. Mit einer Hand versuchte ich mein Messer zu greifen, das

in meinem Gürtel steckte. Ein Schlurfer, die Rocker, warum hatte ich bloß nicht aufgepasst? All das schoss mir durch den Kopf. Ich fand das Messer. Kampflos würde ich mich nicht ergeben. Ich holte mit der Hand, in der ich das Messer hielt, auf Kopfhöhe aus, um meinen Angreifer an der Schläfe treffen zu können. Ich würde ihn wenigstens mitnehmen. Dann stockte ich in letzter Sekunde.

»Mann, sag doch was. Jetzt hätte ich dich bald abgestochen.«

Da stand Fiona mit den gepackten Taschen und sah genauso erschrocken aus, wie ich.

Mein leiser, doch gut hörbarer Aufschrei machte einen Schlurfer auf uns aufmerksam, der augenblicklich auf uns zu stakste. Für einen Nahkampf fehlte uns die Zeit. Wir mussten runter von der Straße und wollten auch keinen weiteren Lärm verursachen, um nicht noch weitere Figuren anzulocken. Ich griff meine Zwille und zog eine 8er-Mutter aus meiner Hosentasche.

Der Schlurfer wankte, nicht mehr als zehn Meter von uns entfernt, barfuß auf uns zu. Früher waren zehn Meter keine Entfernung für mich.

Und heute gottlob auch nicht. Der Schlurfer brach, am Kopf getroffen, zusammen und rührte sich nicht mehr. Verletzungen am Kopf hielt die Meute regelmäßig auf. Das war gut so.

Zurück auf dem Garagendach sahen wir schon meinen Vater, der gerade mit seinem Gehstock bewaffnet, über die Planken zwischen den Balkonen spazierte. Den alten Kerl konnte man nicht stoppen.

Schnell hastete ich die Küchenleiter empor und half meinem Vater, gefahrlos die letzten Schritte zu setzen und auf den Balkon zu klettern. Entsetzt erblickte er seine Nachbarn, die immer noch sabbernd und geifernd an den Scheiben klebten.

Da öffnete mein Vater seine Winterjacke, die er aus reiner Vorsorge für kältere Tage mitnehmen wollte, zog eine lange Fleischgabel heraus und fuchtelte damit drohend vor den Gesichtern seiner Nachbarschaft herum. Ich konnte mir ein Grinsen nicht verkneifen.

Etwas wackelig gestaltete sich der Abstieg über die Küchenleiter, aber schließlich erreichten wir, ohne von Schlurfern belästigt worden zu sein, den Opel Cascada.

Fiona hatte sich vorsorglich nach hinten gesetzt, meinen Vater platzierten wir auf dem Beifahrersitz. Ich startete das Auto und setzte es rückwärts auf die Straße. Ohne Frage, die Bestien vor der Tür des Hauses wurden jetzt auf uns aufmerksam. Aber vergebens, die blutdürstigen Figuren bewegten sich so langsam, dass genug Zeit verblieb, ungehindert zu verschwinden – dachte ich.

Gegenüber dem Haus, in dem mein Vater wohnte, befand sich eine gepflegte Schrebergartenanlage. Und direkt von der Stelle, an der unser Auto stand, ging einer der Fußwege in die Anlage ab.

Ich legte den ersten Gang ein, da hörte ich von rechts aus der Gartenanlage, das laute, aufgeregte Gekläffe eines Hundes. Gleichzeit schwankten von Links die ersten Schlurfer neugierig um die Ecke.

»Da kommen sie! Fahr los!«, schrie Fiona.

»Warte, da kommt er!«, rief mein Vater.

Den Gartenweg rannte ein kleiner, braun-weißer Jack Russel Terrier mit einem Affentempo hinauf, direkt auf uns zu.

»Wenn wir jetzt nicht losfahren, kriegen uns die Schlurfer.«

»Den Hund können wir ihnen auch nicht überlassen.«

»Das will ich auch gar nicht.«

Wieder griff ich nach meiner Zwille und in meine Hosentasche. Ich öffnete das Fenster und legte auf den Schlurfer an, der uns am nahesten war. Mein Vater öffnete derweil die Beifahrertür und versuchte, den Hund herbeizurufen. Es sah so aus, als ob der kleine, struppige Kerl noch einen Zahn zulegen würde.

Zwei Schlurfer konnte ich aufhalten, drei weitere erreichten aber das Heck des Fahrzeuges und begannen, wild darauf einzuhämmern. Weitere vier Schlurfer wendeten sich geifernd dem heraneilenden Hund zu. Aber der struppige Kerl war geschickt genug, den steifen Gesellen auszuweichen. Offensichtlich wusste er, dass er von dieser Art Mensch nichts mehr Gutes erwarten konnte.

Mit einem letzten Satz sprang der kleine Hund meinem Vater auf den Schoß und ich gab Gas. Der Hund wedelte derweil aufgeregt mit dem Schwanz und leckte meinem Vater Hände und Gesicht ab. So tierlieb kannte ich ihn gar nicht. Wie man sich täuschen konnte.

Unsere Stimmung erreichte ob der gelungenen Rettung des Tieres und unserer erfolgreichen Suche nach meinem Vater und der erfolgreich gestalteten Flucht aus Haarzopf ungeahnte Höhen. Gut, jetzt mussten wir uns zu allem anderen Übel auch noch Gedanken über Hundefutter machen, aber insbesondere die Kinder in unserer Truppe würde die Anwesenheit des süßen Hundes freuen und ablenken.

Ohne weitere erwähnenswerte Zwischenfälle oder besondere Begebenheiten, die ich in ihrer Art noch nicht bis hierhin geschildert hatte, erreichten wir nach zwei Stunden Fahrt durch die darniederliegende Stadt, die Hafenstraße 97A. Hier stand das Stadion von Rot-Weiss Essen und hier wollten wir unsere Freunde aus dem Parkhaus, sowie Fionas Mutter Petra, die beiden Damen aus dem Finanzamt und die Kinderschar nebst Betreuung aus dem Bus wiedertreffen.

(25)

»Da ist er ja«, rief Torben voller Freude und Erleichterung.

Der Laubnerhof bestand aus mehreren Gebäuden, die wie ein großes U angeordnet waren. Schon aus ein paar Kilometern Entfernung konnte Eddi das ganz gut einsehen, da der Hof auf der Spitze einer kleinen Anhöhe errichtet worden war. Von dort droben musste man eine wunderschöne Rundumsicht haben, dachte Eddi.

»Endlich sind wir gerettet«, juchzte Paula erleichtert.

Eddi kräuselte ob Paulas Freude die Stirn und er blickte zu Gundula herüber. Er sah ihr an, dass auch sie sich davon nicht überzeugt zeigte. Die absonderlichsten Vorahnungen bemächtigten sich seiner. Eddi fand, dass irgendetwas am kompletten Landschaftsbild nicht stimmte. Es wirkte zutiefst bedrohlich auf ihn. Ein kühler Schauer lief im über den Rücken.

Der Laubnerhof lag still auf dem von drei Seiten mit Wiesen umgebenen Hügel. An der vierten Seite des Hofes tat sich ein dunkler, schreckenerregender Wald auf. Eddi wurde das Gefühl nicht los, dass in diesem Wald und in den Gebäuden des Hofs ihre Feinde bereits auf sie warteten und aus triefenden, gierigen Augen herübersahen. Torben und Paula ahnten nicht, welcher Gefahr sie sich aussetzten, wenn sie ungeprüft den Hof ansteuerten. Das war eine Falle. Einmal auf dem Hof, würde es kein Entrinnen mehr geben und die blutrünstigen Bestien würden sie im wahrsten Sinne des Wortes abschlachten. Was aber, wenn er sich irrte. Dann würden die beiden Kinder ihn für total durchgedreht halten.

Egal, dachte Eddi. Torben und Paula hofften, auf dem Hof ihre Eltern, Freunde und Verwandten anzutreffen und konnten sich gar nicht vorstellen, dass diese auch zu solchen Kreaturen geworden sein könnten. Aber Eddi hatte diese familiären Gefühle nicht, er würde einschreiten müssen und zwar jetzt.

»Torben, mache lieber male halbe Länge. Was iste, wenne da auch diese Biester sinde. Fahre nicht einfach auf die Hofe. Lasse uns erste gucke.«

Torben sah ihn mit großen Augen an, verlangsamte den Trecker aber.

»Was meinst du? Was soll denn sein? Vorhin, als Paula und ich zum Training gingen, war alles wie immer. Du glaubst doch nicht etwa...«

Schweiß trat Torben auf die Stirn und seine bisher so forsche jugendliche Art wich einer kindlichen Unentschlossenheit. Er blickt zu Paula hinüber, die sich immer noch an Gundula schmiegte und deren Augen jetzt doppelt so groß wirkten, wie sie ohnehin schon waren. Konnte der dicke Italiener, der so plötzlich im Sportclub auftauchte, etwa Recht haben?

Torben fuhr langsam und bedächtig weiter, wobei das schon fast egal gewesen wäre. Machte doch der Motor des Traktors einen Höllenlärm. Die zum Hof führende bisher asphaltierte Straße wurde nun zu einem Schotterweg. Unter den schweren Reifen des Traktors stoben einige der Schottersteinchen knallend zu Seite und es machte zudem ein knirschendes Geräusch. Kein einziger Mensch zeigte sich auf dem Weg oder auf dem Hof.

Linke Hand stand ein dreistöckiges, schwarzweißes Fachwerkhaus, rechts eine ebenso hohe Holzscheune. Das hintere Gebäude, dessen Funktion Eddi von hier aus nicht ausmachen konnte, war aus demselben dunklen Holz gebaut, wie die Scheune. Es führte nur der eine Weg in den Hof hinein. Und auch nur dieser eine Weg führte wieder hinaus.

Torben hielt den Trecker an.

»Jeder nimmt sich einen Bogen. Zielt auf die Köpfe, wenn sich welche von diesen Dingern zeigen sollten«, erklärte Torben.

»Ich habe noch nie mit so einem Bogen geschossen. Ich hab überhaupt noch nie geschossen«, hegte Gundula berechtigte Zweifel.

»Wir haben keine andere Möglichkeit. Ich schleiche mich langsam an und dann sehen wir weiter.«

Eddi meinte rechts im Wald in seinem Augenwinkel eine Bewegung wahrgenommen zu haben. Als er genauer hinsah, war da nichts mehr zu sehen.

Sehnsüchtig dachte Gundula an die Sicherheit des Bunkerkrankenhauses zurück. Dicke Wände und dicke Türen fehlten ihr hier jetzt.

Da wurde die Eingangstür des Fachwerkhauses aufgestoßen und eine Frau mit einem Baby auf dem Arm und zwei kleine Kinder kamen schnellen Schrittes herausgelaufen.

»Da ist deine Mutter«, rief Torben zu Paula.

Die beiden kleinen Kinder, zwei Jungs, liefen mit wehenden blonden Locken auf den Traktor zu. Paulas Mutter bewegte sich mit dem Baby auf dem Arm etwas langsamer als die Jungs.

In diesem, für alle Beteiligten dunklen Augenblick, passierten zwei Dinge gleichzeitig. Das große Scheunentor an der Frontseite der Scheune sprang auf und der Saum des Waldes geriet in stürmische Bewegung.

(26)

Das im Jahre 2012 eröffnete neue Stadion Essen, die Heimspielstätte von Rot-Weiss Essen, lag nicht unmittelbar an der Straße. Zwischen Straße und Stadion hatten die Erbauer des Areals einen großen Parkplatz angelegt. Von der Straße aus konnte man dadurch nicht sofort einsehen, ob auf dem kleineren Vorplatz vor der Geschäftsstelle irgendetwas los war. In der aktuellen Lage stellte sich das für diejenigen, die sich dort aufhielten, als Vorteil dar. Für uns bedeutete es jetzt ein Nachteil. Mit lautem Hurra wollte ich nicht vorfahren, sondern mich fluchtbereit, langsam herantasten. Man weiß ja nie.

Ich fuhr einige wenige Meter die Zufahrtsstraße herauf und stoppte den Opel. Von hier aus konnte ich sehen, dass der Möbelwagen und der Bus direkt vor dem Eingang der Geschäftsstelle des ansässigen Fußballvereins standen. Mit einem dritten und vierten Fahrzeug, welche ich nicht kannte, bildeten sie eine Art Wagenburg um den Eingang herum. Gut, Fionas Mutter und die Kinder, sowie die Damen vom Finanzamt und die Erzieherin hatten es also geschafft.

Schlurfer oder andere zwielichtige Gestalten machte ich von hier aus nicht aus. Also startete ich den Motor wieder und wir setzten unseren Weg langsam fort.

Kurz vor Erreichen der Wagenburg geschah es dann. Eine männliche, vorher von mir noch nie gesehene Person sprang zwischen Bus und Möbelwagen hervor und zielte mit einem kurzläufigen Gewehr auf uns. Unser tierischer Begleiter, den wir liebevoll Pepe nannten, fing sofort an zu bellen. Alle anderen drei

Fahrzeuginsassen hingegen rührten sich nicht mehr. Ich starrte mit aufgerissenen Augen direkt in die Mündung.

»Krijg langzaam af!«

Was war das denn? Was wollte der denn?

»Nu, meteen, of ik schiet.«

Jetzt wurde ich aber sauer und riss die Tür auf.

»Was schieten, ich schiet dir gleich was. Was bist du denn für ein Vogel?«

»Geen beweging«, sagte der Mann mit dem Gewehr und wich einen Meter zurück.

»Jan, lass das. Das sind unsere Freunde. Nimm das Gewehr runter.« hörte ich Belinda, die Erzieherin, aus der Wagenburg rufen.

Und Jan, der seine holländische Herkunft nicht verbergen konnte, hörte glücklicherweise auf sie.

»Dat war nit so jemeint«, versuchte er sich in unserer Sprache.

»Schon gut.«

Pepe hatte sich da schon längst auf den Weg in die Geschäftsstelle gemacht und wurde von allen Anwesenden überschwänglich begrüßt.

Wir selber trafen voller Wiedersehensfreude auf Fionas Mutter Petra, Belinda, die Erzieherin aus dem Bus, die sechs Kinder, die Liebenden Rosi und Lydia aus dem Finanzamt, den Holländer Jan, der unbedingt später nach Amsterdam wollte, Bernd und Elke, unsere Irokesen aus dem Parkhaus und Dr. Helmut Manter, unseren Arzt.

Es gab ein großes Hallo und alle lagen sich glücklich in den Armen.

Der Holländer Jan wollte im Ruhrgebiet schon Weihnachtseinkäufe tätigen und damit dem großen Andrang seiner Landsleute im Dezember ausweichen.

Den Anfang der Katastrophe hatte er betrunken und schlafend in seinem Wohnmobil verpasst. Nun saß er hier mit seinem Fahrzeug fest, würde aber, so bestätigte er mir mehrfach, nicht bei uns bleiben können. Bis zum Niederrhein wäre er gerne dabei, doch dann würde er sich auf den Weg nach Amsterdam machen, um nach seinen Lieben zu sehen. Ich konnte ihn nur zu gut verstehen.

Die Irokesenfrisuren von Bernd und Elke standen schon nicht mehr so aufrecht, wie an dem Tag, als ich sie im Parkhaus kennenlernte. Auch an Farbe hatten sie verloren. Sie waren mit einem braunen Mercedes Vito zum Stadion gekommen. Bei einem Getränkegroßhändler stopften sie das Fahrzeug bis an den Rand voll mit soviel Kästen an Mineralwasser, wie hineingingen.

Dr. Manter fuhr einen weißen BMW. Bevor er zum Stadion kam, vergaß er nicht, diesen mit allen möglichen Gerätschaften aus seiner Praxis und aller denkbaren Medizin zu beladen.

Auf meine Frage danach, ob sie noch jemanden aus ihren Familien gefunden hatten, trübten sich ihre Blicke.

Bernd und Elke konnten weder bei ihr noch bei ihm irgendjemanden ihrer Verwandtschaft ausfindig machen. So wie es in den Wohnungen aussah, hatte sich das Verschwinden ihrer Verwandtschaft sehr blutig gestaltet, weswegen sie sich keinerlei Hoffnung mehr machten, jemanden von ihnen gesund wiederzusehen. Sie entschieden sich daher schnell, sich lieber sofort auf den Weg zum Stadion zu machen. Den Getränkeladen spürten sie zufällig unterwegs auf.

Dr. Manter traf bei seiner Suche nur auf eine alte Tante und einen Onkel. Beide waren allerdings schon

zu Schlurfern mutiert, die in ihrer Wohnung wie von Sinnen an den Türen rappelten. Von den anderen Familienmitgliedern fand er nur noch blutverschmierte Kleidung vor. Mit einer Schaufel, die er in seiner Garage fand, erlöste er seinen Onkel und seine Tante von ihrem schlurfenden Dasein. Danach räumte er seine Arztpraxis aus, packte alles ein, was ihm wichtig erschien und machte sich ebenfalls auf den Weg zum Stadion. Cool, wie er das so emotionslos erzählte.

»Unterwegs bin ich nicht nur auf Schlurfer gestoßen. In Holsterhausen zog eine Bande von rund 30 Leuten, Männer gleichermaßen wie Frauen, durch die Straßen und schlachtete alles an Schlurfern ab, was sie finden konnten. Erst dachte ich, dass wir vielleicht zusammen etwas machen könnten und freute mich, auf Überlebende getroffen zu sein. Dann wurde ich vorsichtig. Ich habe mich nicht sofort zuerkennen gegeben und lieber versteckt. Da konnte ich beobachten, wie fünf von denen wegen einer Konservendose in Streit gerieten und sich gegenseitig dafür totschlugen. Die anderen standen dabei und feuerten die Kämpfenden noch an. Durch den Lärm haben sie dann noch mehr Bestien, als ohnehin schon da waren, angelockt. Dann haben sie sich um die gekümmert. Die waren wie im Blutrausch. Ich hatte den Eindruck, die würden keine Sekunde zögern und uns sofort erschlagen, wenn die uns finden.«

Ich erzählte dem Doktor von den Rockern, auf die Fiona und ich getroffen waren. Unter uns bestand Einigkeit darin, die Augen offen zu halten, um uns auch gegen solche Gruppen zur Wehr setzen zu können.

Die beiden Damen aus dem Finanzamt hatten während meiner Abwesenheit mittlerweile die Ladefläche des Möbelwagens geöffnet. Mehr als ein paar Bierzeltgarnituren fanden sie auf der Ladefläche leider nicht.

Im weiteren Verlauf des Tages erreichten bedauerlicherweise keine weiteren Neuankömmlinge aus dem Parkhaus das Essener Stadion. Langsam machte ich mir große Sorgen. Hoffentlich waren wir nicht die einzigen Überlebenden der Gruppe.

Und noch eine Sorge trieb mich um. Wir verfügten momentan noch über genug Trinkwasser. Bernd und Elke hatten dafür gesorgt. Die wenigen in der Tankstelle zusammengesuchten Lebensmittel und die, die wir von meinem Vater mitgebracht hatten, würden nicht lange ausreichen. Wir würden bald für Nachschub sogen müssen.

Am frühen Abend setzte ich mich von der Gruppe ab und betrat, wahrscheinlich ein letztes Mal, den Innenraum des Stadions. Das war früher, immer dann wenn Rot-Weiss Essen spielte, meine zweite Heimat. Mein Wohnzimmer nannte ich es gerne und fühlte auch so. Sentimentale Gefühle durchdrangen mich. Ich schaute mich wehmütig um und mein Blick fiel auf die große Fahne mit dem RWE-Emblem in rot und weiß, die oben auf der Tribüne im Wind wehte. Mich überfiel die grässliche Vorahnung, dass nie wieder irgendwo in einem Stadion Fußball gespielt werden würde. Das machte mich traurig. Ich liebte den Fußball und würde ihn vermissen. Und was war aus den Menschen geworden, die wie ich unaufhörlich hierhin pilgerten und was aus den Spielern und den Mitarbeitern des Vereins? Nicht wenige von ihnen hatte ich in den Jahren persönlich kennengelernt. Ihre Gesichter sah ich nun vor meinem geistigen Auge und ich nahm mir etwas Zeit, ihrer zu gedenken.

Seit Tagen dachte ich darüber nach, wohin wir gehen sollten. Am Niederrhein wären wir vielleicht eine Zeit lang vor den großen Massen an Schlurfern sicher, die das Ruhrgebiet ausspuckte. Da wohnten weniger Menschen als hier in den Städten, also würde es auch weniger Schlurfer geben. Auf Dauer würde das aber sicherlich keine sinnvolle Lösung darstellen können. Wie sollten wir unsere Stellung dort, wie immer sie auch aussehen sollte, gegen tausende und abertausende Schlurfer verteidigen können? Und dass diese Unmengen an Schlurfern sich aus den Städten heraus ins Ländliche in Bewegung setzen würden, wenn sie immer weniger Nahrung für sich finden würden, schien mir eine gesicherte Erkenntnis zu sein. Daran bestand meines Erachtens nicht der geringste Zweifel. Wir brauchten also etwas Dauerhaftes irgendwo anders. Etwas, wo unsere Kinder ungehindert spielen und in Ruhe aufwachsen konnten. Einen Ort, an dem wir ungestört selber etwas an- und aufbauen konnten. Ja, wir mussten wahrscheinlich wieder Bauern und Jäger werden, wenn wir überleben wollten. Und bis wir diesen Ort finden würden, mussten wir uns so viele Ressourcen sichern, wie wir konnten. Viele der Dinge, die wir auch in Zukunft gut gebrauchen konnten, würde niemand mehr herstellen. Das, was noch da war, mussten wir uns nehmen und zwar jetzt. Andere Überlebende würden genauso denken. Sollten sie uns wohlgesonnen sein, könnte unsere Gruppe größer werden. Mit Menschen, die uns nicht freundlich entgegentreten würden, müssten wir uns um die knappen Ressourcen streiten. Keine schönen Aussichten.

Als die Dämmerung aufzog und ich merkte, dass die Melancholie mehr und mehr mit mir durchging, ging ich zu den anderen zurück.

Wir teilten die Räume der Geschäftsstelle unter uns, so gut es ging, auf.

Morgen früh würde ich dem Fanshop meines Vereins nebenan einen letzten Besuch abstatten. Auch da gab es Kleidung und das ein oder andere Spielzeug. Wir und auch die Kinder könnten das später sicherlich noch benötigen.

Fiona wartete schon auf mich.

»Ich habe Angst, dass keiner mehr kommt, Stell dir mal vor, die haben es alle nicht geschafft.«

»Ach mach dir doch keine Sorgen, die kommen schon. Und die, die nicht kommen, sind vielleicht anderswo untergekommen. Wer weiß das schon? Die haben vielleicht ihre Familien getroffen und befinden sich schon längst irgendwo in Sicherheit.«

»Ja, du hast recht. Manchmal hoffe ich, dass das alles nur hier so ist. Meinst du, dass ist überall in Deutschland oder sogar Europa so? Und in Amerika, oder Asien auch? Vielleicht sind wir die allerletzten Menschen auf der Welt.«

»Ich weiß es nicht. Ich glaube, wir tuen gut daran, lieber davon auszugehen, dass es überall so ist. Wir werden es vielleicht nie erfahren. Und warum das so ist, was das ausgelöst hat, auch nicht.«

»Meine Mutter spricht von Heimsuchung. Es müsste wohl Gottes Wille sein. Die anderen gucken schon komisch. Na ja, jeder hat seine Art, damit umzugehen.«

»Und du? Du bist doch auch gläubig. Was denkst du?«

»Ich glaube an Gott aber nicht an Gottes Strafe. Das waren bestimmt wir Menschen selber, die das verursacht haben. Trotzdem bete ich. Vielleicht hilft es uns, zu überleben.«

Wir unterhielten uns noch eine Zeit lang über unsere Ängste, Sorgen und Hoffnungen und schliefen dann ein.

Ich war mittlerweile unglaublich glücklich darüber, Fiona im Parkhaus getroffen zu haben. Ohne große Worte waren wir zu einem Paar geworden. Die Umstände brachten das so mit sich. Gerne würde ich mit ihr ein normales Leben, so wie wir es kannten, führen. Nur, was galt überhaupt als normal und was würde zukünftig in unserem Leben normal sein? Wäre diese Katastrophe nicht passiert, wären Fiona und ich im Parkhaus aneinander vorbei gegangen. Vielleicht hätte ich gedacht, was für ein tolles Mädchen. Angesprochen hätte ich sie sicher nicht. Ich weigerte mich jetzt aber, in diese Richtung weiterzudenken. Die Sackgasse wollte ich mir nicht antun.

Morgen Nachmittag würden wir zum Niederrhein fahren. Das würde kein Zuckerschlecken. Wir würden quer durch Bottrop fahren müssen und in Bottrop würden wir bestimmt auch auf viele Schlurfer und wer weiß, was noch treffen.

(27)

Mehr als 30 Untote krochen aus der Scheune und sie waren drauf und dran, Paulas Mutter und den Kindern den Weg abzuschneiden. Mindestens genauso viele Bestien traten zur selben Zeit aus dem Dickicht des Waldes hervor.

Ich hatte doch gleich so ein komisches Gefühl, dachte Eddi und erinnerte sich an den leicht fauligen Gestank, der da schon über dem Gehöft hing.

Torben kniete sich hin, legte eine Reihe von Pfeilen neben sich, spannte seinen Bogen und zielte auf die Gestalten, die der kleinen Gruppe gesunder Menschen zu nahe kamen. Eddi tat es ihm gleich. Sein Pfeil landete allerdings keine zwei Meter vor ihm im Dreck. Mit Pfeil und Bogen schießen und auch noch treffen, das gestaltete sich nicht so einfach, wie es aussah. Auch Gundula versuchte vergeblich ihr Glück.

Paula saß regungslos auf dem Trecker.

»Paula, du musst schießen. Sie schaffen es sonst nicht.«

»Ich kann nicht auf Menschen schießen«, weinte Paula.

»Das sind schon längst keine Menschen mehr. Schieß endlich.«

Einer der kleinen Jungen, die mit Paulas Mutter auf den Traktor zuliefen, geriet ins Straucheln und fiel der Länge nach in den Staub.

Eddi kam es so vor, als ob das Gestöhne der Angreifer in der Sekunde lauter geworden war – eben so, als ob sie bereits triumphierten.

Torben verschoss Pfeil um Pfeil. Nicht jeder traf, aber bis jetzt gelang es ihm, die Untoten von Paulas Mutter fernzuhalten.

Paulas Mutter blieb stehen und versuchte ihrem kleinen, gerade gestürzten Sohn wieder auf die Beine zu helfen. Jetzt strampelte das Baby, welches sie hielt und es drohte ihr aus dem Arm zu gleiten. Die ersten Bestien waren bis auf Armlänge herangekommen.

»Paula, schieß!«

Und jetzt endlich schoss Paula. Die Sorge um die eigene Familie siegte gegenüber der Ablehnung, Menschen töten zu müssen.

Die Untoten aus dem Wald schafften es in dieser Zeit, bereits die Hälfte des Weges zurückzulegen. Auch sie würden bald für die kleine Gruppe Überlebender zur Gefahr werden.

Und damit nicht genug. Auch im hinteren Gebäude öffnete sich nun eine Tür und vier Personen liefen auf den Trecker zu.

»Da sind Torbens Schwestern«, jubilierte Paula.

Eddi überblickte das Chaos und ihm war sofort klar, dass dies hier ein Massaker ohne Happy End werden würde.

Hier warten und einen Pfeil nach dem anderen in den Dreck schießen und damit keinerlei Wirkung erzielen, das konnte es nicht sein. Eddi, der zwar vorsichtig, aber kein Feigling war, griff seinen Hammer und stürmte voran.

»Eddi nein!«, schrie Gundula.

Doch Eddi reagierte nicht mehr und lief nur noch nach vorne.

Als sie das Gebäude des Sportschützenvereins verließen, griff Torben so viele Pfeile, wie es eben ging. Jetzt verfügte er nur noch über fünf dieser Pfeile. Jeder seiner Schüsse musste nun ein Treffer sein.

Der kleine Junge, der gerade gestürzt war, befand sich wieder in der Spur. Doch eine der Bestien packte nun Paulas Mutter. Sie schrie wie ein Patient ohne Betäubung beim Zahnarzt. Eddi erreichte sie nicht mehr rechtzeitig. Paulas Mutter wurde niedergerissen, das Baby kullerte über den Kies und Staub der Fahrspuren. Drei der Gesellen stürzten sich auf Paulas Mutter, die jetzt keinen Mucks mehr von sich gab. Blut war überall. Die Kreaturen, die keinen Platz mehr an der gestürzten Frau finden konnten, wendeten sich nun dem strampelnden und schreienden Baby zu.

Paula verfügte noch über ein paar Pfeile in ihrem Köcher und sie schoss und schoss und schoss. Den Sturz ihrer Mutter hatte sie mitbekommen und Tränen füllten nun ihre Augen. Sie verspürte aber auch eine ungeheure Wut auf die Figuren, die jetzt auch aus Richtung Wald immer näher kamen. In dem Augenblick änderte sich Paulas Einstellung zu den Bestien, die jetzt ihre Mutter getötet hatten. Fortan würde sie es nicht mehr vermeiden, diese Art Menschen zu töten. Ganz im Gegenteil, sie würde danach suchen.

Eddi befand sich nun mitten in der Szene um das Baby. Den ersten Angreifer streckte er durch einen beherzten Schlag mit dem Hammer nieder. Dann griff der dicke Eddi nach dem Baby, drehte sich um und rannte, wie er noch nie in seinem Leben gerannt war. Seinem beherzten Einsatz war es zu verdanken, dass das Baby nicht in die Fänge der Angreifer geriet. Die beiden kleinen Jungen hatten da den Trecker bereits sicher erreicht.

Zwischen den vier Schwestern von Torben und dem rettenden Traktor standen nun ungefähr 25 Bestien, von denen sich ein Teil dem Trecker zuwendete. Der andere Teil gierte nach den um Orientierung ringenden Schwestern.

Ganz hinten in der rechten Ecke des Hofs stand ein grauer VW Pritschenwagen aus den 80er-Jahren an der Scheunenwand. Selbiger setzte sich plötzlich in Bewegung. Wo kam denn der Fahrer her? Egal.

Der Transporter hielt zuerst auf die vier Schwestern von Torben zu, konnte diese aber nicht erreichen, da eine größere Gruppe von Untoten den Weg versperrte. Das Fahrzeug drehte ab und versuchte nun direkt an der Scheune entlang zum Traktor zu gelangen.

»Alle sofort runter vom Trecker«, rief Torben.

Paula sprang vom Trecker und schaute sich wie irre um. Die strikte Abneigung auf Menschen zu schießen, war einem Blutrausch gewichen. Ihre letzten Pfeile verschoss sie in Richtung Wald, denn den anstürmenden Gesellen von dort fehlten auch nur noch wenige Meter bis zu ihrem Ziel, sich auf frisches Fleisch stürzen zu können.

Torben startete den Trecker und hielt auf die Untoten zu, die seinen Schwestern im Weg standen. Die kleine zurückbleibende Gruppe, die beiden kleinen Jungen, das Baby und Gundula, wurden von Paula mit dem Bogen und Eddi mit dem Hammer beschützt.

Der Transporter erreichte diese kleine Gruppe im selben Augenblick wie der Traktor die im Weg stehenden Untoten erreichte. Der Transporter hielt an, der Trecker nicht. Torben walzte mit dem schweren Gefährt mit seinen riesigen Reifen quer und ohne Rücksicht auf Verluste durch die Bestien, kam aber trotzdem zu spät. Zwei der vier Schwestern fielen genau in dieser Sekunde den blutrünstigen Figuren zum Opfer. Die beiden anderen Schwestern schwangen sich auf den Trecker und der ob des Zuspätkommens erschütterte Torben drehte das Fahrzeug.

Eddi staunte nicht schlecht, als er den Fahrer des Transporters erspähte. Hinter dem Steuer saß ein junger dunkelhäutiger Mann, dessen Haut so schwarz war, dass das Weiß seiner Augen wie hell leuchtende Scheinwerfer erschie.

Gundula und Paula, die das Baby an sich genommen hatte, stiegen ohne zu überlegen vorne ein. Alle anderen erkletterten die Pritsche. An den leichten Regen, der den ganzen Tag nicht aufgehört hatte, störte sich niemand. Mit Vollgas raste der Transporter vom Hof. Der Traktor folgte ihm mit etwas Abstand.

Die Bestien, die hier und jetzt noch niemanden erwischt hatten, gingen für heute leer aus.

Abschnitt 4
Die lange Reise
(1)

Fritz, der Hüne, war als kleiner Junge eher ein zurückhaltendes Kind. Seine Mutter und sein Vater ließen sich scheiden, als er gerade mal seinen zweiten Geburtstag feierte. In seiner frühkindlichen Entwicklung fehlte ihm die väterliche Erziehung. Seine Mutter brachte ihm in keiner Weise bei, wie er sich anderen Kindern gegenüber durchsetzen konnte. Ganz im Gegenteil, sie stellte sich grundsätzlich immer auf die Seite der anderen. Bei jedem Streit zwischen ihm und den Kindern im Kindergarten und später in der Schule, bestrafte sie ihn, ohne zu hinterfragen, was der Anlass zum Streit gewesen war.

So wurde Fritz trotz seiner immensen Körpergröße im Kindergarten, in der Grundschule und auch in den ersten drei Schulklassen auf der Realschule immer wieder zum Prügelknaben der anderen Kinder. Seine Mitschüler piesackten ihn mit wachsender Freude täglich und seine Mutter bestrafte ihn dafür, wenn er begann, sich zu wehren.

Wenn Fritz, gerade 14 Jahre alt, nach der Schule nachhause wollte, musste er mit der Straßenbahn fahren, deren Haltestelle in der Nähe der Schule lag. Der Fahrplan der Straßenbahn passte nicht immer zum Stundenplan. So kam es das eine oder andere Mal vor, dass Fritz und einige andere Schüler an der Haltestelle noch einige Minuten auf die Straßenbahn warten mussten. Die Schüler setzten sich in diesen Wartezeiten immer auf die Stufen von zwei Hauseingängen, die sich in unmittelbarer Nähe der Haltestelle befanden. Zwei Hauseingänge boten dabei bestenfalls für vier Kinder Platz. Das reichte nicht für alle. Wer zuerst kam, malte zuerst.

An diesem besagten Tag fand sich Fritz als Erster bei den Haustüren ein. Er positionierte seine Schultasche so in einem der Hauseingänge, dass jedem anderen klar sein musste, dass dieser Platz heute ihm gehörte. Dann ging er den Fahrplan der Straßenbahn studieren. In der Zwischenzeit erreichten weitere Schüler, direkte Klassenkammeraden von Fritz darunter, die Haltestelle. Einer von ihnen, der dicke Bodo Müller, griff sich ohne lange zu zögern die Schultasche von Fritz und warf sie im hohen Bogen auf den Bürgersteig.

Fritz spürte, wie einmal mehr unbändige Wut in ihm aufstieg. Diesmal würde er sich nicht zurückhalten. Er nahm seine Schultasche und schleuderte diese mit aller Wucht auf den mittlerweile im Hauseingang sitzenden Bodo Müller. Das traf diesen völlig unvorbereitet. Er bekam die Schultasche mitten ins Gesicht und sein Hinterkopf wurde zudem durch den Aufprall noch gegen die geschlossene Haustür hinter ihm geknallt. Ein paar Sekunden sah es so aus, als ob Bodo bewusstlos zusammenbrechen würde. Dann rappelte er sich auf, um auf Fritz loszugehen und um ihm eine Lektion zu erteilen. Die umstehenden anderen Kinder ahnten Böses. Jetzt würde Fritz die Trachtprügel seines Lebens beziehen. Bodo besaß unter Gleichaltrigen die zweifelhafte Berühmtheit, selbst kleinere Probleme mit der Faust schnell und brutal zu lösen. Bodo rannte auf Fritz zu und als er in Schlagdistanz vor Fritz auftauchte, holte dieser ein einzige Mal aus und traf Bodo mit geballter Faust mitten auf die Kinnspitze. Bodo fiel, wie von einem Pferdehuf getroffen, um und lag nun rücklings auf dem Bürgersteig. Genau in diesem Augenblick kam die Straßenbahn. Alle Kinder stiegen ein. Nur Bodo nicht, der lag ja noch auf dem Rücken. Und Fritz nicht. Der ging jetzt zu Bodo und half ihm auf. Beide sahen sich kurz in die Augen und reichten sich die Hände. Von nun an würden sie als die besten Freunde durchs Leben gehen.

Am nächsten Tag war alles anders als vorher. Ein einziger Schlag reichte aus, damit die Schüler, die bisher ihre Zeit gerne damit verbrachten, Fritz zu piesacken, Respekt vor ihm besaßen. Daraus lernte Fritz. Er verstand es fortan, ab und an mit einer Bestrafung seinerseits für irgendeinen anderen Schüler in seiner Nähe, den Respekt aufrecht zu erhalten. Nie wieder würde Fritz sich ärgern oder schlagen lassen. Nie wieder würde er unterwürfig sein.

Diese Veränderung in seinem Leben bekam auch bald die Mutter von Fritz zu spüren. Der inzwischen groß gewachsene, starke und breite Fritz brauchte sich nur vor ihr entsprechend aufzubauen, dann war sie schon ruhig.

Die enge Freundschaft von Bodo und Fritz hielt bis zu dem Tag, an dem Fritz im Parkhaus eingeschlossen wurde. An diesem Tag wurde Bodo von einer Meute Schlurfer angefallen, gebissen und dadurch einer von ihnen.

Fritz und Bärbel kamen auf dem kleinen Motorrad auf dem Weg zu ihren Familien und kurz vor ihrer eigenen Wohnung an einer Bäckerei vorbei. Gerade in der Sekunde zerrten ein paar Schlurfer eine schreiende, den beiden Motorradfahrern bekannte Bäckereifachverkäuferin auf die Straße und fielen über sie her. Fritz erkannte ihn trotz einer unschönen Verletzung im Gesicht sofort. Einer der Schlurfer war Bodo Müller.

Das machte Fritz dermaßen traurig, dass er das Motorrad anhielt, eine auf der Straße liegende Baustellenabsperrung nahm, und den Schlurfern vor der Bäckerei einschließlich seines Freundes Bodo Müller ihr Ende bereitete.

Der Lärm lockte weitere Schlurfer an. Fritz und Bärbel mussten schnell verschwinden.

In den nächsten Tagen fuhren sie all jene Orte an, an denen Verwandte und Freunde von ihnen wohnten oder sich gerne aufhielten. Nichts, kein einziger Überlebender. Ihre Verzweiflung stieg von Stunde zu Stunde.

Ihren Bedarf an Wasser und Lebensmitteln deckten sie in den unzähligen kleinen Geschäften, die es in diesem Stadtteilzentrum gab.

Langsam wurde es Zeit, zum Stadion zu fahren. Die Leute dort würden jetzt ihre Familie sein. Bärbel dachte an ihre geplante und nun durch die Umstände geplatzte baldige Hochzeit und weinte viel.

Die nächste rechts, dann ging es fast nur noch geradeaus bis zum Stadion Essen. Da bog ganz langsam und vorsichtig ein Taxi um die Ecke. Das sah irgendwie unwirklich aus. Fritz stoppe sein Motorrad und wartete ab. Auch das Taxi hielt an. Die Fahrertür sprang auf und ein Mann stieg aus dem Fahrzeug. Fritz traute seinen Augen nicht.

Dort neben dem Auto stand sein Cousin Andreas. Freudestrahlend liefen sie aufeinander zu. Zwei weitere Personen entstiegen dem Taxi. Dabei handelte es sich um die Frau von Andreas, Irmgard, und Kurt, den Bruder von Bärbel. Die drei hatten sich getroffen, um Überraschungen für die Hochzeit von Fritz und Bärbel

vorzubereiten, als die Katastrophe über die Menschheit hereinbrach. Vor Freude, wenigstens etwas Familie lebend angetroffen zu haben, lagen sich alle in den
Armen.

Das alles erzählte mir Fritz nach unserem Wiedersehen. So gegen elf Uhr waren sie plötzlich mit Taxi
und Motorrad am Stadion aufgetaucht.

Ich freute mich sehr, meinen guten Kampfgefähr-
ten Fritz wiederzusehen und bei uns zu wissen. Mit
ihm verbanden mich dramatische Erlebnisse.

Zur Freude aller waren Fritz und Bärbel nicht die
einzigen Parkhausflüchtlinge, die noch zu uns kamen.
Es dauert gar nicht lange, da erschienen Mahmut,
Serife und der kleine Karim in einem kleinen, blauen
Fiat Punto. Und auch sie kamen nicht alleine. Eine
etwa 55-jährige, schwarzhaarige Frau begleitete sie.
Es handelte sich um die Mutter von Serife, die Oma
von Karim. Der Kleine lachte ausgelassen, als er uns
wiedersah. Ich stellte ihm die anderen Kinder vor und
zeigte ihm Pepe, unseren Hund. Karim war hingeris-
sen.

Und so ging es fast im Minutentakt weiter. Als
nächstes erschien Anke, die Elektrotechnikerin, mit
ihrer exakt gleichaussehenden Tochter, der Bergsteigerin Jenny. Es wiederholte sich das große Hallo und
diejenigen, die sich noch nicht kannten, stellten sich
einander vor. Anke und Jenny fuhren ein besonderes
Fahrzeug. Ihre Verwandten konnten sie nicht wieder-
finden. Dafür trieben sie aber irgendwo unterwegs
einen sogenannten Ruthmann-Steiger T720 auf. Bei
solch einem T720 ging es um einen fast 14 Meter
langen LKW. Anstelle einer Ladefläche verfügte dieser LKW über eine Hebebühne an einem ausfahrbaren
Schwenkarm. Der Arm erreichte eine Höhe von 72

Metern und das mit einer Reichweite von 38 Metern. Das ganze Teil wog insgesamt 32 Tonnen. Jenny konnte so etwas fahren. Ich ahnte da noch nicht, wie sehr wir dieses Ungetüm noch einmal brauchen würden.

Als es langsam zu dämmern begann, erschien am Anfang der Zufahrt zu unserem Parkplatz eine einzelne Figur. Ich konnte nicht erkennen, ob es sich um einen Schlurfer oder um einen gesunden Menschen handelte. Die Person näherte sich sehr bedächtig und ausgesprochen langsam unserer Position. Dabei schaute sie sich immer wieder suchend um. Vorsichtshalber lud ich meine Zwille.

Doch dann erkannte ich die Person. Der alte Manfred, der grauhaarige Landwirt, schlich da so vorsichtig auf uns zu.

Sein Fahrzeug war ihm einen Kilometer vor dem Stadion aufgrund von Treibstoffmangel verreckt und er schlug sich zu Fuß zu uns durch. Durchgeschlagen im wahrsten Sinne des Wortes. Mit einer alten Gartenharke räumte er eine Reihe von Schlurfern aus dem Weg.

Es werden immer mehr, wusste er zu berichten.

Auch Manfred hatte niemanden von seiner Familie gefunden. Erst wollte er warten, vielleicht käme ja jemand zurück und würde nach ihm suchen. Dann wurde ihm aber klar, wie unwahrscheinlich das war. Schweren Herzens machte er sich auf den Weg zum Stadion.

Manfred hielt die Überzeugung am Leben, dass seine Leute noch lebten. Darin lag auch der Grund, warum er sämtliche Lebensmittel in seinem Haus zurückgelassen hatte. Seine Leute würden die ja noch brauchen.

Ganz ohne Beute kam er aber nicht zu uns. Drei Bücher über den Anbau und die Aussaat verschiedener Gemüse- und Getreidesorten schleppte er in einem Jutebeutel mit sich.

Nach Manfred kam niemand mehr zu uns, den wir aus dem Parkhaus kannten. Es fehlten noch Marlene, die kleine Frau, die ich zuallererst im Parkhaus getroffen hatte und Doris, die Diabetikerin, die im Heimwerkermarkt arbeitete. Wir würden nie wieder etwas von ihnen hören.

(2)

In einem Teil des Gebäudes, in dem sich die Geschäftsstelle von Rot-Weiss Essen im Stadion befand, gab es auch eine kleine Sporthalle, in der früher die Sportler kleine Trainingseinheiten durchführen konnten. Hier versammelten wir uns, nicht ohne den Eingang zum Gebäude ordentlich zu verrammeln.

Ich stieg auf einen stabilen Tisch, den wir extra aus einem der Büros anschleppten. Alle Anwesenden konnten mich jetzt sehen.

»Morgen geht es los. Es wird Zeit, dass wir aus der Stadt verschwinden. Die Schlurfer-Meuten werden immer größer. Habt ihr ja selber gesehen. Die können wir in der Masse nicht ewig abwehren. Wir sind jetzt 21 Erwachsene, sieben Kinder, ein Hund und Jan. Jan wird uns aber bald in Richtung Holland verlassen. Wir anderen müssen gucken, wo wir bleiben.«

Zustimmendes Gemurmel drang an mein Ohr.

»Hier ist mein Plan: Wir müssen so oder so quer durch Bottrop fahren. Dabei kommen wir an einer großen Feuerwehrwache vorbei. Da besorgen wir uns, wenn wir können, ein Löschfahrzeug mit einem großen Wassertank für Mahmut und einen Notarztwagen für Dr. Manter. Das könnte uns als neues Krankenhaus dienen.«

Mahmut nickte zustimmend.

»Ja, super Idee. Ich brauche dann aber noch einige Gerätschaften, Verbandszeug und Medizin«, warf Dr. Manter voller Tatendrang ein.

»Wenn wir dann weiter fahren, kommen wir an der Klinik für innere Medizin vorbei. Mal sehen, ob wir da was besorgen können.«

»Ja, gut. Da finde ich alles, was ich brauche.«

»Das ist aber nicht mein ganzer Plan.«

»Lass hören!«

»Ich vermute, dass im Ruhrgebiet kaum mehr als 1000 Menschen überlebt haben. Was meint ihr? Vielleicht ein paar mehr, vielleicht ein paar weniger. Und ich gehe davon aus, dass es überall auf der Welt genauso aussieht. Für nichts anderes gibt es Hinweise. In den direkten Ruhrgebietsstädten lebten früher über fünf Millionen Menschen. Wenn davon nur die Hälfte sofort gestorben und die andere Hälfte zu Schlurfern geworden ist, dann sind diesen 1000 Überlebenden jetzt 2,5 Millionen hungrige Schlurfer auf den Fersen. Da wird es nicht reichen, sich am Niederrhein zu verschanzen. Wir brauchen einen Ort, an dem wir dauerhaft leben können, wo wir was anbauen können und wo die Kinder ungefährdet herumlaufen können,«

»Du hast recht, aber darüber haben wir schon oft nachgedacht. Wohin sollen wir gehen?«, fragte Dr. Manter.

»Ich geh doch hier nicht weg. Meine Leute leben noch«, funkte Manfred dazwischen.

»Müssen wir das jetzt entscheiden?«, schrie Bettina.

Jetzt redeten alle durcheinander und brachten ihre Argumente und ihr Für und Wider vor.

»Borkum«, rief einer.

»Ein Kreuzfahrschiff«, kam aus einer anderen Ecke.

»Die Stadt Cacarssonne in Frankreich«, meinte ein anderer.

»Wer sagt den überhaupt, dass es in Köln genauso aussieht«, rief der nächste.

Da wurde es dem guten Fritz zu viel. Mit einem ohrenbetäubenden Pfiff sorgte er für augenblickliche Stille.

»Ruhe! Das wird nichts, wenn wir alle durcheinander schreien.«

»Ich finde, wir sollten das demokratisch lösen«, ergriff ich wieder das Wort.

»Wir sollten das schon jetzt entscheiden. Jeder soll von Anfang an wissen, worauf er sich einlässt. Und wir können nicht einfach so irgendwo hinfahren. Das muss alles Hand und Fuß haben. Wir müssen das vorbereiten. Denkt an die Kinder.«

»Also gut, lasst uns abstimmen!«, meldete sich Manfred wieder.

»Ok, wir haben „hier bleiben", jemand hat eine der friesischen Inseln vorgeschlagen, dann war da noch ein Kreuzfahrtschiff und eine große Burganlage in Frankreich. Hinzu kommen so Orte wie Huis Bergh, das größte Wasserschloss der Niederlande – da kann Jan uns was zu sagen - oder irgendwelche andere Burgen. Ich werfe dann noch die Festung Königstein in den Ring.«

»Ein Kreuzfahrtschiff kenne ich ja noch, aber die anderen Orte? Das ist doch alles weit weg«, meckerte wieder Manfred.

»Das stimmt Manfred. Ich sag mal, wie ich das sehe. Was wir brauchen ist ein Ort, der sicher gegen die Bestien und andere menschliche Angreifer ist und der groß genug ist, dass wir was anbauen können, also ein paar kleine Felder anlegen können. Der Ort muss so sein, dass wir nicht Tag und Nacht alle zusammen Wache halten müssen. Und wir wollen ja nicht immer aufeinanderhängen. Wir müssen uns auch mal aus dem Weg gehen können. Dann brauchen wir noch frisches Wasser, einen Fluss oder einen Brunnen oder so etwas.«

»Ja, ist klar. Deswegen weiß ich trotzdem nicht, wo die Orte sind und es ist immer noch weit weg.«

»Warte doch mal ab, Manfred. Hier in der Nähe haben wir meiner Meinung nach nichts, was groß genug für uns ist. Irgendeine Burg hier, das ist zu klein. Dieses Wasserschloss in Holland zum Beispiel, das würde uns baulich eigentlich reichen und vielleicht könnten wir da sogar was anbauen. Aber wenn nachher tausende von Schlurfern vor der Tür stehen, kommen wir da nie wieder weg und hängen in so einer kleinen Burg für ewig fest. Oder wir verschanzen uns in irgendwelchen Häusern, vielleicht in einem Einkaufzentrum oder im Industriegebiet. Was aber, wenn uns die Lebensmittel und Wasser ausgehen? Das wird sicher eines Tages geschehen. Das ist meiner Meinung nach keine wirklich gute und vor allem dauerhafte Alternative.«

»Ja, damit hast Du vielleicht recht. Und die anderen Orte?«

»Cacarssonne ist eine große Burganlage im Süden Frankreichs, die eine komplette alte Stadt umgibt. Die hat zwei Reihen von großen Mauern und drei oder vier Tore sowie eine innere Burg in der Stadt. Zwischen den Mauerreihen kann man gut was anbauen. Ich weiß aber nicht, ob da genug Sonne hinkommt. Da würden wir alles finden, was wir brauchen. Bei Cacarssonne sehe ich nur zwei Probleme. Es ist eine ziemlich große Stadt und die müssten wir erst einmal von den dort herumlungernden Schlurfern befreien. Und es sind bestimmt 1.200 Kilometer bis dahin. Ich war da mal vor ein paar Jahren mit dem Motorrad.«

»Den Ort kenne ich auch«, rief Belinda, die Erzieherin, »da brauchen wir Monate, um die Stadt von Schlurfern zu reinigen. Und soweit fahren? Ich weiß nicht.«

Einige der Umstehenden nickten zustimmend, andere wiederum schüttelten ihren Kopf.

»Auf einer der Inseln in der Nordsee haben wir auch das Problem, dass es da bestimmt auch diese Viecher gibt und wir nie übersehen könnten, ob wir alle erwischt haben. Dazu sind die Inseln wieder zu groß. Und wie sollen wir dar herüber kommen. Ich kann keine Fähre fahren«, warf Fritz jetzt ein.

»So ein Kreuzfahrtschiff hat seinen Reiz«, rief jetzt Kurt, der Bruder von Bärbel.

»Ja, damit könnten wir immer wieder Häfen anfahren, und uns Lebensmittel besorgen. Aber nur, solange es welche gibt. Und wo finden wir so ein Schiff? In Hamburg, in Rostock? Ich weiß es nicht. Und wer von uns kann so ein Teil fahren, wenn wir noch nicht mal wissen, wie eine vergleichbar kleine Fähre zu fahren ist?«

»Und deine Festung Königstein? Was ist mir der?«

»Die Festung Königstein liegt nicht weit von Dresden entfernt. Das ist eine Festungsanlage auf einem Hochplateau. Über 9 Hektar groß. Die Mauern sind über 40 Meter hoch. Es gibt einen Brunnen, der seit Jahrhunderten nicht versiegt ist und 50 Gebäude. Das Teil ist riesig, für Schlurfer absolut uneinnehmbar und leicht zu bewachen. Vielleicht gibt es jetzt dort auch ein paar Schlurfer, aber sicher nur wenige. Das ist überschaubar, die finden wir alle.«

»Wir können doch erst mal ein Einkaufzentrum entern und dann später immer noch dahin fahren, wenn wir wissen, was aus unseren Leuten geworden ist«, warf Manfred wieder ein.

»Wir können das diskutieren bis zum Umfallen. Da werden wir zu keinem Ergebnis kommen. Lasst uns einfach abstimmen und dann mit Gottes Hilfe dahinfahren. Ob wir überhaupt jemals ankommen, liegt in seinen Händen und werden wir dann sehen. Hier bleiben können wir jedenfalls nicht«, mischte sich jetzt auch Fionas Mutter ein.

Ein lautes, angstvolles Hämmern an der verrammelten Eingangstür der Geschäftsstelle riss uns aus unseren Diskussionen.

Fritz, Bernd, Mahmut und ich griffen nach unseren Waffen und wendeten uns dem Gang zu, der zu besagter Tür führte.

(3)

»Macht auf, bitte, schnell, sie kommen!«

Wir sahen uns ratlos an. Bernd kniff leicht seine Augen zu, blickte uns der Reihe nach ernst an und griff dann nach dem Türgriff.

Von draußen vernahmen wir ein Weinen und Wimmern.

Schlurfer konnten das doch wohl nicht sein. Oder konnten die etwa jetzt auch noch sprechen?

Vorsichtig, ganz vorsichtig öffnete Bernd die Tür einen Spalt breit, währenddessen wir anderen unsere unterschiedlichsten Waffen einsatzbereit hielten.

Vorsichtig, ganz vorsichtig schob sich eine zierliche Hand durch den Spalt und drückte die Tür langsam, aber bestimmt auf.

Nein, da befanden sich keine blutdurstigen Schlurfer vor der Eingangstür. Vor uns standen zwei Jugendliche. Ein Junge und ein Mädchen, so um die 15 Jahre alt. Beide trugen abgewetzte Jeans, deren Farbe ich in all dem Dreck nicht mehr richtig erkennen konnte. Der Junge trug dazu ein kariertes Hemd mit kurzen Armen. Das Mädchen kleidete sich mit einer ehemals weißen Bluse. Zu ihren jeweils schulterlangen, fast schwarzen Haaren, zierte ihre Köpfe je eine rot-weiße Baseball-Kappe.

»Ich bin Luis und das ist meine Zwillingsschwester Luise. Wir konnten denen gerade noch entwischen. Jetzt sind sie hinter uns her. Hunderte von denen. Schnell, wir müssen alle hier weg.«

Luis hüpfte aufgeregt von einem Bein auf das andere. Seine Schwester, die kein Wort sagte, schaute sich völlig verängstigt immer wieder um.

»Bleib mal ruhig Junge, hier bist du in Sicherheit«, hörte ich Fritz beruhigend sagen.

»Nein, sie verstehen mich nicht richtig. Es sind Hunderte, vielleicht sogar Tausende.«

Ich trat vor die Tür und lief ein paar Schritte in die Dunkelheit hinein, der Hauptstraße entgegen. Sehen konnte ich absolut nichts. Dafür hörte und roch ich sie umso besser. Genau ausmachen, wie weit sie noch entfernt waren, konnte ich nicht so ohne weiteres. Ich schätzte, dass sich die ersten von ihnen an der nächsten großen Kreuzung befanden. Diese Kreuzung lag nicht mehr als gute 400 Meter von hier entfernt.

Die Jugendlichen bewerteten die Lage offensichtlich richtig. Der Lärmkulisse nach zu urteilen, handelte es sich um tausende Schlurfer, die da in die Nacht hineinjaulten und hineinstöhnten.

Das reichte mir aber nicht als Beweis für die besondere Gefahr. Mir blieb nichts anderes übrig – ich musste mit eigenen Augen sehen, was mein Unterbewusstsein schon längst wusste. So schlich ich vorsichtig weiter voran. Trotz der Dunkelheit sah ich es dann. Die besagte Kreuzung quoll über vor umherirrenden Schlurfern. Von meinem Standort aus konnte ich zudem die vierspurige Straße mehrere hundert Meter weit einsehen, die linke Hand in die Innenstadt führte. Auch diese war schwarz vor Bestien, die langsam aber gezielt die Straße herabkamen und vor sich hin stöhnten. Es handelte sich um die bei weitem größte Meute, die mir bisher zu Augen gekommen war. Gegen diese Massen würden wir nicht die geringste Chance haben. Mir lief es heiß den Rücker herunter. Kalter Schweiß bildete sich auf meiner Stirn. Ich kalkulierte, dass die Schlurfer, sobald sie unsere Witterung aufgenommen haben würden, so ungefähr 10, vielleicht 15 Minuten brauchen würden, bis sie bei uns vor der Tür standen.

Zum Glück hatten sie mich noch nicht entdeckt. Ich drehte auf dem Absatz um und schlich unbemerkt von den Bestien zum Stadion zurück. Die anderen warteten schon neugierig vor der Tür und ich schrie ihnen sofort Anweisungen entgegen.

»Los, die Kiddies haben recht. Wir müssen weg hier, sofort. Wir haben fünf Minuten, nicht länger.«

In der Zwischenzeit hatte der aufmerksame Fritz all die anderen bereits informiert. Jetzt kam sein Ruf zu ihnen.

»Alles auf die Fahrzeuge. Wir machen das so, wie eben besprochen. Anke, du fährst mit deinem Monstertruck voran.«

»Anke, halt dich links. Fahr über den großen Parkplatz. Meinetwegen walzt du die Absperrgitter einfach nieder. Auf der anderen Seite befindet sich eine kleine Schranke. Die dürfte auch kein Hindernis darstellen. Dann weiter bis zur nächsten Kreuzung und da links, wieder bis zu Ampel. Bis dahin bin ich bei dir.«

In Panik liefen nun alle durcheinander. Ich wedelte mit den Armen und versuchte, alle Anwesenden zu ihren Fahrzeugen zu bugsieren.

»Papa, fahr du auf dem Bus mit. Kümmere dich um die Kleinen und nimm Pepe mit«, rief ich meinem Vater zu, der mein Anliegen mit einem Schwenken seines Gehstocks beantwortete.

Irgendwie schafften es letztendlich alle in ihre Wagen und die Kolonne setzte sich langsam in Bewegung. Von der Hauptstraße aus wurde das Gestöhne der Schlurfer immer lauter. Sie hatten den Braten gerochen und wankten uns nun hungrig entgegen. Anke schaffte es leicht, die Absperrgitter zur Seite zu drücken. Unbeschädigt konnten ihrem Truck Fahrzeug um Fahrzeug folgen. In der Richtung, in die sie fuhr, befanden sich keine Schlurfer, zumindest keine großen, nennenswerten Gruppen.

Am Ende der Gruppe, als vorletztes Fahrzeug, schafften es Fritz und Bärbel auf ihrem Motorrad soeben noch durch die Absperrung, bevor sie von Schlurfern gegriffen werden konnten. Der Zaun, der den Parkplatz umgab, machte es den Schlurfern zum Glück unmöglich, ihnen den Weg abzuschneiden.

Ja, das Motorrad von Fritz war das vorletzte Fahrzeug. Das letzte Auto, der Cascada, schaffte es nicht mehr und in diesem Wagen saßen Fiona und ich.

(4)

Ein Schlurfer hing am rechten Außenspiegel. Zwei weitere beschäftigten sich damit, ihre Zähne in das Stoffdach des Wagens zu schlagen – was ihnen nicht wirklich gelang. Unsere Weiterfahrt wurde von 40 oder 45 Schlurfern versperrt. Noch mehr Kreaturen drängten nach.

Ich wuchtete den Rückwärtsgang rein und trat aufs Gaspedal. Drei Schlurfer, die sich von hinten dem Fahrzeug näherten, kickte der Cascada einfach weg. Dann konnte ich den Wagen glücklicherweise drehen.

Wieder im Vorwärtsgang, trat ich sofort das Gaspedal bis aufs Bodenblech durch. Der Cascada sprang nach vorne und hatte in Sekundenschnelle die Masse der heranrückenden Schlurfer hinter sich gelassen. Nur, in diese Richtung gab es keinen, für ein Auto passierbaren Ausgang.

150 Meter weiter stoppte uns der erste massive Zaun. Ich fuhr den Wagen so nahe an diesen, wie ich konnte. Dann stiegen Fiona und ich rasch aus. Das Gestöhne der herannahenden Schlurfer wurde umgehend lauter. Zum Glück hatten wir unsere Utensilien im Bus verstaut. So brauchten wir jetzt nichts mitnehmen oder gar zurücklassen.

»Beeil dich Fiona, rauf aufs Dach. Mir kommt es so vor, als ob die Viecher schneller geworden sind. Die sind gleich da!«

Fiona schaffte es soeben auf dass Dach des Autos, da hing ihr schon einer der Schlurfer am Bein und versuchte zuzubeißen. Panik ergriff mich. Da tummelten sich auch schon andere Gestalten rund um unseren

Wagen. Und Hunderte oder Tausende drängten hungrig nach.

Ich zerrte an Fiona und sie bekam ihr Bein frei. Wir konnten uns auf den Zaun schwingen und auf der anderen Seite wieder herunterklettern.

Der Zaun würde unsere Verfolger nur für kurze Zeit aufhalten. Unzählige Schlurfer drückten von hinten in ihrer unendlichen Gier nach unserem frischen Fleisch und Blut nach. Über kurz oder lang würde das den Zaun eindrücken.

»Bist du verletzt?« fragte ich voller Sorge.

»Nein, Gott sei Dank nicht. Er hat mich nur am Absatz erwischt. Das war unheimlich knapp.«

Fiona war nur um Haaresbreite einem eigenen Schlurfer-Dasein entgangen.

»Komm weiter.«

Nach weiteren 150 Metern erwartete uns der nächste Zaun. Der sah etwas stabiler aus, als der erste. Ewig halten würde dieser sicherlich auch nicht. Und, wir konnten diesmal kein Auto unter den Zaun stellen, um leichter hinüberklettern zu können.

Ich machte für Fiona die bereits bewährte Räuberleiter und sie schaffte es, sich oben auf den Zaun zu setzen.

Nur, wie sollte ich ihr folgen? Vergeblich versuchte ich durch Hochspringen die Spitze des Zauns zu greifen und erklimmen zu können. Fionas Hand konnte ich zwar erreichen, ihre Kraft reichte aber nicht, mich hochzuziehen.

»Marc, wir müssen das umgekehrt machen. Ich mache dir die Räuberleiter und du ziehst mich dann hoch.«

In dem Moment knirschte es hinter uns bedenklich. Der erste Zaun gab endgültig nach und tausende

Schlurfer ergossen sich in den Raum zwischen den Zäunen.

Es blieb keine Zeit mehr, mit Fiona zu tauschen und ich schaute mich panisch um. Nun gut, dachte ich wie schon so oft, ich würde mich nicht kampflos ergeben.

Da fiel mein Blick auf das in den Zaun eingelassene Tor und es fiel mir wie Schuppen von den Augen. Die Klinke des Tores konnte ich leicht erklimmen und von dort würde ich mich weiter auf den Zaun ziehen können.

In letzter Sekunde gelang es mir, über die Klinke den Zaun zu erklettern. Wir hatten gottlob erneut ein Hindernis zwischen uns und die Schlurfer gebracht.

Viel Zeit würde uns nicht bleiben, zumal ich jetzt sah, dass die Bestien nicht nur den Zaun zu uns, sondern auch einen direkten Eingang zum Stadion eingedrückt hatten. Einige von ihnen tummelten sich nun auf der ehemaligen Gästetribüne und nahmen uns damit in die Zange.

Fiona und ich liefen so schnell es ging, aber vorsichtig weiter. In der stockfinsteren Nacht fiel es uns schwer, überhaupt etwas zu sehen. Ob sich hier auch irgendwelche Schlurfer herumtrieben, wussten wir schließlich nicht und wir wollten ihnen nicht blindlinks in die Arme laufen.

Halb links vor uns lag eine kleine Brück, die über einen offenen Abwasserkanal führte. Ein netter Kontrast zu dem nach Verwesung riechenden Gestank der Schlurfer durchflutete unsere Nasen. Direkt hinter der Brücke mussten wir die Straße erreichen, auf der ich unsere Freunde vermutete. Und ja, von rechts kommend, hörten wir bereits den Motorenlärm ihrer Fahrzeuge.

Doch am anderen Ende der kleinen Brücke stand noch ein letzter, stabiler Zaun zwischen uns und der Straße. Das wilde Gestöhne aus der Dunkelheit hinter uns wurde schon wieder lauter.

Verzweifelt rüttelte ich am Zaun, als ich auch schon den beißenden Gestank unserer Verfolger wahrnahm. Die bewältigten den Weg zu uns schneller, als ich es mir wünschte.

Der 14 Meter lange LKW, der von Anke gefahren wurde, rollte gerade gut sichtbar für uns auf der Straße vorbei.

»Hier, hier sind wir«, schrie Fiona und hüpfte mit wedelnden Armen auf und ab. Ich hörte die nackte Verzweiflung in ihrer Stimme.

Ich drehte mich zum Stadion um und da tauchte auch schon die erste Fratze eines Schlurfers aus der Dunkelheit auf. Mit offenem, sabberndem Mund kam er auf uns zu. Ich zog meinen Tapezierigel und hielt ihn auf Distanz.

Jetzt rüttelte Fiona panisch am Zaun und griff dabei in ihrer Not nach der Klinke des im Zaun eingelassenen Tores. Was soll ich sagen, das Tor öffnete sich. Kaum zu glauben. Wie unglaublich blöd von uns. Wir rechneten in unserer unbändigen Angst einfach nicht damit, auf ein unverschlossenes Tor zu stoßen. Schnellstens hasteten wir durch das Tor und fanden auch noch die Zeit, es hinter uns wieder zuzuschlagen. Die nicht sonderlich intelligent wirkenden Scheusale hinter uns würden längere Zeit als wir benötigen, die Klinke zum Öffnen des Tores zu finden.

Ohne weitere Probleme erreichten wir dann die Straße. Gerade rollte der Bus an uns vorbei und Belinda, die Fahrerin, sah uns, hielt das Fahrzeug an und mit ihr hielt der ganze Konvoi.

(5)

Fiona stieg in den Bus. Ich rannte vor bis zum Truck und stieg bei Anke ein.

»Bis zur nächsten Kreuzung und dann rechts«, schrie ich schon von weitem.

Die ganze Kolonne setzte sich wieder in Bewegung. Dabei erzeugte sie einen Höllenlärm. Das würde nur noch mehr der blutrünstigen Gesellen anlocken.

»Fahr so schnell es geht. Nach ungefähr drei Kilometern macht die Straße kurz vor einer Autobahnauffahrt einen Knick nach Rechts. Da hältst du so an, dass wir eine Art Wagenburg aufstellen können. Und dann sofort den Motor aus.«

»Wir können doch weiter fahren. Warum wollen wir da schon anhalten?«

»Das ist ganz kurz vor Bottrop. Es gibt einiges, was wir in der Stadt noch einsammeln können. Bei der vermuteten Masse an Schlurfern dort, geht das in der Nacht vermutlich nicht. Vorher anhalten geht auch nicht. Wir brauchen Abstand zu der riesigen Gruppe am Stadion und dann schnell Ruhe, damit sie uns nicht folgen.«

»Ok, mach ich.«

Anke machte ein mürrisches Gesicht, beschleunigte trotzdem den Truck und der Motor brummte auf. Meine größte Sorge bestand darin, mit dem Lärm nicht nur die hungrigen Kreaturen anzulocken, sondern vielleicht auch Überlebende, die uns nicht wohlgesonnen sein könnten. Wir würden uns daran gewöhnen müssen, Lärm zu verursachen, der viel weiter zu hören sein würde, als es in der lauten Welt früher der Fall gewesen war.

Nach drei Kilometern setzte Anke die Warnblinkanlage, lenke das Fahrzeug auf die linke von zwei Fahrspuren und schwenke mit dem Vorderteil des Wagens leicht nach links in die Mitte. Ich sprang sofort aus dem Wagen und wies das zweite Fahrzeug ein. Dabei handelte es sich um den Mercedes Vito, den Bernd und Elke, unsere Irokesen, fuhren. Ihn stellten wir genau auf die Mitte der Fahrbahn, direkt neben den Truck. Der für uns so wertvolle Vito beförderte fast unseren gesamten Wasservorrat.

Als drittes Fahrzeug erreichte der Bus unseren Lagerplatz. Ihn positionierten wir in die gleiche Position wie den Truck, nur auf der rechten Seite und sozusagen spiegelverkehrt. Dass sich dabei die Fahrzeuge auch schon mal leicht berührten, spielte in diesen Tagen keine bedeutsame Rolle mehr.

Alle anderen Autos postierten wir ebenso links und rechts, so dass sich am Ende ein Oval ergab, das nur wenige Lücken zuließ. Schließlich standen alle unsere Fahrzeuge, der Fiat Punto von Mahmut und seiner Familie, der BMW von Dr. Manter, der Camper von unserem Holländer Jan und das Taxi von Kurt, Bärbels Bruder, auf ihren Plätzen. Selbst das kleine Motorrad von Fritz und Bärbel wurde genau so abgestellt, dass es eine der Lücken zwischen den Wagen füllte.

Nur den Möbelwagen nutzten wir nicht für eine Barriere. Er sollte als Schlafstätte für uns alle dienen. Das würde in ihm zwar ziemlich eng werden und mit besonders frischer Luft im Wageninneren konnte auch nicht gerechnet werden, aber der Möbelwagen bot den größten Raum und schien uns das sicherste aller unserer Autos zu sein.

Kurt und Jan aus Amsterdam meldeten sich freiwillig für die erste Wache. Alle anderen schleppten ein paar Lebensmittel, Decken und was man sonst so am Abend und in der Nacht gebrauchen konnte, in den Möbelwagen und verschwanden in ihm. Dann war es mucksmäuschenstill.

Die Kinder versorgten wir zuerst. Diese Kinder verfügten über eine Gabe, die uns Erwachsenen leider vollkommen fehlte. Sie arrangierten sich viel schneller und besser mit der aktuellen Situation als wir. Fragen nach ihren Eltern stellten die Kinder aus dem Bus nur noch selten. Wir legten sie schlafen und einige der Erwachsenen taten es ihnen gleich.

Viel Platz blieb im Möbelwagen nicht und so verzogen sich Fritz, Mahmut, Anke und ich in das Führerhaus des Fahrzeugs. Die Müdigkeit packte uns trotz des anstrengenden Tages noch nicht und ich wollte die Gelegenheit wahrnehmen, den einen oder anderen Zukunftsplan mit meinen Freunden zu schmieden.

»Passt auf, Freunde«, startete ich meine Rede, »morgen früh fahren wir nach Bottrop. Die für uns interessanten Geschäfte, an denen wir vorbei kommen, versuchen wir zu plündern. Dabei müssen wir schnell und notfalls brutal vorgehen. Jeder Einbruch darf nicht länger als zehn Minuten dauern. Ein Teil der Leute deckt den Rückzug, der andere Teil schleppt weg, was er tragen kann. Wir können alles gebrauchen an Lebensmitteln, Getränken, Werkzeugen und so weiter. Stoffe, Metalle und alles, was wie eine Waffe aussieht, müssen wir auch mitnehmen. Selbst ein Buch oder ein Gesellschaftsspiel für lange Abende im Winter ohne Fernseher sind dabei nicht zu verachten.

Also, alles mitnehmen. Aussortieren können wir später immer noch.«

»Ja, das ist ein gute Idee«, unterbrach mich Fritz, »Die Männer halten Wache, die Frauen gehen rein.«

»Ich könnte mit dem Schwenkarm meines Ruthmann-Steigers die Fenster in der ersten Etage über den Geschäften aufdrücken und nachsehen, ob es da etwas zu holen gibt«, warf Anke ein.

»Gleichzeitig kann man von da gut Wache halten. Der Jan besitzt doch ein Gewehr, oder?«

»Mit dem Gewehr herumknallen ist keine gute Idee, aber im Notfall...«

Mahmut schaute zunächst skeptisch drein, folgte aber nach längerer Diskussion der Meinung der anderen. Der Feuerwehrmann fürchtete die uns jagenden Bestien sehr und sorgte sich um seine Frau und seinen kleinen Sohn. Er wollte kein Risiko eingehen.

Nach einer Weile, wir erzählten uns unsere Erlebnisse der letzten Tage zum wiederholten Male, gingen wir einer nach dem anderen schlafen.

Es war spät geworden.

Ich legte mich ganz nah zu Fiona, die sich sofort zu mir umdrehte und sich an mich kuschelte. Wir schmusten noch eine Weile und Fiona schlief wieder ein.

Ich dachte darüber nach, wie aberwitzig es doch war, hier so mit ihr zu liegen. Die ganze Welt, zumindest die, die wir kannten, war aus den Angeln gehoben. Nichts war mehr so, wie noch ein paar Tage zuvor. Und genau in der Sekunde, in der das alles geschah, lernte ich diese Frau kennen und verliebte mich auch noch unsterblich in sie. Ziemlich blöd, so fand ich, aber wahrlich nicht zu ändern. Ja, ich wünschte mir eine gemeinsame Zukunft mit Fiona. Nur wie diese aussehen sollte, das wusste ich nicht. Zum Verzweifeln.

Und noch etwas Bemerkenswertes war uns widerfahren. Als wir in der größten Not steckten, diese seltsamen Kreaturen unser Leben bedrohten und wir viele unserer Lieben verloren, da wuchsen wir zu einer verschworenen Einheit zusammen. Da wurden Fremde zu Freunden. Das machte mich zuversichtlich, dass wir unsere Probleme letztendlich doch irgendwie zu unserem Glück bewältigen könnten.

(6)

Als ich wach wurde, fiel mir gleich auf, dass mir die Sonne geradewegs ins Gesicht schien. Die Türen waren doch verschlossen gewesen. Wie von der Tarantel gestochen fuhr ich hoch und schaute mich besorgt um.

An der hinteren Wand des Laderaums lagen die Kinder und schliefen. Schliefen? Nein, eines, Karim, guckte angstbesessen an mir vorbei nach draußen und nahm mich gar nicht wirklich wahr. Es hielt unseren Hund Pepe fest im Arm, der wiederum kampfeslustig zu mir herüberschaute. Ein anderes Kind, der Junge mit dem Nothammer, lag mit geschlossenen Augen da, zitterte aber am ganzen Körper.

Die Ladeluke des Möbelwagens stand sperrangelweit offen. Die Sonne ging bereits im Osten auf und es roch anstelle nach Verwesung nach frischen Blumen. Ein so friedliches und schönes Bild, wenn da unten rechts nicht die leblos daliegenden Beine gewesen wären, die störend in mein Blickfeld hineinragten.

Vorsichtig griff ich nach meinen Waffen. Sie befanden sich noch da, wo ich sie abends abgelegt hatte.

Seltsam, dachte ich. Schlurfer hätten sich ganz sicher auch über die Kinder hergemacht.

Langsam kroch ich auf die Tür des Fahrzeuges zu. Den Tapezierigel schlagbereit in der rechten Hand, tastete ich mich wie in Zeitlupe vor und lugte mit einem Auge um die Fahrzeugwand herum.

Was ich sah, ließ mir vor Grauen in der ersten Sekunde das Blut in den Adern gefrieren, um eine Sekunde später vor Wut zu kochen.

Direkt auf dem Boden vor dem Möbelwagen hielten sich zwei Personen auf. Mit eingeschlagenem Kopf lag dort Kurt, der Bruder von Bärbel. Für ihn bestand keinerlei Hoffnung mehr. Er war mausetot. Neben ihm saß Serife, die Mutter von Karim. Sie stützte ihren Kopf in beide Hände. Zwischen den Fingern lief Blut, eine Menge Blut hervor.

Ein kleines Stück weiter lagen zwei weitere Personen am Boden. Die schienen weitestgehend unverletzt, dafür aber gefesselt zu sein, Fritz und Mahmut.

Und dann stand da Jan, unser Holländer. Ein blutiger Hammer steckte in seinem Hosenbund und mit seinem Gewehr in der rechten Hand hielt er eine Gruppe von Menschen in Schach. Unsere Gruppe.

Mit der linken Hand hatte Jan eine Frau an ihren Haaren gepackt. Sie kniete vor ihm auf der Straße und Jan riss ihren Kopf hin und her. Das war Fiona.

Jan, das Arschloch, hatte uns eiskalt für seine Zwecke ausgenutzt.

»Leg alle Waffen in den Vito und bring mir den Schlüssel«, schrie er jetzt Bernd an.

»Aber wir brauchen doch unsere Waffen. Lass uns um Gotteswillen wenigstens ein paar Messer hier«, versuchte Petra zu retten, was nicht zu retten war.

»Die Schlurfer können euch ruhig fressen, ihr Dreckspack. Die Waffen alle in den Vito. Wir können das Wasser viel besser gebrauchen als ihr.«

Um seinem Anspruch Nachdruck zu verleihen, legte er mit seinem Gewehr direkt auf Petra an und zerrte erneut heftig an den Haaren von Fiona.

Nur einer der Anwesenden hatte mich bisher entdeckt. Mein Vater sah in meine Richtung und rollte seltsam mit seinen Augen. Irgendetwas wollte er mir signalisieren.

Ich folgte seinem immer wieder zum Führerhaus des Möbelwagens gehenden Blick. Da standen noch zwei, mir bisher ungekannte Gesellen. Wo kamen die denn her? Die mussten sich in Jans Wohnmobil verborgen gehalten haben. Beide Figuren trugen, ebenso wie Jan, Jagdgewehre mit sich und zielten damit auf ihre Gefangenen.

Meine Bewaffnung bestand aus einem großen Küchenmesser, meinem Tapezierigel und meiner Zwille.

Viel Zeit, um einen unfehlbaren Plan auszuhecken, blieb mir also nicht. Keine Option sah ich darin, Jan und seine Kumpels einfach wegfahren zu lassen. Wir benötigten das Wasser ebenso und wir lebten mittlerweile in einer Welt, in der es um Auge um Auge und Zahn um Zahn ging. Wir beklagten mindestens einen Toten, es gab Verletzte und Jan hatte die Hilfsbereitschaft und Gastfreundschaft meiner Freunde in den Dreck getreten. Ungestraft konnte ich ihn unter keinen Umständen ziehen lassen.

Obwohl sie mir sehr leid taten, konnte ich mich jetzt um die Kinder nicht kümmern. So leise wie möglich ließ ich mich auf der linken Seite des Möbelwagens hinab. Was ich aber nun tun sollte, wusste ich nicht so recht. Wie sollte ich es mit den drei Herren aufnehmen? Da kam mir eine Idee. So könnte es mit etwas Glück klappen.

Erst jetzt bemerkte ich, wie warm es heute werden sollte. Ein herrlicher Sommertag kündigte sich an. Dann wurde mir auch wieder dieser süßliche Geruch ins Bewusstsein gerufen, der über der ganzen Gegend lag und den vorhin bemerkten und wohl eingebildeten Geruch von Blumen überdeckte. Es stank.

Auf allen Vieren krabbelte ich am Möbelwagen entlang und rollte schließlich unter diesen. Ich lud meine Zwille mit einer 8er-Mutter und legte sie schussbereit auf den Boden. Dann krabbelte ich leise weiter in Richtung der Füße der beiden Gesellen, die Jan unterstützten. Diese Füße steckten zum Glück in Halbschuhen und nicht in Stiefeln. Das kam meinem Plan zugute.

Ich zog mein Messer, ein großes Küchenmesser mit einer 20 Zentimeter langen, sehr scharfen und spitzen Klinge.

Bisher hatte ich in meinem Leben nur Schlurfer verletzen oder töten müssen. Diesmal sollten es lebende Menschen sein. Das bereitete mir erhebliche Skrupel. Ich schaute nach links. Von hier aus konnte ich den toten Kurt mit seiner blutigen Kopfwunde am Boden liegen sehen und erneut stieg unbändige Wut in mir auf.

Ich überlegte nicht mehr länger. Mit einem raschen Schnitt durchtrennte ich die Achillessehne des einen, bevor ich das Messer tief in das Bein des anderen Kumpels von Jan stieß. Beide brüllten vor Überraschung und Schmerz erst laut auf und brachen nahezu gleichzeitig zusammen. Ich rollte mich derweil zu meiner Zwille, rutschte soweit nach vorne, dass ich den verblüfft dreinschauenden Jan sehen konnte und legte an.

Da hatte Jan mich aber auch schon entdeckt, die Situation erkannt, Fiona losgelassen und zielte mit seinem Gewehr auf mich. Als mein Geschoss die Zwille verließ und in seine Richtung flog, spürte ich den Schmerz an meinem rechten Oberarm und hörte den Bruchteil einer Sekunde später den Knall des Gewehres.

Jan traf mich nur deswegen nicht tödlich, weil mein Vater beherzt einen Schritt vor gemacht hatte und Jan mit seinem Stock in die Seite stieß. In derselben Sekunde traf die von mir abgeschossene Mutter ins rechte Auge von Jan und hinterließ eine böse aussehende und sicherlich schmerzhafte Wunde.

Die so entstandene Verwirrung nutzten die anderen dazu, die von mir Angegriffenen endgültig zu überwältigen.

Jetzt war Eile geboten. Wir hatten Lärm verursacht, viel Lärm und mussten jetzt hier weg. Die Schlurfer würden nicht lange auf sich warten lassen. Die Verletzten wurden in den Möbelwagen gelegt und mein Arm wurde verbunden. Eine tiefe Fleischwunde würde eine hässliche Narbe zurücklassen. Fiona klammerte sich mehrfach an mich und zitterte immer noch am ganzen Körper. Diejenigen, die nicht die Fahrzeuge lenken mussten, kümmerten sich um die Kinder und versuchten sie auf andere Gedanken zu bringen.

Den toten Kurt nahmen wir mit. Wir wollten ihn später, wie es früher in unseren Breiten bei Menschen üblich war, würdevoll beerdigen.

Jan und seine Kumpane fesselten wir zusammen. Dr. Manter wollte sich um sie kümmern und sie entsprechend seines hippokratischen Eides medizinisch versorgen. Ich hielt ihn aber davon ab. Es blieb uns keine Zeit mehr. Erste Schlurfer wankten schon die Straße hinauf und es würden sehr schnell mehr werden.

Jans Reisemobil nahmen wir mit. Wir würden es noch gut gebrauchen können und er brauchte es nicht mehr.

Warum Jan mich übersehen hatte, würden wir nicht mehr erfahren. Das letzte, was wir hörten, waren die Schreie, die er und seine Freunde ausstießen, als sie realisierten, dass wir sie den Schlurfern überlassen würden.

Erst später würde ihnen auffallen, dass sie sich ihrer Fesseln selber entledigen konnten. Es lag ganz allein an ihnen, das rechtzeitig zu realisieren.

Ja, es ist richtig. Wir reagierten überaus brutal. So brutal, wie wir es uns früher nie hätten vorstellen können. Selbst die fromme Petra hatte nicht mehr als einen knappen Segen für Jan und seine Kumpane übrig. Und ein Blick auf die Verletzten, auf die Kinder, auf Fiona und den toten Kurt reichten bei mir aus, um mein Mitleid mit Jan und seinen Gefährten in Grenzen zu halten.

(7)

In Bottrop herrschte blankes Chaos. Es sah weit schlimmer aus, als ich vorab befürchtet hatte. Alle Gebäude am Hauptbahnhof standen in Flammen. Hier musste es zu einem riesigen Massaker zwischen Untoten und Lebenden gekommen sein. Unzählige Leichen, darunter viele Soldaten und Polizisten, lagen auf der Straße herum. Nur vorsichtig konnten wir uns unseren Weg hindurch bahnen. Ich hielt Ausschau nach den Waffen der Uniformierten, die uns zugute hätten kommen können, fand aber keine einzige. Irgendjemand musste diese bereits mitgenommen haben.

Etwas weiter die Straße hinauf qualmten die Überreste einer explodierten Tankstelle. Links lag die Innenstadt. Von dort kam ein nicht genau zu definierender Lärm, der sich wie Geschrei und Gestöhne, vermischt mit einem regelmäßigen metallischen Krachen anhörte. Am Himmel zog ein Schwarm schwarzer Vögel in die Richtung, aus der wir den Lärm vernahmen. Ich glaubte, es handelte sich um Dohlen.

Möglicherwiese zog dieser Lärm alle Schlurfer der Umgebung an. Hier auf der Straße hielt sich zumindest keiner auf. So konnten wir unbehelligt unseren Weg fortsetzen. Ich konnte es Fritz ansehen, dass es in ihm arbeitete. Neugierig blickte er immer wieder zur Innenstadt hinüber.

An einer Straßenkreuzung lag direkt vor uns eine der früher gerne besuchten, auf der ganzen Welt zu findenden Hamburger-Bratereien. Ganz links befand sich ein Geschäft, das Matratzen und Bettzeug veräußerte und ganz rechts standen die Türen bei einem türkischen Lebensmittelgeschäft weit offen.

Keine Schlurfer weit und breit. Ich witterte unsere Gelegenheit. Die Kolonne stoppte.

Gülsen, die Oma von Karim, mit der ich bisher kaum ein Wort wechseln konnte, kam auf mich zu.

»Gib mir bitte eines der Gewehre. Ich pass auf, dass so etwas wie vorhin nie wieder passiert.«

Eine unerwartete Bitte! Ich schaute sie eindringlich an und überlegte. In ihren Augen las ich den unerschütterlichen Willen, nicht weichen zu wollen. So schauten Menschen, die ohne Rücksicht auf das eigenen Wohlergehen eine Sache zu Ende bringen würden. Die Schwarzhaarige wich meinem Blick nicht aus. Ich lächelte.

»Glaubst du, du kannst damit umgehen?«

»Als junges Mädchen habe ich mit meinem Opa in Anatolien Luchse und Wölfe geschossen. Das hier ist auch nichts anderes.«

Ich war in der Tat von Gülsens Anliegen schwer beeindruckt.

»Ich nehme auch eines«, tauchte mein Vater plötzlich hinter Gülsen auf.

»Was willst du denn mit einem Gewehr, Vadder?«

»Die Gruppe verteidigen, Junge. Was denkst du denn?«

»Aber...«

Weiter kam ich nicht, denn da stand plötzlich Fritz zwischen uns.

»Wo ist Bärbel?«

»Bärbel, die habe ich seit vorhin nicht mehr gesehen. Ist die nicht bei den Kindern?«

»Nein, da ist sie nicht. Und eines von den Gewehren ist auch weg.«

»Gewehr, Gewehr, Gewehr.«

Langsam glitt mir die Sache aus den Händen.

»Ich gehe jetzt selber gucken«, sagte ich und machte mich zum Möbelwagen auf.

Die anderen folgten mir.

»Karim, wo ist denn die Bärbel?«

»Die hat die ganze Zeit nur von Kurt gesprochen und dann ist sie weg.«

Ich hatte an alles gedacht. Daran, dass unsere Verletzten versorgt werden. Daran dass die Täter bestraft werden. Daran, dass wir schnell weiterfuhren und daran, dass die Kinder beschäftigt wurden. Nur an Bärbel und ihren Schmerz dachte ich nicht. Kurt war Bärbels Bruder! Wir hatten das ignoriert. Verrohten wir etwa schon langsam?

Das Geräusch eines Schusses übertönte alles. Wir fuhren herum und Fritz erbleichte.

Jetzt war die Zeit gekommen, die Sache wieder in die Hand zu nehmen.

»Fritz, hol deine Waffen und bring mir meine Zwille mit. Wir beide gehen sofort los.«

Fritz spurtete los.

»Vater, nimm' Gülsen, holt euch die beiden anderen Gewehre und legt euch auf die Lauer.«

Die Beiden spurteten zwar nicht, machten sich aber auch stehenden Fußes auf ihren Weg.

Serife, ihr Mann Mahmut und Fiona schickte ich in den Burger-Laden. Vielleicht fanden sie irgendwelche Lebensmittel, Gewürze oder Waffen.

Die Irokesen Bernd, Elke, der alte und ewig nörgelnde Landwirt Manfred und Dr. Manter bat ich darum, sich im türkischen Lebensmittelladen nach Brauchbarem umzusehen.

Anke, ihre Tochter Jenny, Fionas Mutter Petra und Andreas, der Cousin von Fritz, der uns besorgt hinterher sah, übernahmen den Bettenladen.

(8)

Fritz und ich bewegten uns langsam, dabei um Deckung bemüht, die Straße zurück in Richtung Essen. Nach dem Schuss hörten wir keine weiteren Geräusche mehr, die irgendwie auf den Verbleib von Bärbel hingewiesen hätten. Der Wind hatte sich gedreht. Der Gestank und der Qualm von einem Feuer stiegen uns in die Nasen. Das kam vom Brand am Bahnhof.

Nach fünfzehn Minuten erstarb ganz unvermittelt von einer Sekunde zur anderen die bisher stetige Geräuschkulisse aus der nahen Innenstadt.

Weitere zehn Minuten später sahen wir den schwarzen Ford Mondeo. Das Fahrzeug stand mitten auf der Straße. Mindestens zwanzig wild gewordene Schlurfer umringten den Wagen, schlugen auf ihn ein und rüttelten an ihm.

Wir konnten nicht erkennen, ob Bärbel in dem Mondeo saß und dort Zuflucht gesucht hatte. Etwas Lebendes im Ford musste es auf alle Fälle sein.

Gerade wollten Fritz und ich uns weiter anschleichen, um die Lage besser überblicken zu können, da fiel der nächste Schuss.

Eine der blutrünstigen Kreaturen, wohl ein ehemaliger Bauarbeiter, wie seine noch intakte Kleidung und der Bauhelm auf seinem Kopf verrieten, rüttelte und zog gerade an der Fahrertür. Jetzt brach er zusammen. Sein Kopf war nach hinten geflogen – Schuss exakt in den Nacken. Da musste jemand verdammt gut schießen können.

Teils überrascht, teils verwirrt, schauten wir uns erst an und dann um.

Da fiel ein weiterer Schuss und ein weiterer Schlurfer fiel wie vom Blitz getroffen um. Der Schütze musste sich irgendwo auf der anderen Straßenseite versteckt halten.

Fritz und ich beobachteten sorgfältig die Umgebung. Das durch den dritten Schuss ausgelöste Mündungsfeuer verriet uns die Position des Schützen. Über die Motorhaube eines gelben Toyotas gebeugt, legte der Schütze erneut an. Fritz und ich sahen uns an. Da drüben stand unsere Bärbel mit ihrem Gewehr.

»Was soll das?«, rief Fritz und rannte. ohne auf die weiterhin gebotenen Vorsicht zu achten, auf seine Bärbel zu.

Das brauche ich jetzt nicht auch noch, dachte ich, freute mich aber darüber, Bärbel unversehrt gefunden zu haben.

Fritz erreichte derweil seine Freundin, entriss ihr das Gewehr, stellte es beiseite und schüttelte sie an den Schultern hin und her.

»Was machst du hier? Warum knallst du die Schlurfer ab?«

»Die sind da drin«, schrie Bärbel zurück.

Mit wirrem Blick zeigte sie auf den Mondeo.

»Die Schweine haben meinen Bruder umgebracht. Jetzt bringe ich erst diese Schlurfer um und dann hole ich sie mir.«

Jetzt begriff ich. Wir hatten an alles gedacht, nur nicht an Bärbels Verlust. Jan und seine kriminellen Kumpels quasi unbestraft zurückzulassen, reichte ihr nicht aus. Sie wollte schlichtweg Rache. Die Kerle wiederum konnten sich von ihren leichten Fesseln befreien und vor den heranrückenden Schlurfern in den Ford Mondeo flüchten.

Bärbels Schüsse lockten leider nur immer mehr von diesen Viechern an. Aus der Straße, die zur Innenstadt führte, wagten sich nun immer mehr der Kreaturen ans Licht. Bisher zeigten sie nur Interesse an dem Ford Mondeo und bemerkten uns noch nicht. Das würde sich aber sicherlich bald ändern.

»Komm Bärbel, lass uns verschwinden. Die kommen da doch nicht mehr weg.«

»Ich will die tot sehen. Es haben schon Pferde... du weißt schon. Ihr könnt ja gehen.«

Bärbel griff das Gewehr und legte erneut in Richtung Mondeo an.

Genau in dem Augenblick zerbrach die Scheibe in der Fahrertür des Fords. Ein lautes Geschrei ertönte und einer von Jans netten Freunden wurde von zwei Angreifern durch das Fenster aus dem Wagen gezogen. Direkt machten sich drei weitere blutrünstige Schlurfer über ihn her. Jetzt begannen die anderen Gesellen damit, durch das zerschlagene Fenster ins Wageninnere zu klettern. Das Gestöhne der Bestien und das Geschrei der Lebenden wechselten sich ab. Dann war es plötzlich ganz still.

»Lass und gehen«, sagte Fritz nach eine Weile.

Bärbel ließ sich nur widerwillig davon überzeugen, dass es nun Zeit würde zu gehen und dass Jan und sein letzter Kumpel ihrer gerechten und nun endgültigen Strafe zugeführt waren. Die Schlurfer-Dichte auf der Straße nahm zu und lange würde es nicht mehr dauern, bis sie unsere Witterung aufnehmen würden.

Vorsichtig setzten wir uns ab.

(9)

Auf dem Weg zurück zu unseren Freunden dachte ich darüber nach, was die Welt in diesen besorgniserregenden Zustand versetzt haben könnte. Zu einem Ergebnis oder nur zu einem brauchbaren Ansatz eines Ergebnisses fand ich nicht. Das Parkhaus bot uns noch so etwas wie eine Ordnung. Seitdem wir es verlassen hatten, lebten wir in Chaos und Anarchie. Wir töteten Kreaturen, die mal Menschen wie wir gewesen waren und wir kämpften mit Menschen, die uns ans Leder wollten und sorgten letztendlich auch noch für deren Tod. Das war entsetzlich und nicht mehr wirklich lebenswert. Langsam wurde es müßig, immer wieder darüber nachzudenken. Ein normales Leben mit Fiona, so wie wir es bisher kannten, konnte ich mir wohl unwiderruflich abschminken.

Als wir unser Lager wieder erreichten, hatte sich unsere Gruppe zum Positiven verändert. Einige der Anwesenden wollten sofort wissen, wie es uns ergangen war. Andere zeigten stolz die neuen Besitztümer unserer Familie.

Mahmut und Dr. Manter war es tatsächlich gelungen, aus der Nahe gelegenen Feuerwache zwei Fahrzeuge zu besorgen.

»Mensch Marc, wir haben ein LF 20 mit vollem Wassertank und einen ITW. Klasse was?«

»Was habt ihr?«

»Oh, entschuldige«, lachte Mahmut, »für Laien haben wir einen Feuerwehrwagen mit rund 2000 Litern Wasser und einen großen Notarztwagen, der wie eine Intensivstation ausgerüstet ist.«

»Hey, das ist wirklich super.«

»Dann haben wir noch einen 40-Tonner geknackt. Der war völlig leer. Da kommt alles rein, was die anderen aus den Läden geholt haben.«

»Das hört sich wirklich gut an. Gab es Probleme? Konntet ihr was erbeuten?«

»Wir haben Matratzen für jeden, ne Menge Kleidung, haufenweise Lebensmittel, sechs Kästen Bier, mehrere Flaschen Wein und diversen Schnaps, Geschirr, Gartengeräte, Feuerzeuge, massenhaft Batterien und Kerzen und hunderte Gartenlämpchen mit Sonnenkollektoren. Bernd glaubt, damit etwas anfangen zu können. Er will später Strom erzeugen und unterwegs noch mehr Kollektoren einsammeln, wenn es geht. Andreas hat aus allen umliegenden Autos die Batterien ausgebaut und den Treibstoff abgezapft. Selbst zwei Säcke gute Muttererde haben sie angeschleppt. Serife hat darauf bestanden, zwei große Taschen mit Büchern einzupacken. Der dicke LKW ist pappenvoll.«

Mir war gar nicht klar gewesen, dass wir so lange weg gewesen waren.

»Dann müssen wir jetzt nur gucken, wer was fährt. Habt ihr da schon was festgelegt?«

Nach ein paar Diskussionen waren alle Personen auf die Fahrzeuge, die wir mitnehmen wollten, verteilt. Den Fiat Punto, den weißen BMW von Dr. Manter, das kleine Motorrad von Fritz und Bärbel und das alte Taxi ließen wir zurück. Dabei vergaßen wir nicht, die Verbandskästen und das Bordwerkzeug mitzunehmen, die Batterien auszubauen und den Treibstoff abzuzapfen. Im BMW von Dr. Manter fanden wir zudem einen noch ungeöffneten Kanister mit fünf Litern Motoröl. Tja, was soll ich sagen. Wir waren zu modernen Sammlern geworden.

Dreißig Personen und ein Hund in acht Fahrzeugen setzen ihren Weg in ein neues Leben fort. Niemand von ihnen hatte es sich ausgesucht hier zu sein, aber doch war eine gewisse Zufriedenheit, bis jetzt irgendwie am Leben geblieben zu sein, spürbar. Der Morgen des Tages mit dem Überfall von Jan war grässlich. Der Abend und der neue Reichtum der Gruppe sorgten dann aber für eine nicht zu übersehende Freude und Ausgelassenheit. Nur Bärbel konnte dieses Glücksgefühl nicht so recht mit den anderen teilen, wurde aber aufgrund ihrer Trauer von den anderen umso mehr umsorgt.

Am Ende würde das die Gruppe stark machen. Stark wofür, fragte ich mich nur.

(10)

Der 16-jährige Torben lebte auf dem Laubnerhof schon seit seiner frühesten Kindheit zusammen mit seinen vier Schwestern. Ihre Eltern starben bereits vor vielen Jahren beim Einsturz eines Baugerüstes in Erlangen, als sie gerade an der Baustelle spazieren gingen. Der Fall beschäftige tagelang die örtliche Presse. Die Familie von Paula, mit der ihn mittlerweile eine enge und auch schon intime Freundschaft verband, nahmen nach dieser familiären Tragödie die fünf elternlosen Kinder auf ihrem geräumigen Hof auf. Natürlich bedeutete das Arbeit auf dem Feld und in den Stallungen. Aber sie konnten zusammenbleiben und freuten sich zudem über ein festes Dach über ihrem Kopf.

Torben war ein mittelmäßiger Schüler und guter Landwirt, der davon träumte, eines Tages eine Farm in den Vereinigten Staaten von Amerika zu besitzen. Da sich neben der Schule sein soziales Umfeld auf seine vier Schwestern und die anderen Bewohner des Hofes beschränkte, erschien es geradezu folgerichtig, dass sein Verhältnis zur Tochter des Hauses, also zu Paula, stetig inniger wurde. Vor einem Jahr geschah es dann. Hinten in der Scheune waren beide damit beschäftigt, die Melkeimer zu reinigen, als sich unter dem Wasserstrahl versehentlich ihre Hände berührten. Ein tiefer Blick in die Augen und ein erster zarter Kuss folgten. Torben war sich seit diesem Tage sicher, dass Paula eines guten Tages seine Ehefrau werden würde.

Paula hingegen teilte die Zukunftsträume von Torben nicht mit ihm. Sie wollte unbedingt Informatik studieren, nach München, Hamburg oder Berlin ziehen, einen gestandenen Städter heiraten und den Muff der Landwirtschaft, wie sie es immer bezeichnete, hinter sich lassen.

Als genügend Abstand zwischen dem Laubnerhof und den Flüchtenden bestand, hielt der dunkelhäutige Mann den Pritschenwagen an. Es dauerte eine Weile, bis auch der Traktor diese Position erreicht hatte. Die Stimmung, wenn man das überhaupt so nennen konnte, war ausgesprochen miserabel.

Außer Gundula und Eddi, die froh aussahen, dem Massaker auf dem Hof und damit dem Tod wiederholt entronnen zu sein, gab es nur Verlierer. Torben hatte zwei seiner Schwestern und Paula ihre Mutter verloren.

Der 36 Jahre alte, dunkelhäutige Mann stellte sich als Ebenezer Arissi aus Äthiopien vor. Er hielt sich nicht länger als zwei Stunden auf dem Hof auf, um nach Lebensmitteln Ausschau zu halten. Er gab zu, etwas abgreifen zu wollen. Er hatte Hunger, witterte aber die Schlurfer. Da alles so seltsam ruhig auf dem Hof war, traute er sich nicht, sich zu erkennen zu geben und blieb vorerst lieber im Verborgenen. Als sich die Situation dann zuspitzte, versuchte er zuerst, die vier Frauen zu retten, suchte dann aber, als er sich die Aussichtslosigkeit dieses Unterfangens eingestehen musste, sein Heil in der Flucht.

Die beiden kleinen Jungen, Gisbert und Friedbert, zählten beide sechs Jahre. Auch wenn sie sich stark ähnelten und fast gleichlautende und altertümliche Namen trugen, so handelte es sich bei ihnen doch nicht um Brüderschaft oder Verwandtschaft. Gisbert hielt sich nur deswegen auf dem Laubnerhof auf, weil er mit seinem guten Freund Friedbert spielen wollte.

Seine Mutter, die ihn jetzt nicht mehr abholen konnte, befand sich unter den Untoten. Ein weiteres Opfer in Eddis und Gundulas Runde.

Paula, Friedbert und das halbe Jahr alte Baby waren dagegen tatsächlich Geschwister.

Torben hatte es geschafft, zwei seiner vier Schwestern zu retten. Der Rest der Familien war entweder tot oder befand sich unter den Bestien auf dem Hof.

Keiner der Anwesenden verfügte über eine Vorstellung darüber, wie es weitergehen sollte. Keiner von ihnen hatte eine Ahnung davon, was überhaupt geschehen war. Niemand konnte sich erklären, warum Familienmitglieder übereinander herfielen und völlig fremde Menschen auftauchten, die auch nur Mord und Totschlag im Schilde führten.

Die Hälfte der Gruppe saß apathisch da, die andere Hälfte fühlte sich ratlos.

Der dicke Eddi, dessen Gefühle zwischen Abscheu vor dem Gesehenen, Angst vor den Untoten und Liebe zu Gundula hin- und herschwankten, sah sich gezwungen, das Kommando zu übernehmen. Er war mittlerweile der festen Überzeugung, dass die seltsamen Verhaltensweisen seiner Mitmenschen von einem bösartigen Virus verursacht wurden. In der Wärme des Südens würde das nur schlimmer werden. So stand für Eddi die Fluchtrichtung fest.

»Wire fahre in die Norde!«

(11)

Unser Nachtlager schlugen wir außerhalb der Stadt Bottrop auf. Eine breite Autobahnunterführung bot uns dazu ausreichend Schutz von zwei Seiten. Die verbleibenden Seiten sicherten wir mit unseren Fahrzeugen so, wie es mittlerweile schon Routine für uns wurde.

Mit Fritz, Mahmut und Bernd stand ich nach Einbruch der Dunkelheit noch an unserer nördlichen Absperrung und schaute in die wolkenverhangene Nacht.

»Ist da nicht ein Lichtschein?«, fragte Bernd nach einer Weile.

»Ich werde verrückt. Ja, du hast richtig gesehen. Da brennt doch was«, bestätigte Mahmut.

»Sekunde«, meinte Fritz, zauderte aber selber keine Sekunde und kletterte neben der Unterführung die Böschung zur Autobahn hinauf. Er hoffte, von dort oben mehr einsehen zu können. Wir anderen warteten aufgeregt auf ihn.

Mit bedächtig dreinschauendem Gesicht kam er schließlich nach guten zehn Minuten zurück.

»Ja, das ist ein Feuer, aber keines, was unkontrolliert vor sich hin brennt. Also kein Haus oder so. Da ist auch nichts abgestürzt. Sieht eher aus wie ein größeres Lagerfeuer. Mehr kann man nicht erkennen. Das ist noch ziemlich weit weg von hier. Bestimmt fünf Kilometer.«

»Da fahren wir morgen hin.«

»Und wenn die dann schon weg sind, Mahmut?«, meinte Bernd.

»Viel schlimmer wäre es, wenn die heute Nacht noch zu uns kämen. Wir wissen doch gar nicht, wer das ist. Wer so offen ein Feuer machen kann, muss sich schon was trauen.«

Dabei dachte ich an meine Begegnung mit den Rockern. Die hätten sicherlich auch ein Feuer jeder Größe entfacht, ohne darauf Rücksicht zu nehmen, ob sie damit Schlurfer anlocken würden oder nicht.

»Wir müssen die vorher ausspähen«, warf Fritz jetzt ein.

»OK Fritz. Wie im Parkhaus. Wir zwei schauen uns das an und ihr beide, Mahmut und Bernd, übernehmt hier den Laden.«

»Ich halte das für keine gute Idee. Wir sind hier 30 Leute. Bis auf die Kinder können die meisten davon auf sich selber aufpassen. Ich bin dafür, dass wir meiner Schwiegermutter Gülsen und deinem Vater, Marc, wieder ein Gewehr in die Hand drücken und dann gehen wir alle vier – sicher ist sicher.«

Wenn wir zum Morgen zurück sein wollten, konnten wir jetzt nicht lange darüber diskutieren, ob zwei, drei oder vier Leute nach dem Ursprung des Feuers suchen sollten. Also willigte ich ein.

Wir statteten Mahmuts Schwiegermutter Gülsen und meinen Vater mit den Knarren aus. Die Wachen waren sowieso schon organisiert. Zehn Minuten später schlichen wir uns die Straße entlang in die Dunkelheit hinein. Jeder führte seine Waffen mit sich und jeder verfügte darüber hinaus über eine Taschenlampe. Letztere wollten wir aber nur im Notfall oder wenn wir vollkommen sicher waren, anmachen. Da ich die Gegend und die Straße aus früherer Zeit ganz gut kannte, übernahm ich die Führung des kleinen Spähtrupps.

Ab und an zeigte sich links und rechts der Straße etwas Bebauung und an der einen oder anderen Ecke standen kleine Gruppen von Schlurfern herum. Diese fielen uns zum Glück jedes Mal früh genug durch ihren Gestank und ihr leises Gejammer auf und wir konnten sie dadurch ganz gut umgehen. Die Verwüstungen, die wir unterwegs trotz der Dunkelheit zu sehen bekamen, entsprachen in etwa denen, die wir aus der Stadt bereits kannten.

Lange geschah nichts.

Nach gut zwei Stunden, unmittelbar hinter einer S-Kurve, hielten wir an. Das Feuer konnte nicht mehr weit sein. Wir hörten es schon leise knistern.

Baum um Baum, Strauch um Strauch schlichen wir weiter voran. Nicht zu fassen, dachte ich. Früher befuhr ich diese Straße ohne darüber nachzudenken, ob irgendwo eine Gefahr lauern könnte. Heute geisterte ich durch den Straßengraben.

Und dann tauchte aus der Dunkelheit ganz unvermittelt eine Straßensperre auf, hinter der zwei dunkle Gestalten aufmerksam lauerten.

Was jetzt?

»Ich gehe alleine weiter«, flüsterte ich. Ihr haltet hier aus. Wenn ich in 45 Minuten nicht zurück bin, ist was passiert.«

»Und dann? Was sollen wir dann tun? Du spinnst wohl«, flüsterte Fritz wütend zurück.

Ich beachtete ihn aber gar nicht mehr und kroch langsam auf die Sperre zu. Wenn es mir gelänge, unentdeckt zu bleiben, dann könnte ich rechts an der Sperre vorbeikriechen. Das gelang mir. Die beiden Wachen an der Straßensperre bemerkten mich nicht. Allerdings verbrauchte ich beim vorsichtigen Kriechen auf allen Vieren gehörig viel Zeit.

Bei dem Feuer, dessen Schein uns von weitem aufgefallen war, handelte es sich in der Tat um ein großes Lagerfeuer. Gut 15 oder 20 Menschen saßen in verschiedenen Gruppen darum herum.

Die Atmosphäre wirkte beim ersten Blick auf mich ausgesprochen friedlich. Die Leute schienen ausgelassen, fröhlich und unbeschwert zu sein. Sollte es etwa möglich sein, eine friedvolle Bleibe ganz in der Nähe und nicht irgendwo hinter unüberwindbaren Mauern zu finden? Ich geriet ins Schwärmen. Wir könnten uns der Gruppe hier anschließen und gemeinsam würden wir von vorne anfangen. Das Ruhrgebiet mit allen seinen unerschöpflichen Ressourcen läge direkt vor unserer Nase und wer weiß, vielleicht würden noch weitere Überlebende zu uns stoßen. Eine große Gruppe würde sich weiterentwickeln und in einer neun Gesellschaft, in der Platz für jeden wäre, würden wir in eine neue, glückliche Zukunft gehen.

Ich starrte von Ferne ins lodernde Feuer und träumte. Eine Frau lief durchs Bild. Hatte die etwa nicht viel an? Na ja, es war ja Sommer und verdammt warm. Wer schreit denn da? Der Mann neben dem Lagerfeuer hielt etwas in der Hand. Zwei weitere Männer liefen durchs Bild der Frau hinterher. Sie holten die Frau ein und stürzten sich auf sie. Was? Das riss mich endgültig aus meinen Träumen über ein besseres Leben und katapultierte mich gnadenlos in die Wirklichkeit zurück.

»Bringt die miese Schlampe her«, rief nun der Mann neben dem Feuer.

»Ihr habt hier lang genug unser Geld verbraten, ihr scheiß Ausländer. Die neue Ordnung steckt euch dahin, wo ihr hingehört, ins Loch.«

Um Gottes Willen, Nazis! Die am Feuer sitzenden Grüppchen hoben ob der Szene noch nicht einmal ihre Köpfe.

»Schmeißt die Perle zu den anderen. Jetzt habt ihr den Platz, der euch zusteht. Nur wegen euch ist dieser elende Mist überhaupt erst über uns gekommen. Aber jetzt zahlt ihr dafür mit barer Münze!«

Hohles Gelächter ließ er seinen Worten folgen. Damit zerplatzte mein schöner Traum endgültig wie eine Seifenblase.

»Fremde wie dich dulden wir hier nicht mehr. Von euch gab es viel zu viele. Mit der Überfremdung ist jetzt ein für allemal Schluss.«

Die Leute wussten nicht einmal, wie der Opa drei Häuser weiter hieß, aber sie fürchteten sich vor Überfremdung. Schändlich, dachte ich.

Was sollte ich jetzt tun? Mich hier erkennen zu geben und mich auf Diskussionen über Menschenrechte einzulassen, stellte keine wirkliche Option dar. Die Kollegen hier schienen nicht sonderlich einsichtig zu sein. Zurück zu den anderen flüchten, hätte bedeutet, dass ich die Frau und eventuell andere Gefangene ihrem unschönen Schicksal überlassen müsste. Na ja, ich konnte ja nicht alle retten, oder?

Nazis konnte ich schon in alten Zeiten nicht viel abgewinnen, war aber immer der Meinung, dass Demokratie dies aushalten müsste. Jetzt aber, als es darum ging, langfristig zu überleben, nazistisches Gedankengut zu vertreten, war absoluter Blödsinn und gefährdete unsere Spezies in Gänze.

Wiederum wurde ich aus meinen jetzt nicht mehr so goldigen Gedanken gerissen. Diesmal raschelte es alarmierend im Gebüsch hinter mir. Auf dem Boden liegend und den Tapezierigel schlagbereit in der Hand wartete ich auf den Angriff.

Wie bei meinem versuchten Alleingang im Parkhaus in Essen erschien wieder dieselbe riesige Figur vor mir. Damals stand sie aufrecht vor mir, jetzt krabbelte sie auf allen Vieren durch den Staub.

»Ich lass dich nicht alleine gehen«, flüsterte Fritz.

Ich kommentierte das mit einem leisen Knurren und einem mürrischen Augenaufschlag, freute mich aber insgeheim, nicht alleine mit meinen Problemen zu bleiben.

Schnell schilderte ich Fritz die missliche Lage.

Die zwei Männer, die sich auf die Frau gestürzt hatten, brachten diese in ein paar Stallungen, die nur noch schwach vom Feuerlicht beschienen wurden. Dort vermuteten wir auch die anderen Gefangenen.

Es dauerte etwas, aber es stellte keine unüberwindbare Hürde dar, um den Feuerplatz und die angrenzenden Gebäude herumzuschleichen. Links des großen Feuers trafen wir auf drei oder vier weitere kleinere Feuer. Auch an diesen saßen Gruppen von Menschen. Große Sorgen darüber, ob Schlurfer plötzlich auftauchen und sie überfallen könnten, machten sie sich offensichtlich nicht. Sie vertrauten ihren spärlichen Sicherheitsvorkehrungen.

Wenn man bedenkt, dass nicht sämtliche Mitglieder dieser Wohngemeinschaft hier um die Feuer herumsaßen, sondern etliche schliefen oder mit was auch immer beschäftigt, sich irgendwo aufhielten, dann schätzten wir die Gruppe auf gut 60 bis 70 Leute.

Anlegen konnten wir uns mit ihnen auf gar keinen Fall. Auch der Gedanke, dass Gruppen von Überlebenden in einer vielleicht neuen Weltordnung gleich wieder mit Krieg anfingen, kam mir ekelhaft vor.

Letztendlich näherten wir uns den gesuchten Stallungen von hinten. Es handelte sich dabei um ein massives Gebäude, welches früher als Pferdestall diente. Nach hinten raus, also zu Fritz und mir, verfügte das

Gebäude in erreichbarer Höhe nur über winzige, zu allem Übel noch vergitterte Fensteröffnungen.

»Da kommen wir nicht rein«, stellte Fritz fest.

»Wir müssen durch einen der beiden Eingänge vor Kopf.«

Lautes Gegröle drang von einem der Eingänge an unsere Ohren. In Bierlaune und mit einer Flasche des selbigen Gebräus in der Hand, schwanke eine Person, mit Weste und rotem Barett gekleidet, vor sich her trällernd auf einen der Büsche ganz in unserer Nähe zu.

Man muss auch mal Glück haben, dachte ich. Der Kerl mit der Flasche wollte seine Notdurft verrichten, wusste es aber nicht so richtig zu bewerkstelligen, dies mit der Flasche in der Hand umzusetzen. Mühselig suchte er nach einem geeigneten Platz, die Flasche abzustellen, fand aber keinen solchen. Da nahm er einen letzten herzhaften Schluck und warf die leere Flasche zu Boden. Jetzt hatte er beide Hände frei, um seinen Hosenstall zu öffnen und sich von seinem Druck zu befreien. Genau diesen Augenblick der Erleichterung nutze ich aus. Ich griff ihn von hinten um den Hals und drückte zu. Der stark Betrunkene zappelte heftig, stieß gurgelnde Laute hervor, erschlaffte aber schnell. Wir zogen ihn ins Dickicht, setzten ihn an einen Baum und der riesige Fritz, der durch schiere körperliche Präsenz eine Bedrohung darstellte, zog sein Messer und hielt dessen Spitze dem angeschlagenen Typen in den geöffneten Hosenschlitz. Jeder normale Mann würde nach dem Erwachen und dem Erkennen der Lage, keine einzige Bewegung mehr ausführen.

Ich zog mir die Weste des Typen an und setzte das rote Barett auf. Genauso schwankend, wie er es vorhin

getan hatte, und irgendetwas Undefinierbares trällernd, steuerte ich auf die Eingangstür der Stallung zu.
Wenn das mal gut ging. Spontane Ideen müssen nicht
immer die besten sein. Aber was geschah? Nichts.

Vom großen Feuer aus konnte man mich zwar sehen, Aufsehen erregte das aber augenscheinlich nicht.
Die große hölzerne Schiebetür zu den Stallungen
quietschte ein wenig in ihrer Führung. Auch das störte
niemanden. Im dunklen Stall selber hörte ich zunächst
keinen einzigen Laut.

Nach und nach schlich ich an allen Pferdeboxen
auf der linken Seite entlang. Sämtliche Boxen standen
offen und waren leer. Hatte ich mich am Ende doch
getäuscht? Gab es hier gar keine Gefangenen? War
der grölende Typ nur besoffen und sonst ein netter
Kerl?

Auf der rechten Seite schlich ich zurück. Die ersten drei Boxen waren ebenfalls leer. Die Tür der vierten Box allerdings konnte ich nicht so einfach öffnen.

»Hallo?«, rief ich leise und noch mal, »hallo?«

Dann regte sich im Inneren etwas. Ich spähte so
gut es ging durch die Gitter, sah aber nichts. Ganz
plötzlich tauchte das Gesicht einer Frau vor mir auf,
dessen Alter ich in der Dunkelheit nicht bestimmen
konnte.

»Was wollen?«, fragte sie gedämpft im gebrochenen Deutsch.

»Was machen sie hier? Warum sind sie in der
Box?«

»Ich nix wissen.«

Puh, das wird schwierig, dachte ich.

»Sie brauchen keine Angst zu haben, ich tue ihnen
nichts.«

»Ich hier mit sieben andere von Syria.«

»Warten sie.«

Ich prockelte mit meinem Messer im Schloss der Tür herum – ohne bemerkenswerten Erfolg. Dann kam mir die zündende Idee. Die Wände der Boxen reichten nicht bis zur Decke. Am glatten Belag der Wände hochklettern, würde ohne Hilfsmittel ein aussichtsloses Unterfangen bedeuten. Mit etwas Glück hing aber in einer der unverschlossenen Boxen ein Seil oder es fand sich sogar eine Leiter oder...

Zwei Taue und drei längere Lederriemen hingen in den Boxen. Daraus sollte sich eine kleine Leiter knüpfen lassen.

Gesagt, getan und der Reihe nach kletterten fünf Frauen und zwei Männer, alle mit schwarzen Haaren und in meinem Alter, über die Boxenwand.

Irgendwie freute ich mich darüber und das Wort Genpool kam mir in den Sinn. Bei so vielen jungen Leuten sollte der Fortbestand der Menschheit oder wenigstens unserer Gruppe gesichert sein.

Jetzt standen wir zu acht Personen vor der Box und alle schauten mich skeptisch, aber durchaus erwartungsfroh an. Kam mir leidlich bekannt vor.

»Kommt mit, ganz leise.«

Zur Untermauerung legte ich den Zeigefinger auf meine Lippen. Dieses internationale Zeichen schienen alle zu verstehen.

Fast an der Tür, stoppte einer der jungen Männer und rannte in eine der offenen Boxen auf der anderen Seite. Was will der denn jetzt, dachte ich, da kam er auch schon mit einem breiten Grinsen im Gesicht zurück. In der linken Hand hielt er eine Gitarre, die er fröhlich schwenkte.

An der Tür hielten wir erneut. Ich lugte vorsichtig um die Ecke. Das Feuer war etwas heruntergebrannt und sein Lichtschein reichte nicht mehr bis zum Stall. Gut so.

Ich trat zuerst durch die Tür und ging ein paar Meter von der Tür weg aufs Feuer zu. Dazu lallte ich undefinierbares Zeug und hoffte, dass meine Verkleidung mit Weste und Barett die Anwesenden noch einmal täuschen würde.

Die befreiten Gefangenen huschten unterdessen nach links weg. Sie wussten, dass sie langsam und vorsichtig und ohne einen Ton von sich zu geben so lange in die Richtung gehen sollten, bis vor ihnen ein Riese auftauchen würde.

Nachdem ich sicher sein konnte, dass alle Gefangenen den Stall hinter sich gelassen hatten, drehte ich langsam in Richtung Fritz ab.

Eine halbe Stunde benötigten wir, um das Lager erneut zu umrunden und zu unserem Ausgangspunkt in der Nähe der Straßensperre zurückzukehren. Mahmut und Bernd staunten nicht schlecht, als wir so verspätet und mit sieben Fremden im Schlepptau plötzlich vor ihnen erschienen. Beide freuten sich, uns zu sehen. Aufgrund der fortgeschrittenen Zeit rechneten sie schon mit dem Schlimmsten.

Bis zu unserem Lager dauert es eine weitere Stunde. Die ganze Zeit redeten wir kein Wort miteinander. Es dämmerte bereits. Kurz vor unserem Ziel fühlte ich mich sicher genug, wieder laut zu sprechen.

»Wir müssen hier sofort verschwinden. Wenn wir Glück haben, ist die Flucht der Gefangenen noch nicht bemerkt worden. Wenn sie es merken, wird's für uns eng. Die sind viel mehr als wir und äußerst brutal.«

»Was sind denn das für Leute?«, wollte Bernd wissen.

»Nazis hatten die Syrer hier eingesperrt und hielten tolle Reden darüber, wie mit Ausländern nun zu verfahren sei. Wir mussten sie mitbringen.«

»Können wir denen trauen?«

»Gute Frage, habe ich gar nicht drüber nachgedacht.«

»Wir wollen uns für ihren Mut und ihre Unterstützung und auch für die Rettung bedanken. Ich kann ihnen versichern, sie haben nichts von uns zu befürchten. Wir sind gemeinsam aus Syrien geflüchtet, haben in Deutschland um Asyl gebeten, wurden in eine Behausung in Kirchhellen verfrachtet und sind dann in diese Misere geraten. Zwölf Mann haben uns umringt und schließlich geschnappt. Dann haben sie uns in den Stall gesperrt«, sagte einer der männlichen Syrer in reinem Hochdeutsch.

Wir sahen ihn entgeistert an.

»Ja, ich kann Deutsch. Ich war daheim Deutschlehrer. Mein Name ist Fahid. Ich habe mich nur zurückgehalten, so lange ich nicht wusste, wo wir hingeraten. Bitte entschuldigen Sie«, verbeugte er sich.

»Schon gut. Sagen Sie ihren Leuten, sie sollen im Bus mitfahren. Dort wird man sich um sie kümmern. Später können wir uns besser kennenlernen. Jetzt müssen wir erst einmal weg.

Fritz, Bernd, Mahmut und ich ernteten einige verwunderte Blicke, ob der Aufforderung, das Lager sofort abzubrechen, unsere Mitstreiter wussten aber, dass wir nicht leichtfertig durch die Gegend fahren wollten, sondern unsere Gründe haben würden. Die Zeit drängte.

Die syrische Abordnung folge meiner Aufforderung und begab sich in den Bus. Mein Vater und die anderen nahmen sie herzlich auf und versorgten sie mit Lebensmitteln, Kleidung und Getränken.

Aus Richtung Bottrop traf uns da eine Duftwolke, die faulig und ranzig roch. Kurze Zeit später vernahmen wir ein langsam immer lauter werdendes Gestöhne. Das kannten wir bereits zu gut. Da schien doch tatsächlich eine größere Horde an Schlurfern, so wie am Stadion, unterwegs zu sein. Wenn dem tatsächlich so wäre, dann würde das ungeplante, frühzeitige Aufbrechen doch eher zu einem Segen als zu einer Bürde werden.

Trotzdem benötigten wir noch weitere 20 Minuten, bis sich unser Konvoi in Bewegung setzte. Da wir direkt unter einer Autobahnbrücke lagerten und von hier unmittelbar eine Auffahrt auf die Autobahn abging, wählten wir diese Variante zur Flucht. Es handelte sich dabei sowieso um den einzigen Weg, der frei von Gegnern geblieben war. Als wir gerade über die Autobahnbrücke fuhren, unter der wir gerade noch gestanden hatten, und ich einen Blick herunter werfen konnte, wanderte eine Horde von mehreren tausend Schlurfern hindurch. Die ganze Straße war schwarz vor Gestalten soweit das Auge reichte. Das würde selbst unsere Nazis vor größere Probleme stellen.

Dieses Ereignis bewies mir letztendlich, dass wir unserem ursprünglichen Plan, zunächst an den Niederrhein zu fahren, nicht mehr verfolgen konnten. Die Schlurfer des Ruhrgebiets hatten sich offensichtlich in Bewegung gesetzt.

Jetzt half uns nur noch die Flucht.

(12)

Eine Autobahn zu diesen Zeiten darf man sich nicht wie eine Autobahn vorstellen, auf der man schnell vorankommt. Alle Fahrspuren standen voll von verlassenen Fahrzeugen. Ständiges Zickzackfahren begleitete uns. Manche Blechbarriere musste durch die schwereren Fahrzeuge beiseite geschoben werden. Auf große Gruppen von Schlurfern trafen wir gottlob nicht. Viele Menschen waren offenkundig in ihren Fahrzeugen gestorben. Diejenigen, die zu Schlurfern wurden, hatten die Autobahn entweder verlassen oder zogen als keine Gruppen herum. Unserem Konvoi bereiteten sie keine größeren Schwierigkeiten. Nur in der Nacht bedurfte es immer einer aufmerksamen Wache, damit nicht doch Schlurfer eindringen konnten. Wenn nicht ein Flugzeugabsturz oder irgendetwas anderes eine der Autobahnbrücken zerstört haben würde, sollten wir unserem Ziel relativ schnell näher kommen können.

Ohne mit meinen Freunden erneut zu diskutieren oder Rücksprache zu halten, entschied ich mich, den Konvoi in Richtung Festung Königstein zu lenken. Ich sah darin zwei Vorteile. Wir würden weite Teile Deutschlands durchfahren und dabei feststellen, ob sich die aktuelle Lage überall so darstellte, wir es hier der Fall war. Und wir würden der meiner Meinung nach sichersten und besten aller Lösungen entgegenstreben.

Jeden Rastplatz und jede Tankstelle unterwegs steuerten wir an, um unsere Vorräte aufzufrischen. Darüber hinaus hatte sich ein kleines Aktionsteam, so wie wir es nannten, gebildet. Dieses bestand aus

Bernd, Ankes Tochter Jenny, dem Syrer Fahid und der ehemaligen Finanzbeamtin Rosi. Sie durchstöberten bei jeder kleinsten sich bietenden Gelegenheit die Umgebung unserer Lagerplätze. Dabei stöberten sie in so manchem Orte an unserem Wegesrand brauchbare Utensilien auf. Größeren Städten wichen wir nach Möglichkeit aus. Trotzdem gelang es uns, die Autobahn kein einziges Mal zu verlassen.

Immer wieder kam es zu kleineren Auseinandersetzungen und Scharmützeln mit Schlurfern. Scheinbar wurden die Horden immer noch größer. Mittlerweile hatten wir gelernt, größeren Konfrontationen mit den Bestien aus dem Weg zu gehen. Weitere Verluste wollten wir unbedingt ausschließen. Die schmerzhaften Erinnerungen an den guten Klaus im Parkhaus oder an Bärbels Bruder kurz vor Bottrop, steckten uns immer noch in den Knochen.

Zweimal mussten wir sämtliche Motoren stoppen und mucksmäuschenstill verharren, damit größere, unseren Weg kreuzende Gruppen der nach Fleisch gierenden Kreaturen an uns vorbeiziehen konnten.

Sehr selten wurden Anzeichen von anderen Überlebenden entdeck. Ein direktes Aufeinandertreffen mit anderen Menschen erlebten wir nicht noch einmal. Das zeigte mir, dass sich meine immer wieder aufkommenden, nächtlichen Befürchtungen bestätigten - es gab nicht mehr so viele von uns. Die Schlurfer gewannen von Tag zu Tag mehr die Überhand.

(13)

Zwölf Tage nach unserer fluchtartigen Abfahrt von der Autobahnbrücke in Bottrop befanden wir uns in der Nähe von Chemnitz. Der trübe Tag konnte uns die Stimmung nicht verhagen, wussten wir doch, dass nur noch rund 100 Kilometer bis zu unserem Ziel, der Festung Königstein, vor uns lagen.

Mit dem Gedanken, dieses Ziel anzusteuern, hatten sich alle mittlerweile anfreunden können. Selbst der ewig nörgelnde Manfred, der sich immer noch davon überzeugt zeigte, dass seine Angehörigen in Essen noch lebten, gab letztendlich schweren Herzens seine Zustimmung. Für ihn hätte die Alternative „in Bottrop alleine zurückbleiben" bedeutet. Ich wusste, dass dies für ihn eine schwere Entscheidung war, hielt sie aber für die richtige. Jetzt freute sich auch Manfred auf ein neues Leben.

An den langen Abenden fragten mich die anderen gerne nach der Festung und ich erzählte ihnen alles, was ich darüber wusste. Bei aller Trauer um verlorene Menschen und bei allem Unverständnis um das Geschehene, bei aller Angst vor dem Kommenden, machte sich doch so etwas wie Hoffnung breit, endlich ein halbwegs normales und vor allem ungefährdetes Leben führen zu können.

Die sechs syrischen Asylbewerber wurden zum festen Bestandteil unserer Gruppe. Unsere Sprache lernten sie schnell und sie brachten zudem eine Menge Ideen und Erfahrungen aus ihrem Kulturkreis ein.

Die letzte Nacht war relativ ruhig geblieben. Nur einmal drängten sich drei Schlurfer gierig durch einen Spalt zwischen den abgestellten Fahrzeugen. Da die

Kollegen aber nie leise sein konnten, sondern immer sabbernd vor sich hin jauchzten, gehörte Anschleichen nicht zu ihren bevorzugten Fähigkeiten. Die Drei stellten unsere Wachen vor keine Schwierigkeiten.

Am Morgen lag einmal mehr ein säuerlicher Geruch in der Luft. Das deutete zweifelsohne darauf hin, dass sich größere Mengen Schlurfer in der Nähe befanden. Da wäre es unklug gewesen, unbeschwert loszufahren.

So beließen wir vorsichtshalber den Konvoi in seiner Nachtposition.

Bernd, der es genauso wie seine Freundin Elke nicht mehr schaffte, eine Art bunter Irokesenfrisur zur Schau zu tragen, sondern links und rechts am Kopf lange Strähnen hängen ließ, und ich machten uns auf einen Aufklärungsgang.

Zunächst gingen wir dem Verlauf der Autobahn nach, ließen ein Autobahnkreuz hinter uns – früher trafen sich hier die A4 und die A72 – und näherten uns schließlich einem riesigen und sehr eindrucksvollen, gemauerten Viadukt, das quer über die Autobahn führte. Unter dem Viadukt standen viel mehr verlassene Fahrzeuge herum, als es an den anderen Stellen üblich gewesen war. Vorsichtig schlichen wir uns von Auto zu Auto. Der süßliche Gestank wurde unangenehmer. Doch weit und breit konnten wir keinen Schlurfer entdecken. Hier stimmte etwas nicht.

»Bernd, geh du da ganz weit links entlang, ich gehe ganz rechts.«

Wenig später verschwand Bernd aus meinem Blickfeld.

Unmittelbar vor mir standen drei PKWs und ein buntlackierte Sattelschlepper, dessen Fahrerkabine total zerstört worden war, als er gegen den Brückenpfeiler prallte. Auf dem Viadukt stand eine Regional-schnellbahn, deren Fenster bräunlich verschmiert aussahen. In den PKWs saß niemand, doch der Schlurfer-Gestank wurde immer heftiger.

Da klapperte etwas hinter mir und ich drehte mich abrupt um. Was ich da zu sehen bekam, gefiel mir überhaupt nicht. Aus den Büschen direkt neben dem Viadukt strömten 20, vielleicht 30 Schlurfer auf die Autobahn und versperrten mir den Rückweg. Sie mussten aus dem Zug gekommen und dann auf die Autobahn herunter geklettert sein.

Von irgendwo her hörte ich Bernd rufen.

»Zurück, zurück, alles voller Schlurfer.«

Nur, zurück ging nicht. Da schlurften diese Bestien umher. Die Böschung spuckte immer mehr von ihnen aus und das Schlimmste, sie hatten mich entdeckt.

Zur Flucht blieb mir nur die andere Richtung, die von meinen Freunden weg. Ich kam ganze drei Meter weit, da blieb ich wieder wie angewurzelt stehen. Auch aus dieser Richtung schlurfte eine unübersehbare Masse hungriger Kreaturen auf mich zu.

Über die Leitplanken springen, das machte keinen Sinn. Denn auch auf der anderen Seite hingen einige von den Gesellen herum.

Die Böschung hoch, auf der anderen Seite des Viadukts, das blieb mir als einziger Fluchtweg. Mir wurde heiß und zum wiederholten Male freute ich mich darüber, dass die hinter mir herkommenden Bestien sich deutlich langsamer bewegen konnten als ich. Zu diesem Zeitpunkt bereitete mir nur die Möglichkeit Sorgen, auf der Eisenbahnbrücke auf weitere von den Viechern aus dem dort liegengebliebenen Zug zu treffen.

Oben auf der Brücke angekommen, blieb mir trotz der sich einstellenden Atemlosigkeit die Zeit, einen Blick hinunter auf die Autobahn zu werfen. Bernd bewegte sich zu unserer Gruppe zurück, wurde dabei allerdings von einer gewaltigen Horde Schlurfer verfolgt. Bernd hatte genug mit sich zu tun und sah mich nicht. Ihn durch Rufen auf mich aufmerksam zu machen, vermied ich ob der Vorliebe der Bestien, lauten Tönen zu folgen, lieber.

Mehr Zeit blieb mir auch nicht. So wie befürchtet, quollen aus dem Zug weitere geifernde Figuren und kamen stöhnend und mit aufgerissenen Mündern auf mich zu gestolpert. Jetzt blieb mir nur noch der Weg über die Gleise.

Schlurfer bewegten sich langsam, sehr langsam. Kamen sie aber in Massen von mehren Seiten und versuchten sie jemanden zu umzingeln, half nur noch Schnelligkeit. Im Dauerlauf sprang ich über die Bahnschwellen. Im großen Bogen wollte ich es zurück zu meinen Leuten schaffen.

Nach wenigen hundert Metern sah ich mich um und stellte fest, dass mein Vorsprung zwar größer geworden, die Zahl meiner Verfolger aber nicht bedeutend kleiner geworden war. Unzählige Kreaturen hinkten hinter mir her. Die musste ich erst abschütteln. Die wollte ich nicht zu meiner Gruppe führen. Das wäre fatal gewesen.

Kurze Zeit später tauchte ein kleiner, regionaler Bahnhof vor mir auf. Dort nutze ich die Treppe, die hinab auf die Straße führte. Jetzt befand ich mich in einem eher winzigen Dorf. Wenn ich hier, an der nächsten Häuserecke links ginge, müsste ich mich meinen Leuten wieder nähern. Auch in diesem Dorf trieben sich einige Schlurfer herum. Die Bestien vom

Bahndamm quollen auch schon die Treppe zur Straße hinab. Die nächste links, auf beiden Seiten Mauern oder verschlossene Türen, dann eine kleine Kurve...

Sackgasse! Ich war sehenden Auges in die Falle gelaufen. Den Eingang zur Sackgasse verstopften bereits einige hungrige Gestalten.

Es war heiß, es stank und nahezu verzweifelt griff ich meine Zwille und fuhr mit der rechten Hand in meine Hosentasche. Sieben Muttern und eine Schraube brachte ich zum Vorschein. Nun gut, wenigstens die würde ich ihnen entgegenschleudern. Messer und Tapezierigel legte ich griffbereit neben mich.

Ich versuchte die Masse an Untoten zu überblicken. 50 oder 60 oder noch mehr. Ich würde keine reelle Chance bekommen.

Ich ließ sie noch etwas weiter auf mich zukommen. Schließlich sollte jeder Schuss mit der Zwille ein Treffer sein. Dann begann ich die Schießerei. Immerhin brachte ich fünf meiner sieben Schüsse sicher ins Ziel und den jeweiligen Schlurfern ihr endgültiges Ende. Die beiden anderen Schüsse sorgten nur für weitere Verletzungen an den wirr starrenden Gestalten, beeindruckte sie aber nicht sonderlich. Steine! Lagen Steine hier auf der Straße herum? Nein, meine Munition war aufgebraucht.

Die Zwille steckte ich mit einer gewissen Bitterkeit in den Gürtel zurück. Ohne Munition brachte sie mir keinen Nutzen mehr.

Mit dem Messer in der linken und dem Tapezierigel in der rechten Hand stürzte ich vorwärts. Ich würde so viele von ihnen mitnehmen, wie es ging und ich würde nicht an der Wand so lange warten, bis sie direkt vor mir standen. Ich wollte Bewegungsfreiheit.

Drei, vielleicht vier schlug ich erfolgreich nieder, dann fiel eine der Gestalten mir so vor meine Beine, dass ich selber stürzte. Schon beugte sich der erste Untote über mich. Ich roch seinen stinkenden Atem und sah seine durchaus tadellosen Zähne auf mich zukommen.

Das war es nun also. Die Schmerzen, die mich nun überwältigen würden, fürchtete ich. Ich schloss die Augen. Meine Gedanken wanderten zu Fiona.

(14)

Bernd schaffte es, ohne weitere Komplikationen unsere Gruppe wieder zu erreichen. Die Schlurfer, die ihm folgen konnten, wurden von ihm, Fritz und den anderen leicht ausgeschaltet.

Bernd berichtete sofort, was geschehen war. Meinen Kollegen bereitete das große Sorgen. Ein Suchtrupp sollte sofort losgeschickt werden, um mich zu finden. Nur, wo sollte man suchen? In welche Richtung war ich gegangen? Verzweifelt sahen sich meine Freunde an.

»Egal«, sagte Fritz, »ich kann nicht hier abwarten und nichts tun.«

»Ich gehe auch mit«, schrie Fiona geradezu hysterisch und ließ sich von diesem Vorhaben unter keinen Umständen abbringen.

Fahid, der Syrer, der in der Gruppe so oft mit seiner Gitarre für gute Laune sorgte, hatte sich als guter Fährtenleser erwiesen. Bernd kannte den Weg und Fritz führte die Gruppe an. Die der Gruppe zur Verfügung stehenden Gewehre, die Polizeipistole, die ich einst in Essen dem untoten Polizisten abgenommen hatte, und die wenige Munition für die Waffen nahmen sie mit.

Die Zurückgebliebenen blieben in höchster Alarmbereitschaft und jederzeit abfahrbereit. Eine riesige Menge blutrünstiger Bestien befand sich in unmittelbarer Nähe. Möglicherweise war eine sofortige Flucht geboten.

Der Stoßtrupp, der mir zur Hilfe eilen sollte, fand keinerlei Spuren von mir. Ratlos stand man in der Nähe des Viadukts herum und suchte verzweifelt nach einem noch so kleinen Lebenszeichen von mir. Unter dem Druck der nun auch hier anrückenden Bestien entschloss man sich schließlich nach 30 Minuten vergeblichen Wartens, zum Lager zurückzukehren.

Fiona musste von den anderen dazu gezwungen werden, mitzugehen. Mit hängenden Köpfen kamen meine Liebe und meine Freunde zum Konvoi zurück. Mein Vater hatte sich da schon aufgrund seiner Sorge und Trauer in den Bus zurückgezogen. Er haderte damit weiterleben zu wollen und dachte darüber nach, einfach hinauszugehen und so viele von den Bestien zu töten, bis sie ihn erwischten.

Petra, Fionas Mutter, rechnete mit dieser Reaktion, betete für alles und jeden und gab acht auf ihn. Fiona wurde von Bärbel und Serife abwechselnd in den Arm genommen. Ihr Trost half aber nicht.

Wie es aussah, sollte Fiona ihren Freund, mein Vater seinen Sohn, die Gruppe einen lieben Gefährten und ihren Anführer und ich mein Leben verlieren

(15)

Ein Surren erfüllte die Luft, noch eines und noch eines..., Hände griffen nach mir. Irgendetwas schleuderte mich gegen eine der Mauerwände, mein Kopf knallte hart dagegen und ich verlor das Bewusstsein. Ein Glück, denn es ist kein Vergnügen, von Schlurfern bei lebendigem Leibe auseinandergerissen zu werden.

Als ich das Bewusstsein wiedererlangte und die Augen aufschlug, sah ich in ein tiefschwarzes Gesicht mit leuchtend hellen Augen.

Gott ist dunkelhäutig, dachte ich, total davon überzeugt, tot zu sein und freute mich ob des gütigen Blickes.

Da tauchte neben meinem Gott ein kleiner dicker Mann auf, der heftig schwitzte.

Petrus ist dick und schwitzt, schoss er mir durch den Kopf und ich wunderte mich.

Jetzt sprachen Gott und Petrus auch noch miteinander.

»Er wird wach.«

»Da hat er noch mal Glück gehabt.«

Wieso hatte ich Glück? Und da erst begriff ich.

Langsam richtete ich mich auf. Der Rücken und mein linker Arm schmerzten leicht, aber sonst schien alles ok zu sein.

»Wo bin ich? Wie bin ich hierher gekommen? Wer seit ihr und was ist überhaupt passiert?«

Da stellten sich der dicke Eddi und Ebenezer Arissi vor und machten mich auch gleich mit allen anderen der kleinen Gruppe bekannt. Diese hofften geduldig im Hintergrund des Raumes auf mein Wiedererwachen.

Die Gruppe um Torben, Gundula und die anderen legte nach mehrtägiger Fahrt und immer wiederkehrenden kleinen Scharmützeln mit den Schlurfern in dem Dorf nahe Chemnitz eine Pause ein. Sie verschanzten sich in einem der Häuser und durchstöberten nach und nach die umliegenden Gebäude nach brauchbaren Gerätschaften und Lebensmitteln.

An diesem Tag saßen sie in einem der Räume zusammen und untersuchten ihre zusammengetragenen Schätze. Paula schaute aus dem Fenster zur Straße hinaus.

»Da kommt ein Mann.«

»Schieß ihm einen Pfeil in den Kopf.«

»Nein, nein, ein Lebender.«

»Und jetzt kommen ganz viele Untote um die Ecke. Das da ist eine Sackgasse. Der Kerl steckt in der Falle.«

Die dicke Eddi und seine Freunde hatten in den vergangenen Wochen viel erlebt. Viele der Gruppenmitglieder beklagten den Verlust lieber Menschen. Alle, bis auf die Kleinen, lernten, angreifende Unmenschen zu töten. Doch niemand von ihnen war jemals in die Situation geraten, einen lebenden Menschen in schwieriger Lage hängen zu lassen. Und das würden sie auch jetzt nicht. Ohne zu zögern griffen sie nach ihren Waffen, um den Umzingelten gegen die Übermacht zu verteidigen.

Die Bogenschützen trafen von den Fenstern aus, was es zu treffen gab. Ebenezer Arissi und der dicke Eddi warfen sich persönlich in die Schlacht und zogen mich schließlich von den Untoten weg und ins Haus. Mehr als den Biss einer Kreatur in den Absatz meines linken Schuhs erleidete ich gottlob nicht. Den dort aufgefundenen Zahn würde ich als Trophäe und Glücksbringer zukünftig mit mir führen. Gegenwärtig rüttelten die Masse von Bestien an den Türen des Hauses.

Ich erzählte meinen Lebensrettern meine Geschichte und die meiner Gruppe, die nicht sehr weit von hier lagerte und mein Verschwinden sicherlich schon beklagte. Aufmerksam hörten mir die Leute zu und ich sah, dass sich ihre Gesichter deutlich aufhellten, als ich unsere Pläne andeutete. Das ließ mich keinen Augenblick zögern.

»Dann packt zusammen und kommt mit uns. Schließt euch uns an. Ihr seid herzlich willkommen.«

Eddi, der die Gruppe auf ihrem Weg letztendlich angeführt hatte, schaute sich um und sah in die Gesichter seiner Freunde. Gundula nahm ihn in den Arm und flüsterte ihm etwas ins Ohr.

»Wire komme gerne in dein Gruppo«, sagte Eddi bedächtig, während alle anderen nickten.

20 Minuten später war alles eingepackt. Ich staunte nicht schlecht, als ich den Pritschenwagen und den Traktor zu Gesicht bekam. Nun gut, schnell kam man heutzutage sowieso nicht mehr vorwärts. Überall taten sich Hindernisse auf. Die großen Reifen des Treckers konnten da sicherlich manchmal ausgesprochen hilfreich sein.

Der Traktor vorneweg, der Pritschenwagen hinterher, fuhren wir einige Kilometer eine Landstraße entlang, bis wir schließlich die Autobahnauffahrt fanden. Die Schlurfer, die mich fast erwischt hatten, rappelten da immer noch an dem Haus, in dem wir uns bis soeben aufhielten.

Ich bat Torben, der den Trecker fuhr, zunächst in die Richtung auf die Autobahn einzubiegen, in der das Camp unserer letzten Nacht lag. Ein paar Minuten fuhren wir in die besagte Richtung. Die Sicht versperrten gerade ein paar Sattelschlepper und wir mussten diese umfahren, da stoppte Torben urplötzlich und abrupt den Traktor. Fast wäre ich vom Sitz herabgestürzt. Direkt vor uns tauchte ein großer Ruthmann-Steiger T720 auf, der Truck von Anke.

(16)

Seit Ausbruch der Katastrophe entstanden nicht mehr solch ein Jubel und solch eine Freude. Fiona fiel fasst in Ohnmacht, als sie mich sah und mein Vater atmete mehrfach ziemlich tief durch.

Die Neuankömmlinge wurden ebenso herzlich begrüßt, wie meine unversehrte Rückkehr gefeiert wurde. Die beiden neuen Fahrzeuge fanden ihren Platz im Konvoi und bald setzte die Gruppe ihre Fahrt gemeinsam fort. Zeit zum näheren Kennenlernen würde sich später genug ergeben.

32 Erwachsene, 14 Jugendliche und Kinder, ein Hund und das alles in zehn Fahrzeugen. Eine illustre Gemeinschaft, bestehend aus fünf Nationalitäten bewegte sich da über die Autobahn.

Doch weit kam sie nicht.

Im Autobahnkreuz Nossen fanden wir die Fahrbahn dermaßen zerstört vor, dass ein weiteres Bleiben auf der Autobahn unmöglich gemacht wurde. Uns blieb nichts anderes übrig, als zur letzten Ausfahrt zurückzukehren und von dort einen anderen Weg zu suchen.

Da ich mich ganz gut in der Gegend auskannte und über einen ausgeprägten Orientierungssinn verfügte, äußerte ich gegenüber meinen Freunden, dass ich davon fest überzeugt wäre, den Weg nach Königstein auch ohne Autobahn zu finden. Da uns sowieso keine andere Möglichkeit blieb, ließen sich meine Gefährten schnell darauf ein. Die Entfernung schätzte ich auf ungefähr 70 bis 80 Kilometer. Einziges Hindernis stellte für mich die Stadt Dresden dar. Sie galt es zu umfahren bzw. es galt, ihr nicht zu nahe zu kommen.

Unser Konvoi tuckerte langsam und laut die Landstraße entlang. Mit Anke saß ich im an der Spitze fahrenden Truck. Anke flötete vor sich hin. Das tat sie meistens und es ging mir manchmal schwer auf den Geist, da sie nicht aus einem besonders großen Repertoire schöpfen konnte.

»Man könnte denken, es gäbe gar keine Schlurfer und nichts wäre geschehen. Wir fahren schön auf der Landstraße, es ist Sommer, die Sonne scheint und wir machen einen Ausflug«, riss mich Anke aus meinen Gedanken.

»Schön wär's, Anke.«

Kurze Zeit später versank ich wieder in meinen Gedanken. Vor meinem geistigen Auge tauchte die Festung Königstein auf, so, wie ich sie in Erinnerung hatte. Dabei überlegte ich, wie wir die Festung einnehmen könnten. Würden bereits lebende Menschen dort leben und würden uns diese nicht hereinlassen, würde es unmöglich für uns werden, in die Festung zu gelangen. Wäre das nicht der Fall und stünde die Festung offen, würden wir einfach hineinmarschieren und uns breit machen. Wäre sie verschlossen, würde aber nicht verteidigt, kämen Anke mit ihrem Truck und ihre Tochter Jenny, die Bergsteigerin zu Einsatz. Wenn...

»Guck mal da!« störte Anke schon wieder.

Ich schaute mich um, sah aber nichts Besonderes.

»Was denn?«

»Dahinten rechts, an dem Stall.«

Da fiel es mir ebenfalls auf. Ein gutes Stück weit von der Straße weggelegen stand ein einzelnes Gebäude – ein alter Stall, wie wir dachten. Um den Stall herum bewegte sich eine Traube von Schlurfern hin und her. Manche schwankten auf und ab, andere umkreisten den Stall und wieder andere hämmerten mit ihren Fäusten gegen die Wände und Einlässe des Hauses.

Sofort stoppten wir unseren Konvoi. Noch bemerkten uns die Kreaturen nicht oder etwas anderes, etwas im Inneren des Hauses verlangte mehr Aufmerksamkeit von ihnen. Wie damals am Bus, dachte ich. Im Hause musste sich ein lebendes Wesen aufhalten.

»Vielleicht nur ein paar Vögel, eine Ente, eine Gans oder so was.«

»Vielleicht aber auch ein Mensch.«

»Ja, selbst wenn es ein fettes Schwein oder eine milchgebende Kuh wäre, würde es sich lohnen nachzusehen.«

Fritz und Mahmut klopften an die Tür des Trucks.

»Was machen wir?«

Während wir noch diskutierten und überlegten, handelten andere.

»Da«, rief Mahmut, »guck dir mal die verrückten Fahid und Ebenezer an.«

Die Beiden hatten sich neben den Schlurfern am Stall aufgebaut und schrien und wedelten mit den Armen, um deren Aufmerksamkeit zu erlangen. Letztendlich gelang das und die hungrige Meute wankte jetzt hinter den beiden her, die sich augenblicklich auf ein größeres Feld zubewegten. Wüssten wir nicht, wie gefährlich diese sich eher lustig bewegenden Figuren werden konnten, würde uns das sich jetzt darbietende Bild eher amüsieren. Möglicherweise hätte es früher sogar eine politische Aussage gehabt. Ein Syrer und ein dunkelhäutiger Mann hüpften über einen Acker und 40 oder 50 deutsche Gestalten, deren Hirn außer Funktion geraten war, stolperten hinter ihnen her.

Fritz und ich nahmen die Gelegenheit wahr und schlichen uns vorsichtig zu dem jetzt verlassen wirkenden Stall. Vielleicht war doch noch eine Bestie zurückgeblieben oder erwartete uns gar hungrig im Inneren des Gebäudes.

Noch fünf Meter bis zu Fronttür, da sprang diese plötzlich auf. Fritz und ich zuckten gleichermaßen zusammen und stierten auf die Tür.

Ein schlaksiger Typ, etwa Mitte 40, mit durchschnittlicher Größe und normaler Figur, dafür aber mit wirr in die Luft stehenden Haaren und freundlichem Gesicht sprang über die Schwelle.

»Ha, ha, ha, ha, endlich. Euch schickt der Himmel. Dachte schon, ich wäre der letzte Mensch auf Erden. Jetzt können wir von hier verschwinden. Ha, ha, ha, ha.«

Da sprang er den langen Fritz auch schon an und herzte ihn von links nach rechts und von oben nach unten. Der wusste gar nicht, wie ihm geschah.

»Ich bin der Eugen. Ha, ha, Eugi sagen meine Freunde.«

Dann guckte er von Fritz zu mir und wieder von mir zu Fritz.

»Ich kann doch mit, oder? Ihr nehmt mich doch mit! Ihr könnt mich doch nicht hier lassen!«

Seine bis eben vorgetragene Lustigkeit und Euphorie schwenkte ins genaue Gegenteil um und mit weinerlicher Stimme und Tränen in den Augen kniete er jetzt vor mir nieder und flehte in meine Richtung.

»Nun komm mal hoch, Eugen«, sagte ich und zog ihn an seinem Kragen wieder hoch, »niemand muss hier vor niemandem betteln. Klar kannst du mit.«

Jetzt klarten sich Eugens Augen wieder auf.

»Dann hole ich sie schnell. Ihr habt doch eine Zugmaschine, oder?«

Zugmaschine? Wofür das denn? Kurze Zeit später sollten wir sehen, wofür Eugen eine Zugmaschine benötigte.

Eugen öffnete ein Seitentor seines Stalls. Fiona tauchte hinter mir auf und lehnte sich an meine Schulter.

»Oh, ein Graham Edwards.«

»Nein, der heißt Eugen.«

»Ich meine doch den Anhänger.«

Eben dieser Anhänger wurde nun in der Scheune sichtbar.

»Ja, ja, genau wie mit Mahmut und seiner Feuerwehr. Sag das doch gleich«, zickte ich Fiona grinsend an.

Was ich sah, war ein doppelachsiger, gut dreieinhalb Meter langer Anhänger, mit dem man für Gewöhnlich Vieh transportierte. Was ich auch noch sah, und darin bestand die eigentliche Sensation, waren zwei Kühe und zwei Schweine, die Eugen nun mühsam, aber durchaus gekonnt, in den Anhänger bugsierte. Zwei Kühe versprachen mindestens etwas Milch. Zusammen mit den zwei Schweinen und etwas Geduld würde es vielleicht sogar für eine kleine Zucht reichen oder zumindest etwas Fleisch liefern. Da konnte einem das Wasser im Munde zusammenlaufen.

Torben kam nun mit dem Traktor heran, Er würde den Anhänger mühelos ziehen können. Fahid und Ebenezer lockten die Schlurfer immer weiter von uns weg, so dass auch der Lärm des Treckers sie nicht mehr interessierte.

Nachdem der Traktor seinen Platz mitsamt Anhänger im Konvoi wieder eingenommen hatte, galt es nur noch, die beiden ebenso mutigen wie schnellen Lockvögel wieder einzufangen. Im weiten Bogen rannten Fahid und Ebenezer über die Felder und das so, dass sie in wenigen hundert Metern wieder auf die Straße treffen würden, auf der wir uns gerade befanden. Ich bewunderte ihre Kondition. Durch ihr Hin- und Herlaufen legten sie die eigentlich zurückgelegte Strecke mindesten viermal oder fünfmal zurück.

Vollkommen außer Atem bewältigten die Beiden die Distanz und erreichten die Straße und damit den Konvoi wieder. Wir konnten stolz auf die beiden Männer sein und sparten nicht damit, ihnen es auch mitzuteilen.

Auf der einen Seite freute ich mich von Herzen, dass unsere Gruppe jetzt auch über lebendiges Vieh verfügte. Auf der anderen Seite wurde unser Konvoi dadurch noch unbeweglicher, als er ohnehin schon daherkam. Zum Glück lagen nur noch knappe 50 Kilometer vor uns. Bei größerer Entfernung wäre es mitunter sinnvoller gewesen, nach schnelleren und beweglicheren Fahrzeugen Ausschau zu halten, die wir momentan nicht besaßen und uns gegebenenfalls fehlten. Wenn Fahid und Ebenezer nicht so gut zu Fuß gewesen wären, mit unseren schweren Fahrzeugen hätten wir ihnen über die Felder nicht zur Hilfe eilen können. Nun gut, diese Überlegungen spielten hoffentlich keine Rolle mehr.

Auch hoffte ich, mit diesem unbeweglichen Konvoi nicht auf solche Menschen wie zum Beispiel die Rocker in Essen, zu stoßen. Ja, wir verfügten über eine stoßkräftige Truppe, nicht aber über das erforderliche Equipment an Waffen für eine größere kriegerische Auseinandersetzung. Und, aber das würden wir mit keiner Gerätschaft der Welt heilen können, fehlte uns für solcherart Vergleiche die notwendige Kaltschnäuzigkeit und erforderliche Brutalität. Darüber weiter nachzusinnen, beängstige mich. Da beließ ich es lieber bei meinen Hoffnungen.

Abschnitt 5
Zu Hause
(1)

Die Stadt Dresden konnten wir ohne größere Beschwerlichkeiten umgehen. Nichts hielt unseren Konvoi auf. Die wenigen Schlurfer, die ab und an auf der Straße auftauchten, beachteten wir nicht weiter.

Immer wieder führte uns die Landstraße in kleinere Orte. Unsere vielseitige und ausgiebige Erfahrung mit den Fähigkeiten der Untoten unterstützte uns nun dabei, selbige auf Distanz zu halten. Gleichzeit gelang es uns immer wieder, in den Häusern und Geschäften unsere Ressourcen aufzufüllen oder sogar zu erweitern.

Im kleinen sächsischen Örtchen Kreischa stießen wir dann auf einiges mehr, als nur auf ein paar Häuser und Läden. Hier befand sich eine der führenden medizinischen Rehabilitationszentren in Deutschland mit einer Kapazität für rund 1.000 Patienten. Dieser Klinikkomplex zeichnete sich durch eine besondere bauliche Großzügigkeit aus. Dr. Manters Augen leuchteten bei diesem Anblick bestimmt. Harmonisch in die Landschaft eingefügt, stand da eine Klinik im sächsischen Barock vor uns. Die Anlage war terrassenförmig angelegt. Im Zentrum befand sich ein weitläufiger Garten mit Blumenrabatten, Springbrunnen und unzähligen Verweilmöglichkeiten für Patienten und Besucher.

Im Kreisverkehr unmittelbar vor der Klinik kam unser Konvoi zum Stehen.

Die Sonne ging im Westen bereits langsam unter. Heute würden wir unser neues Zuhause nicht mehr erreichen und schon gar nicht beziehen können. Der Kreisverkehr und damit unser Rastplatz hier gestaltete sich genauso, wie jeder andere Schlafplatz auch. Da konnten wir die Nacht auch gleich hier bleiben.

Die Masse von 1.000 Patienten fiel uns nicht sonderlich auf. Nicht mehr Streuner als anderswo schlurften hier durch die Gegend. Dr. Manter vermutete, dass viele der Patienten noch hilflos in ihren Betten liegen würden und sich nicht in der Lage befänden, herauszukommen.

»Gebt mir zwei oder drei Stunden. Ich möchte da hinein und noch ein paar Sachen für unsere Krankenstation besorgen. Die Chance können wir uns nicht entgehen lassen.«

»Nee Doktor, nicht alleine. Du bist der einzige Arzt, den wir haben. Wir können nicht riskieren, dich zu verlieren. Wenn du da hinein gehen möchtest, dann müssen mindestens zwei Mann mitgehen.«

»Und wenn ich Achmedina, eine der Syrerinnen und Trine, Torbens Schwester, mitnehme? Achmedina wollte früher mal Ärztin werden und Trine ist ausgebildete Krankenschwester. Die wissen, worum es geht. Und zupacken und zuschlagen können die beiden auch.«

»Na ja, wenn sie wollen. Ist ja hier keine Diktatur. Wenn ihr aber in drei Stunden nicht wieder hier seit, gebe ich Alarm.«

»OK Marc, wir werden rechtzeitig zurück sein.«

Den warmen Abend verbrachten die meisten von uns innerhalb unserer kleinen Wagenburg. Einige unterhielten sich, andere dösten vor sich hin und Fiona schmiegte sich an meine Seite.

Was ich sah, wenn ich mich umschaute, gefiel mir nicht. Die Leute wurden nachlässiger. Die Schlurfer und die von ihnen ausgehende Bedrohung, gehörten mittlerweile zu unserem Alltag. Und es war in letzter Zeit zu lange gut gegangen. Unsere letzten Verluste lagen lange zurück. Nicht zuletzt lag das auch an unserer Aufmerksamkeit. Ließ diese nach, endete unsere Odyssee vielleicht doch noch tödlich. Dabei dachte ich an Dr. Manter und hoffte auf seinen Erfolg.

Gut, vielleicht übertrieb ich es auch. Morgen schon würden wir unserem Ziel, der Festung Königstein erstmalig begegnen und schon übermorgen würden wir sie eingenommen haben und in Sicherheit leben. Trotzdem, ich wurde unruhig.

(2)

Nach drei Stunden zeigte sich immer noch keine Spur von Dr. Manter und den beiden Frauen. Die barocke Klinik und unser Lager lagen vollkommen im Dunklen. Wir machten uns große Sorgen und grübelten darüber nach, ob wir einen Suchtrupp losschicken sollten. Nur wohin sollten wir diesen entsenden? Ich machte mir Vorwürfe, denn ich hätte verhindern müssen, dass eine für unsere Gruppe überlebenswichtige Person sich ohne wirkliche Not in tödliche Gefahr brachte.

Plötzlich störte lautes Gepolter die Ruhe der Nacht. Der Radau kam von der Klinik, aus der Nähe des Eingangs. Angestrengt sahen wir in die Nacht. Zum wiederholten Male in den letzten Wochen hielten wir unsere bescheidene Bewaffnung bereit. Da standen ein Gerüstbauer, ein Rentner, ein Taxifahrer, eine Lehrerin, Damen vom Finanzamt, ein Feuerwehrmann, Landwirte und noch ein paar andere bereit, um angreifende Bestien abzuwehren. Mit dieser neuen Welt befand ich mich noch lange nicht im Reinen.

Die Tür der Klinik wurde aufgestoßen und eine Person fiel mehr, als sie ging, heraus. Ich konnte nicht erkennen, ob es sich dabei um einen Fremden oder Dr. Manter oder eine der beiden Mädels, die ihn begleiteten, handelte. Zumindest schien es kein Schlurfer zu sein.

Es war Dr. Manter! Blutüberströmt, aber selber scheinbar unverletzt, fiel er vor uns zu Boden. Sofort beugten sich einige über ihn, um ihm zu helfen. Aber er befand sich, völlig außer Atem, zuerst nicht in der Lage, irgendetwas zu sagen.

Wo befanden sich die beiden Frauen? Was war passiert?

Dr. Manter beugte sich nach vorn, zeigte aufs Klinikgebäude und stammelte unvermittelt etwas von Massen an Kranken, überall Blut und keine Chance.

Die Umstehenden liefen aufgeregt durcheinander. Fritz forderte eine sofortige Rettungsmaßnahme für die Frauen und fragte nach Freiwilligen, da wurde die Tür der Klinik ein zweites Mal aufgestoßen. Wieder stolperte eine Person durch die Tür. Ihr linker Arm hing seltsam verdreht an ihrer Seiter herunter.

Ich griff meinen Tapezierigel und wollte sofort zum Angriff übergehen, da erkannte ich Trine, die Schwester von Torben. Und nein, sie war keineswegs zu einem Schlurfer mutiert. Sie hatte sich den Arm auf der Flucht im Gebäude bei einem Treppensturz gebrochen und darüber hinaus die Schulter ausgekugelt. Sie musste unter höllischen Schmerzen leiden.

Dr. Manter fing sich jetzt soweit, dass er eine Erstversorgung von Trine vornehmen konnte. Währenddessen erzählte die sich tapfer haltende Trine, was in der Klinik geschehen war.

»Unsere Achmedina kommt nicht mehr. Ich habe gesehen, wie diese scheiß Bestien über sie hergefallen sind und sie fast in Stücke gerissen haben. Wir befanden uns gerade zum drittem Mal im dritten Stock. Vieles von dem, was wir mitnehmen wollten, hatten wir schon an den Klinikeingang geschafft. Vier große Taschen und zwei Beutel lagen noch im dritten Stock in einem der Arztzimmer. Vorher hatten wir kaum Schlurfer gesehen. In vielen der Krankenzimmer lagen freilich welche in den Betten. Die waren aber alle nicht im Geringsten in der Lage, überhaupt aufzustehen, geschweige denn, uns anzugreifen. Die stöhnten, jammerten und stanken vor sich hin, aber das kennen wir ja. Als wir drei in dem Zimmer unser Gepäck aufnahmen, stürzten sie sich plötzlich auf uns. Ich habe keine Ahnung, von wo die gekommen sein können. In dem engen Raum gab es ein heilloses Durcheinander. Dr. Manter schlug wie besessen um sich. Blut spritzte, Schlurfer fielen um. Aber es kamen immer mehr. Ich weiß nicht mehr, wie ich auf den Gang gekommen bin. Da war Achmedina schon tot, dachte ich. Auch im Gang hielten sich ganz viele von den Bestien auf. Mir kam es vor, als ob sie einen festgelegten Plan verfolgten. Ich konnte nur nach links rennen, kam aber irgendwie nicht weg. Wie in einem Alptraum kam ich einfach nicht vorwärts. Da merkte ich, dass ich eine der großen Taschen über meine Schulter geworfen hatte und in der Tasche hatte sich einer der Schlurfer mit seinen Zähnen verbissen. Das war so ein langer komischer Kerl im Operationshemd. Seine Zähne bekam er nicht frei, aber seine Augen glühten. Da habe ich die Tasche losgelassen und sie gesehen: Achmedina – ich habe sie an ihrer Kleidung und ihren schwarzen Haaren erkannt. Die eine Gesichtshälfte war nicht mehr da. Alles war voller Blut und ein Arm fehlte ihr. Sie war bereits selber zum Schlurfer geworden und versuchte jetzt mich anzufallen. Dann bin ich irgendwie bis zur Treppe gekommen und da bin ich gestolpert und die ganze Treppe runtergefallen. Irgendwie habe ich dann noch die Tür...«

Trine stoppte, sah uns alle an und brach in Tränen aus.

Als wenn ich in die Zukunft blicken könnte – ich hatte es bereits geahnt. Unsere Leichtfertigkeit unter dem Motto „wir gehen mal eben in die Klinik und holen ein paar Sachen" und unsere mangelnde Bereit-

schaft, eine ordentlich bewaffnete Truppe dafür abzustellen, hatten einem unserer Gruppenmitglieder das
Leben gekostet. Zum Heulen! Hoffentlich würden wir
daraus lernen.

Mahmut, Bernd und Fritz erklärten sich bereit, die
zusammengetragenen medizinischen Gerätschaften
und Medizinalien, die am Eingang der Klinik lagen,
für uns zu bergen. Fahid wollte mitgehen, um nach
Achmedina Ausschau zu halten. Er hoffte, sie von
ihrem Dasein befreien zu können.

15 Minuten später kamen die Vier voll beladen
zurück. Fahid wirkte erleichtert.

(3)

Wer sich der Festung Königstein mit einem Fahrzeug nähert, befährt eine alte Bundesstraße. Plötzlich, mitten im Wald in einer langgestreckten Kurve, geht es rechts ab. Vielleicht 150 Meter weiter trifft man auf ein modernes, mit offenen Wänden gestaltetes Parkhaus für die Besucher der Festung. Hier hielten wir den Konvoi an. Parkhäuser schienen mit unserem Schicksal eng verknüpft zu sein. Wir standen direkt vor unserem so lange schon verfolgten Ziel und die komplette Mannschaft stand da, wirkte aufgeregt und schaute gespannt zur Festung hinauf. Jetzt, nach den schrecklichen Ereignissen im Essener Parkhaus und allen danach erlebten Abenteuern, nach vielen hundert Kilometern und schweren menschlichen Verlusten, wollten sie endlich ankommen und ihre neue Bleibe beziehen.

Spätestens unsere leidigen Erfahrungen an der barocken Klinik ließen uns allerdings in dieser Beziehung vorsichtig sein. Ungesichert darauf losstürmen könnte die komplette Gruppe ins Verderben stürzen. Zuerst galt es also jetzt erst einmal die Lage genau zu erkunden.

Ich kannte die Festung von mehreren früheren Besuchen. Also ging ich. Anke und Jenny folgten mir auf mein Bitten hin. Der dicke Eddi wollte auch dabei sein. Und Fiona kam mit. Sie beschwerte sich kurz bevor es losging bei mir.

»Ich bleibe immer hier bei den Autos. Wie früher die Hausfrauen und Mütter bleibe ich zu Hause. Und die großen Kämpfer ziehen in den Krieg und kehren als Helden zurück.«

»Nun übertreib mal nicht, Fiona. Meinst du, es ist ein Vergnügen, den Schutz der Gruppe zu verlassen? Sei doch froh, wenn du in Sicherheit bist.«

»Ich möchte auch mal raus und vor allem möchte ich was mit dir erleben. Und überhaupt, nachdem ich beim letzten Mal schon annehmen musste, du wärest tot, lass ich dich jetzt nicht mehr alleine gehen. Gott wird uns zusammen schon schützen.«

Das Thema „Gott" führte zwischen Fiona und mir regelmäßig zu erbittertem Streit. Ich vermochte nicht zu sagen, ob es einen Gott gab, oder nicht. Ich fragte mich nur, wo er denn sein könnte, wenn ich diesen bestialischen Schlurfern begegnete. Fiona sah das völlig anders und zweifelte nicht im Geringsten an ihrem Glauben. Sie sah die Menschen und nicht Gott in der Verantwortung. Insgeheim bewunderte ich das. Dann rieb ich ihr schon mal – etwas gemein von mir - ihr Erlebnis mit dem Pfarrer in ihrer Jugend unter die Nase. Aber das wies sie regelmäßig zurück. Pfarrer ist Pfarrer, Gott ist Gott, pflegte sie dann zu sagen und beendete damit jedwede Diskussion.

Vielleicht lag Fiona ja auch dieses Mal wieder richtig. Ich nahm sie in den Arm und später dann mit auf unsere erste Exkursion zu Festung.

Währenddessen wir uns auf diesen Ausflug vorbereiteten, sicherten die anderen das Areal. Jetzt wollten wir keine unliebsamen Überraschungen mehr erleben.

Nur wenige Meter von unserem Standort am Parkhaus entfernt, befand sich ein kleines Restaurant. Es schien leer und verlassen zu sein. Mahmut, Bernd und Fritz, ein mehrfach bewährter Stoßtrupp, würden dieses Gebäude genau untersuchen und nach für uns brauchbaren Dingen Ausschau halten.

Aus irgendeinem unterwegs durchsuchten Haus oder Laden hatten unsere Sammler drei Feldstecher mitgebracht. Heute konnten sie uns einen guten Dienst erweisen. Die Zwillinge Luis und Luise, die am Stadion in Essen zu uns gestoßen waren und Paula vom Laubnerhof legten sich auf die Lauer und beobachteten mit den Feldstechern ohne Unterlass die Festung. Torben, Paulas Freund und Ebenezer fungierten als Läufer zwischen den Feldstechern und uns. Sie sollten uns mit Informationen versorgen, wenn mit den Feldstechern irgendwer oder irgendetwas auf der Festung entdeckt würde.

Pepe, unsere kleiner Hund, schien die Aufregung der Truppe ebenfalls zu spüren. Zum ersten Mal, nachdem er uns in Essen-Haarzopf zugelaufen war, mussten wir ihn im Bus einsperren.

Nur die zwei Kühe und zwei Schweine in Eugens Anhänger interessierte das alles nicht.

Dann ging es endlich los.

(4)

Die letzten Meter des Weges zur Festung führten bergan durch einen kleinen Wald und ganz plötzlich steht man vor ihr. Gewaltige, zum Teil über 40 Meter hohe Mauern umgaben die Festung, die auf einem Felsplateau 240 Meter über der Elbe errichtet worden war.

Unmittelbar vor uns befand sich der Eingang zum Aufzug zur Festung. 1970 wurde dieser fertiggestellt. Ohne Strom funktionierte dieser natürlich nicht mehr. Die Länge des Eingangsstollens zum Aufzug betrug 18 Meter, wie wir auf einer Informationstafel lesen konnten. Der Aufzug schaffte den Transport von bis zu 42 Personen und war in der Lage, Fahrzeuge bis zu einem Gewicht von 4,5 Tonnen zu befördern. Vielleicht würde uns Andreas mit seinen Sonnenkollektoren diesbezüglich eines Tages einen guten Dienst erweisen und dieses Ungetüm wieder zum Laufen bringen. Um den Stollen zu sichern, würden wir ihn bis dahin, vorausgesetzt die Festung wäre unser, mit unseren Fahrzeugen vollstopfen, um unliebsamen Besuchern den Zugang zu versperren.

Links neben dem Zugang zum Stollen befand sich das frühere Kassenhäuschen, an dem die Besucher ihr Eintrittsgeld zu entrichten hatten. In ihm lungerten zwei weibliche Schlurfer herum, die aufgeregt hin und her wackelten, als ihre ihnen gebliebenen letzten Sinne unsere Anwesenheit signalisierten. Ich sah darin ein Zeichen dafür, dass die Festung nicht schon von einer anderen Gruppe belegt war. Wie blödsinnig diese Vermutung war, erkannte ich, als wir selber entschieden, die beiden Kassenwärterinnen in ihrem Zustand im Kassenhäuschen zu belassen. Es wirkte nicht so, als ob sie den Ausgang jemals finden könnten. Eine Vitrine mit Prospektmaterial schoben wir noch von außen vor die Tür.

Ansonsten konnten wir keinerlei Hinweise auf Leben hier vor der Festung entdecken. Unser Blick ging immer wieder nach oben zu den Zinnen. Auch dort rührte sich nichts. Da auch keiner unserer Läufer mit Nachrichten von den Feldstechern zu uns kam, gingen wir davon aus, dass die Festung unberührt vor uns lag.

Etwas weiter rechts befand sich noch ein weiterer Aufzug – eine Art kleiner Personenaufzug, wie ich meinte. Dieser im Jahre 2005 erbaute Aufzug mit Panoramakabine war an der Außenmauer der Festung angebracht, beförderte bis zu 18 Personen und funktionierte natürlich auch nicht ohne Strom. Vielleicht konnten wir auch hier mit unseren Sonnenkollektoren da später mal etwas machen. Jetzt stellte er, dachte ich, keine Möglichkeit und keine Bedrohung für uns dar.

Jenny betrachtete diesen Aufzug mit anderen Augen. Sie glaubte, mit ihren Kletterkünsten die Verstrebungen des Außenaufzugs überwinden zu können. Gut, dann durften wir nicht vergessen, ihn später vor ungebetenen, kletternden Gästen zu sichern.

Weiter links führte eine kleine Brücke über einen Graben von geringer Tiefe. Diese Brücke würden wir ebenfalls mit Fahrzeugen blockieren. Der Graben würde Schlurfer aber trotz seiner geringen Ausmaße eine schwer zu überwindende Barriere bieten und sie aufhalten. Für gesunde Angreifer galt das allerdings nicht.

Geht man die überwältigenden Festungsmauern entlang und noch um eine weitere Kurve herum, so steht man vor dem eigentlichen Eingang der Festung, dem Torhaus. Ein schweres Gittertor gewährt hier den Einlass durch die Mauern. Am inneren Ende der dicken Wehrmauer befand sich zudem ein offenstehendes Eisentor. Vor hier aus konnte ich sehen, dass man, sollte man diese beiden Tore überwinden, noch lange nicht das Areal der Festung erreicht haben würde. Nach einer kurzen Holzbrücke, vermutlich eine Zugbrücke, stand man vor der nächsten Mauer mit dem nächsten Tor und auch dahinter, das wusste ich von früher, führte eine hochziehbare Holzrampe zu einem weiteren Tor. Die Zugänge konnte man also für alle Tage gegen alle Eindringlinge, selbst wenn sie mir schwerer Bewaffnung daher kämen, leicht verteidigen. Durchkommen absolut unmöglich.

Und genau vor dieser Situation standen wir jetzt. Schon das erste eiserne Tor war verschlossen und zusätzlich mit zwei schweren Eisenketten gesichert. Die Schlösser der Ketten zeigten nach innen. Jemand innerhalb der Festung musste diese angelegt und verriegelt haben. Vielleicht etwas für Schweißgeräte. Nur, wir besaßen keine.

»Ich hole den Truck«, sagte Anke entschlossen und ohne lange hier ratlos herumzustehen.

Genau dafür hatte ich sie vorhin gebeten, mitzukommen. Den Truck mit seinem riesigen Schwenkarm wollten wir so nahe wie möglich an die Mauern heranfahren. An den Aufzügen sollte uns das gelingen. Den nicht durch den Schwenkarm zu überwindenden Rest würde Jenny erklettern müssen. Oben angekommen, würde sie dann auf sich allein gestellt sein. Niemand außer ihr konnte so klettern. Das sorgte mich, da es nicht unseren üblichen Gepflogenheiten entsprach. Diesmal würden wir uns wohl oder übel darauf einlassen müssen.

»Bring mir einen Bogen für mich und am besten noch den Torben als Deckung von hier unten mit«, bat Jenny ihre Mutter.

20 Minuten später kam der schwere Truck die letzten Meter des Weges hinauf und platzierte sich direkt neben dem Außenaufzug. Mit lautem Getöse schwenkte die Kabine des Fahrzeugarms mit Jenny darin aus.

Ich fand das durchaus beunruhigend. Dieser Lärm würde jeden Schlurfer der Umgebung anziehen und jeden Lebenden in der Festung jetzt spätestens vor uns warnen. Wir hielten die Umgebung im Auge.

Torben verfolgte mit gespanntem Bogen das Szenario, jederzeit bereit, Jenny so eine Art Feuerschutz zu gewähren. Jenny wiederum legte sich ihren Bogen um die Schultern und kletterte nun aus der Kabine heraus und am Gestänge des Außenaufzugs empor. Das stellte sie vor keine nennenswerten Probleme. Leicht gebückt, aber für uns immer noch sichtbar, schlich Jenny dann langsam in Richtung Eingangsbereich der Festung.

Die Festung verfügte über ein Ausmaß von 9,5 Hektar. Wenn sich dort jemand tatsächlich verschanzt hatte, würde Jenny mitunter Wochen benötigen, diesen zu finden. Mit etwas Glück aber würde sie die Schlösser der Tore und Ketten für uns öffnen können.

Wir warteten. Zehn Minuten vergingen. Jenny sahen wir nicht mehr. 20 Minuten vergingen. Nichts geschah.

Ich sann darüber nach, wie wir notfalls mit roher Gewalt in diese Festung eindringen könnten, fasste dazu tausend Ideen, fand aber keinen einzigen wirklich gangbaren Weg.

Weitere zwei Stunden lang passierte überhaupt gar nichts. Langsam dämmerte es schon wieder.

Als es schließlich dunkel wurde, saßen wir völlig verzweifelt vor den Toren der Festung. Anke weinte.

(5)

Es wurde langsam hell.

Wieder stand ich vor dem großen Eisentor und rüttelte verzweifelt daran. Wo bist du, Jenny, schrie es in mir. Anke saß immer noch mit dem Rücken an die Festungsmauer gelehnt und weinte bitterlich. Bärbel war mittlerweile vom Konvoi aus zu uns gestoßen und saß nun mit Fiona neben Anke auf dem Boden. Ihre Versuche, Anke zu trösten trockneten deren Tränen indes nicht.

War da nicht eine Bewegung? Nein. Oder doch? Ja, es kam in der Tat jemand den Weg zum Tor hinab. Dabei handelte es sich wider Erwarten aber nicht um unsere Jenny. Alarm löste das trotzdem nicht bei mir aus. Den Weg herab kam eine ältere Dame, vielleicht Mitte 70, die mich an meine längst mit 97 Jahren verstorbene Oma Grete erinnerte. Genau wie meine Oma blickte die Frau leicht mürrisch zu uns anderen herüber.

Wortlos zog die alte Dame einen mächtigen Schlüsselbund aus der Tasche ihrer lockeren Strickjacke, griff nach den Schlössern der Eisenketten und öffnete diese. Ein nächster Schlüssel öffnete das Gittertor. Es schwang auf und die Frau bat uns mit einer kleinen Verbeugung und einer ausschweifenden Handbewegung hinein. Etwas skeptisch, mit dem Gedanken an einen Hinterhalt, traten die anderen und ich vorsichtig ein.

Sekunden später fiel meine gesamte Anspannung von mir ab. An der Mauer am nächsten Tor stand Jenny mit gespanntem Bogen und zielte auf die alte Frau, die uns das Tor geöffnet hatte. Jenny schaute uns ernst an, ließ dann den Bogen sinken und lachte so herzhaft, dass sie sich bald den Bauch vor Lachen hielt. Auch die alte Dame stimmte in das Gelächter ein. Wir anderen sahen uns verblüfft an und machten den Eindruck von menschlichen Fragezeichen.

»Kommt mit«, sagte Jenny, drehte sich um und steuerte direkt in eine Art Tunnel hinein. Ein breites Grinsen trug sie immer noch im Gesicht. Die Angstzustände, die ihre Mutter Anke durchlebt hatte, lagen wohl außerhalb ihrer Vorstellungskraft. Bei dem Tunnel handelte es sich um den eigentlichen Aufstieg zur Festung. Oben angekommen drehte Jenny nach links und betrat kurze Zeit später das größte Gebäude vor Ort.

Immer noch ohne ein Wort betraten Jenny und die alte Dame einen großen, eines Schlosses würdigen Raum mit vielen Fenstern. In der Mitte dieses Raumes stand eine lange, gedeckte Tafel.

»Setzt euch«, sagte Jenny, »ich hole die anderen und sperre wieder ab.«

Keine 40 Minuten später stand unsere versammelte Mannschaft in dem gastlich hergerichteten Zimmer und staunte nicht schlecht.

Bis jetzt hatte die alte Dame stumm im Raum gestanden und jedem Versuch unsererseits, sie in ein Gespräch zu verwickeln, widerstanden. Jetzt hellte sich ihr bisher verschlossener Gesichtsausdruck sichtbar auf.

»Ich heiße sie auf der Festung Königstein aufs Herzlichste willkommen. Heute sind sie alle zusammen meine Gäste. Morgen wohnen sie hier. Mein Name ist Agnes von Behrens. Ich war, oder besser bin, eine der Mieterinnen des einzigen Wohnhauses hier oben. Alle anderen früheren Mieter und alle Bediensteten der gastronomischen Einrichtungen auf der Festung sind ums Leben gekommen.«

Agnes erzählte vom heftig tobenden Kampf der überlebenden Bewohner und Besucher der Festung mit den kranken Betroffenen der Katastrophe. Diejenigen, die sich im Freien befanden, wurden krank und trafen auf diejenigen, die sich zur richtigen Zeit in den Kellern und Gewölben des Anwesens aufhielten. Lange brandeten die Auseinandersetzungen zwischen den beiden Lagern hin und her. Beide Seiten erlitten große Verluste.

Agnes selber gelang es, sich in ihrer Wohnung zu verschanzen. Zum Glück, so meinte sie, hätten sie keinen einzigen Verwandten mehr gehabt. So blieb ihr wenigstens die Angst und die spätere Trauer um andere erspart. Der eine oder andere unserer Gruppe sah bei diesen Ausführungen betroffen zu Boden. Sie wussten nur zu gut, was Agnes damit sagen wollte.

Ein Nachbar klopfte zum Ende der Kämpfe an Agnes' Tür und berichtete durch die geschlossene Tür davon, dass es nur noch wenige Angreifer, aber auch nur noch wenige Überlebende geben würde und Agnes sich weiterhin versteckt halten solle. Was er sonst noch sagte, hatte die recht schlecht hörende alte Dame nicht richtig verstanden. Das war das allerletzte Mal, dass sie ein Lebenszeichen von den hier lebenden, anderen Menschen bekam.

Drei Tage später – alles war draußen ruhig geblieben - wagte Agnes es, ihre Wohnungstür zu öffnen. Sie wollte nachschauen, ob sich etwas Essbares besorgen ließe. Ganz vorsichtig und mit einer kleinen Gartenschaufel bewaffnet, erforschte sie das Haus, in dem sich ihre Wohnung befand. Sie fand keine Menschenseele mehr vor.

Die Inspektion der direkten Umgebung des Hauses brachte die eine oder andere mittlerweile wirklich tote Leiche zum Vorschein, aber keine gesunden Überlebenden oder untoten Geschöpfe.

In den folgenden Tagen inspizierte Agnes, immer noch vorsichtig und immer noch mit ihrer kleinen Schaufel bewaffnet, das gesamte Areal der Festung Königstein. Jedes Haus, jeden Keller, jedes Versteck und das gesamte Außengelände nahm sie unter die Lupe. Sie kannte sich, da sie schon sehr lange hier wohnte, schließlich gut auf dem Anwesen aus. Jeder kleinste Winkel war ihr bekannt. Sie fand nichts anderes, als Leichen.

Mühselig schleppte sie diese zusammen und stapelte sie zu einem Haufen. Dann wuchtete sie jeden einzelnen Toten über die Brüstung. Ein unglaublich mühsames Unterfangen für eine alte Frau. Agnes wusste keine Alternative zu ihrem Vorgehen und wählte für ihre Aktion den Ort aus, an dem die Kadaver am tiefsten fallen würden. Dass die gesamte Gegend sowieso stank, war Agnes durchaus bewusst geworden. Verstärken wollte sie den Muff auf der Festung aber nicht auch noch dadurch, dass die Leichen unmittelbar in der Nähe verrotteten. Zudem fürchtete sie sich vor den von den Toten ausgehenden Krankheiten.

Zwischenzeitlich verschloss sie den Eingang zur Festung so gut es ging und sorgte sich auch um die Zugänge über die Aufzüge.

Auch Agnes nannte einen kolossalen Feldstecker ihr Eigen. Mit diesem konnte sie die Umgebung beobachten und erfuhr auf diese Art, dass zumindest aus ihrer nahesten Umgebung nicht mit Hilfe für sie zu rechnen sein würde.

An Aufgeben dachte sie deswegen noch lange nicht. So trug sie alle Lebensmittel zusammen. Davon waren zum Glück reichlich vorhanden. Erst wenige Tage vor Ausbruch der Katastrophe wurden die Lagerräume der verschiedenen Restaurationsbetriebe auf der Festung frisch aufgefüllt. Und auch ihre Nachbarn verfügten immer über größere Vorräte. Wenn man hier oben lebte, konnte man, wenn etwas in der Küche fehlte nicht mal soeben einkaufen gehen. Mit frischem Gemüse versorgte sie darüber hinaus der gut gepflegte Nutzgarten am Schatzhaus.

Normalerweise genoss Agnes die Einsamkeit in der sie für gewöhnlich lebte. Aber so gar kein Lebewesen mehr sehen? Sie trug sich immer öfter mit dem Gedanken, ihrem Leben vielleicht doch ein Ende zu bereiten und suchte nach einem geeigneten Ort dafür. So einfach über die Brüstung in die Tiefe springen, das traute sie sich nicht. Einen Baum, von dem sie einen guten Blick ins wunderschöne Elbtal werfen konnte, suchte sie sich aus und befestigte ein mit einer Schlinge versehenes Seil so gut und so hoch es ging. Sie schaute sich noch einmal um und als sie sich zum Seil drehen wollte, um ihr letztes Werk zu vollenden, stand eine junge Frau vor ihr und zielte mit Pfeil und Bogen auf sie.

Jenny forderte sie unmissverständlich auf, sich hinzusetzen. Später, als beide erkannten, dass vom jeweils anderen keine ernsthafte Gefahr ausging, gingen sie zu Agnes' Wohnung und erzählten sich ihre kompletten Geschichten. Deswegen dauerte es so lange. Jenny wusste ja, dass wir zwar nicht aufgeben würden aber auch keinen Weg finden würden, in die Festung einzudringen. An die Angst und Trauer ihrer Mutter dachte sie dabei nicht.

Die Begrüßungszeremonie am Eingangstor, in deren Genuss Agnes als mürrische Gastgeberin, die anderen und ich gekommen waren, dachte Jenny sich aus und verspürte diebische Freude dabei, uns so vorzuführen zu können. Alle nahmen dies mit dem gebührenden Humor, befanden wir uns doch endlich nach langer Reise in unserem neuen Zuhause. Nur Agnes, die Mutter von Jenny, hatte an Jennys Spielchen verständlicherweise zu knabbern.

(6)

Das alles lag jetzt schon vierzehn Tage hinter uns. Nachdem wir die ausgiebigen Feierlichkeiten nach der friedlichen Einnahme unserer Burg beendeten, wirklich ausgelassen gefeiert hatten und den Alkoholvorrat der Festung ordentlich reduziert hatten, galt es, unsere eigenen Schätze und Utensilien auf die Festung zu schaffen und die Zugänge zu sichern.

Es handelte sich um wirklich schwere Arbeit, alle unsere Fahrzeuge auszuladen. Während unserer Reise konnten wir doch eine gehörige Menge an durchaus notwendigem Kram zusammentragen. Den entleerten Sattelschlepper fuhren wir rückwärts in den Schacht zum Aufzug und positionierten ihn genau so, dass der Aufzugschacht nicht einfach ohne weiteres erreicht werden konnte.

Dr. Manter entkernte zusammen mit Trine den Notarztwagen so gut es ging und richtete ein kleines, aber feines Krankenhaus auf der Festung im alten Friedenslazarett ein. Der Notarztwagen selber diente fortan nur noch als Operationszimmer in besonderen Notfällen und wurde deswegen ganz nahe am Eingangstor platziert.

Ähnlich erging es dem Feuerwehrwagen. Ihn konnten wir nicht auf die Festung bringen. Auch ihn parkten wir unmittelbar neben dem Eingang. Später wollten wir ihn so gut es ging ausschlachten und die auf der Festung schon vorhandenen Brandschutzvorrichtungen weiter ausbauen. Den riesigen Wassertank des Fahrzeuges, der noch gut halb gefüllt war, legten wir nach oben hin offen. Damit würden wir Regenwasser auffangen können. Eine Schlauchverbindung vom Tank zur Festung, versehen mit einem kleinen Filter, erlaubte uns eine ungefährdete Entnahme des kühlen Nasses. Darüber hinaus verfügten wir ja jetzt über einen schon Jahrhunderte nicht versiegenden Brunnen.

Ankes Truck stellten wir vor die beiden Blaulichtfahrzeuge quer. Wir stellten uns vor, dass dies als Schutz hilfreich sein könnte. Den Korb des Schwenkarms fuhren wir aus und platzierten auf ihm Pfeile und Bogen. Mindestens Jenny würde im Notfall diesen erklettern können und vor dort schießen können. Wir gingen allerdings davon aus, dass dies nicht mehr erforderlich werden würde.

Alle anderen Fahrzeuge, bis auf den Pritschenwagen und den Traktor, schlachteten wir vollkommen aus. Nahmen ihnen die Batterien und saugten ihnen den Treibstoff ab, klauten ihnen selbst die Sitze und jedes noch so kleine Teil, das wir im Innenraum fanden.

Den Pritschenwagen nutzten fortan die neuen Bewohner der Festung für ihre Beute-Ausflüge in die Umgebung.

Der Trecker diente zur Reserve. Vielleicht würde es uns später gelingen, ihn über den Lastenaufzug nach oben zu schaffen. In diesem Zusammenhang gingen mir die Sonnenkollektoren nicht aus dem Sinn und ich führte so manche Diskussion mit Andreas über unsere diesbezüglichen Möglichkeiten.

Die Burgbewohnerin Agnes von Behrens, der lange Fritz, der Feuerwehrmann Mahmut, der Punker Bernd, Fionas Mutter Petra, der dicke Eddi und ich bildeten den Rat. Seine Aufgabe sollte es werden, die Gesetze der hier entstehenden Gemeinschaft zu fixieren und durchzusetzen. Einmal im Jahr sollte dieser

Rat neu gewählt werden. Wir hofften, dass wir es mit der Demokratie in unserer kleinen Gemeinschaft dauerhaft besser machen würden, als es die meisten großen Staatsgebilde je geschafft hatten.

Fahid und sein syrischer Kollege bildeten eine sogenannte schnelle Eingreiftruppe. Sie sollte von den anderen angefordert werden können, wenn zusätzliche Manneskraft erforderlich werden würde.

Der alte Manfred und Fiona übernahmen federführend den wichtigen Part der Landwirtschaft auf der Festung. Oft und gerne nutzten sie die Unterstützung der schnellen Eingreiftruppe.

Mahmut zeichnete für Sicherheit und Brandschutz verantwortlich. Seine Frau Serife und seine Schwiegermutter Gülsen bildeten zusammen mit ein paar anderen das Küchenteam. Gegessen wurde fortan immer gemeinsam. Der kleine Karim, der Spross der Familie, ging in unseren festungseigenen Schulbereich.

Die Erzieherin Belinda, die ehemaligen Punker Bernd und seine Freundin Elke sowie die Lehrerin Gundula taten das, was sie von je her am besten konnten. Sie wurden unsere Lehrer.

Trine, die Schwester von Torben, arbeitete mit Dr. Manter im Krankenhaus. Beide kamen sich dort auch Tag für Tag privat näher.

Alle Kinder und Jugendlichen unter 20 Jahren erklärten wir für schulpflichtig.

Mein alter Vater und Agnes von Behrens halfen wo sie konnten und störten dort, wo es ihnen möglich war. Ansonsten genossen sie ein wohlverdientes, friedliches Rentnerdasein. Da die beiden auf einer Wellenlänge tickten, sahen wir sie oft gemeinsam über die Anlage spazieren und sich angeregt unterhalten.

Die große Bärbel, Fionas Mutter Petra, Rosi und Lydia vom Finanzamt unterstützten das Küchenteam, welches unter der Leitung der gelernten Köchin Irmgard, der Frau von Andreas, seines Zeichens Cousin von Fritz, stand.

Mein guter Freund Fritz, Anke und ihre Tochter Jenny sowie Andreas würden für alles verantwortlich sein, was im Entferntesten als Maschine zu bezeichnen sein sollte.

Die vier syrischen Frauen, der Äthiopier Ebenezer, der dicke Eddi und Eugen gründeten den Wachtrupp und wechselten sich bei ihren regelmäßigen Wachgängen über das Gelände ab. Eine der syrischen Frauen zeichnete sich zudem als gute Friseurin aus und Eugen übernahm zusätzlich die Versorgung der Tiere. Zu Pepe, den beiden Kühen und den zwei Schweinen gesellten sich noch drei Katzen, die schon vorher die Festung bewohnten.

Auf der Festung befanden sich mehr als 50 Bauten. Auch wenn einige davon schon älter als 400 Jahre waren, bot uns das soviel Raum, dass jeder sich einen mehr als ausreichend großen Wohnbereich aussuchen konnte. Fiona und ich fanden einen wunderschönen Wohnbereich mit herrlichem Blick über das Elbtal in der obersten Etage des Hauptgebäudes der Festung. Petras Mutter und mein Vater lebten ganz in unserer Nähe.

Alle Mitglieder unserer Gemeinschaft fanden sinnvolle Aufgaben, die uns alle weiterbringen und dabei helfen würden, bald menschenwürdig zu leben. Unsere Lage normalisierte sich jetzt langsam. So etwas wie ein neuer Alltag hielt Einzug in unser Leben und unsere Leute schienen wieder glücklich zu sein.

Ja und ich, was war mit mir? Was tat ich? Was war meine Aufgabe?

Jemand musste sich ja täglich um die Gebäude der Anlage kümmern. 50 Bauten stellten dabei durchaus eine Aufgabe dar.

Schluss

Drei Monate später stand ich zum ersten Mal alleine zwischen den Befestigungsmauern auf der Ostseite unseres neuen Zuhauses und schaute, zufrieden mit der allgemeinen Situation und mit mir selbst, in die weite Runde. Das klare Wetter ermöglichte mir einen freien und fast endlosen Blick über das Elbsandsteingebirge. Die Elbe floss ruhig und völlig ungestört durch ihr jahrhundertealtes Bett. An ihrem Ufer lag der mittlerweile total ausgestorbene, menschen- und schlurferfreie Ort Königstein, den unsere Sammler ab und an aufsuchten. Weiter hinten erkannte ich die berühmte Bastei. Eines Tages – wenn sozusagen Gras über die ganze Sache gewachsen war – würde ich diese mal besuchen wollen. Ich fragte mich, ob ich mich jemals an diesen tollen Blick gewöhnen würde?

Unsere Lage hatte sich den Umständen entsprechend normalisiert und Fiona und ich richteten uns in unserer noch frischen Liebe zueinander mehr oder weniger auf ein glückliches Leben ein. Mein Vater vermochte es ebenfalls, zufrieden seinen Lebensabend zu genießen. Ich sah ihn oft lachen. Seine sarkastischen Sprüche, die er immer wieder mal für jeden von uns übrig hatte, brachten ihm ob seines Alters letzten Endes nur Sympathien ein.

Eine der jungen Syrerinnen und eine Schwester von Torben waren schon schwanger und weitere Pärchen hatten sich gefunden.

Die für uns so sehr wichtige Landwirtschaft legte aufgrund der großen Erfahrung von Manfred und den guten Ideen von Fiona einen guten Start hin. Ja, wir würden uns mit Lebensmitteln selbst versorgen können. Vielseitigkeit war da vielleicht nicht angesagt, aber wir würden satt werden. Zuversichtlich und voller Spannung warteten wir alle auf die ersten Ernten. Bis dahin würden unsere gesammelten Vorräte auf jeden Fall reichen. Unseren Kühen und Schweinen ging es ebenso prima wie dem Hund und den Katzen.

Die Kinder, vor allem diejenigen, die ohne ihre Eltern und anderen Verwandten auf diese Reise gehen mussten, lebten sich außerordentlich gut ein und schienen bereits vergessen zu haben.

Bernd, Fritz und Fahid unternahmen zudem häufig regelmäßige Ausflüge in die Umgebung. Bis das letzte von ihnen per Auto zu erreichende Haus durchstöbert, das letzte Geschäft geplündert und die letzten Utensilien herangeschafft waren, würde es noch sehr lange dauern.

Schlurfer verirrten sich nur selten an den Fuß unserer Festung. Da unten witterten sie uns nicht einmal und zogen bald weiter.

Auf andere gesunde Menschen trafen wir bisher nicht mehr. Wir hofften, sollte sich das eines Tages ändern, dass es Menschen wie der dicke Eddi waren und keine wie die Rocker in Essen. Aber das würden wir uns nicht aussuchen können.

So hing ich meinen Gedanken nach, spürte die Sonne auf meiner Haut und stellte zum ersten Mal seit vielen Monaten fest, dass die Luft gar nicht mehr so süßlich nach Verwesung stank, als plötzlich und für mich völlig unerwartet ein leises Brummen die Luft erfüllte. Das Brummen schwoll zu einem Dröhnen an, gerade so, als ob ein Donner grollte. Verwirrt schaute ich mich um. Donner? Es schien die Sonne.

Und dann sah ich es. Ein kleiner dunkler, in der Sonne silbern aufblinkender Fleck bewegte sich in nicht allzu großer Höhe schnell am Himmel von Osten nach Westen.

Ein vierstrahliges Flugzeug.

Der eigentlich harmlose Walter ist bei der Auswahl eines Nebenjobs nicht wählerisch. Dadurch gerät er 1977 ungewollt in die Fänge der Abwehrdienste der beiden deutschen Staaten. Insbesondere die Behörden der Deutschen Demokratischen Republik jagen Walter wegen des Besitzes einer Ansichtskarte, dessen Hintergründe und Geheimnisse selbst Walter nicht kennt. 2008 gerät die Karte zufällig in die Hände von Dirk, Walters Neffen. Fortan versucht dieser, die Hintergründe der Karte und Walters damit verbundenes Schicksal zu ergründen. Dirk ahnt nicht, dass er damit alte, längst vergessene Probleme neu belebt und Walters ehemalige Verfolger erneut auf den Plan ruft. Auf seiner Flucht vor den Häschern gerät Dirk ein ums andere Mal in Gefahr und muss sich seiner Haut, mit allen ihm zur Verfügung stehenden Mitteln erwehren.

ISBN: 978-3-7347-8345-6